KB112112

김유정 단편소설 10선

김유정 단편소설 10선

초판 1쇄 인쇄	2014년 06월 18일		
초판 1쇄 발행	2014년 06월 25일		
지은이	김 유 정		
엮은이	편 집 부		
펴낸이	손 형 국		
편집인	선 일 영	편집	이소현 이윤채 조민수
디자인	이현수 신혜림 김루리	제작	박기성 황동현 구성우
마케팅	김 회 란		
펴낸곳	에세이퍼블리싱		
출판등록	2004. 12. 1(제2011-77호)		
주소	153-786 서울시 금천구 가산디지털 1로 168, 우림라이온스밸리 B동 B113, 114호		
홈페이지	www.book.co.kr		
전화번호	(02)2026-5777	팩스	(02)2026-5747

ISBN 979-11-85742-16-8 04810 978-89-6023-773-5 04810(SET)

에세이퍼블리싱은 ㈜북랩의 문학 전문 브랜드입니다.

이 도서의 국립중앙도서관 출판예정도서목록(CIP)은 서지정보유통지원시스템 홈페이지(http://seoji.nl.go.kr)
와 국가자료공동목록시스템(http://www.nl.go.kr/kolisnet)에서 이용하실 수 있습니다.
(CIP제어번호: 2014018543)

일제강점기 한국현대문학 시리즈

015

김유정 단편소설 10선

편집부 엮음

ESSAY

일러두기

※ 〈일제강점기 한국현대문학 시리즈〉로 출간하는 한국 근현대 작품집은 공유
   저작물로 그 작품을 집필하신 저자의 숭고한 의지를 받들어 최대한 원전을
   유지하였다.

※ 오기가 확실하거나 현대의 맞춤법에 의거하여 원전의 내용 이해에 문제가 없
   을 정도의 선에서만 교정하였다.

※ 이 책은 현대의 표기법에 맞춰서 읽기 편하게 띄어쓰기를 하였다.

※ 이 책은 원문을 대부분 살려서 옛글의 맛과 작가의 개성을 느끼도록 글투의
   영향이 없는 단어는 현대식 표기법을 따랐다.

※ 한자가 많이 들어간 글의 경우는 의미 전달이 어려운 경우에 한해서 한글 뒤
   에 한자를 병기하여 그 뜻을 정확히 했다.

※ 이 책은 낙장이나 원전이 글씨가 잘 안 보여서 엮은이가 찾아 볼 수 없는 경
   우에는 굳이 추정하여 쓰지 않고 원전의 내용을 그대로 살렸다.

※ 중학생 수준의 독자가 이해하기 어려운 단어, 어휘에 대해서는 본문 밑에 일
   일이 각주를 달아 가독성을 높였다.

들어가는 글

　김유정은 해학문학(생활이나 인간성에 대하여 부정적 측면을 가볍고 악의 없는 웃음으로 그려 낸 문학)이라는 자신만의 작품 색깔을 뚜렷하게 가지고 있는 작가이다. 문학사적으로는 화려한 족적을 남겼지만 개인적인 인간 김유정의 삶을 들여다보면 매우 불우한 생애를 보냈던 작가이기도 하다. 재산을 둘러싼 형과의 갈등, 가난과 실연, 특히 젊은 나이에 찾아온 병마는 그를 무던히도 괴롭혔다. 그러나 김유정은 끝까지 삶에 대한 희망의 끈을 놓지 않았다. 오히려 자신의 이러한 절절한 삶의 체험들을 고스란히 글로 풀어내어 문학의 열정을 불태웠다. 어쩌면 그에게 문학은 자신을 연명해 갈 수 있는 생명줄이었는지도 모른다.

　1935년 조선일보와 조선중앙일보에 〈소낙비〉와 〈노다지〉가 각각 1등, 입선하면서 등단하게 된 김유정은 이후 여러 걸작 단편들을 잇달아 내놓았다. 소설 30편, 수필 12편, 편지·일기 6편, 번역 소설 2편 중, 김유정의 독특한 문학세계를 가장 잘 보여주고 있는 단편소설 10편을 선별하여 묶게 되었다.

　김유정의 문학적 특징은 크게 두 가지로 나누어 볼 수 있다. 첫째, 그는 삶의 경험을 작품의 모티프로 삼았다. 고향으로 돌아가 당시 가난하고 비극적이었던 농민들의 생활을 직접 체험한 일들, 광업소의 현장 감독으로 내려가 겪었던 일, 가슴 아픈 실연의 경험. 이 모두는 다 소설로 만들어졌다고 해도 과언이 아니다. 특히 농촌에서의 체험을 바탕으로 한 작품들은 그때 당시의 우리 민족의 삶을 실감나게 보여 주기 때문에 김유정 작품 속의 농촌을 아는 것은 매우 중요한 일이라고 할 수 있다.

둘째, 김유정은 그가 살았던 암울한 시대, 개인적인 불우한 삶을 어두움이 아닌 웃음을 주는 표현방식을 사용하여 이야기를 이끌어간다. 즉, 그의 작품에서 해학은 뗄 수 없는 아주 중요한 요소라고 할 수 있다. 어리석고 무지한 인물들을 등장시켜 토속적 언어와 속어, 비어를 사용한 특유의 필치로 웃음을 유발한다. 하지만 그 웃음은 결코 유쾌한 것이 아니다. 그 뒤에 느껴지는 어쩔 수 없는 쓸쓸함, 등장인물에 대한 동정과 비애감은 그의 작품이 가지고 있는 또 다른 특징이라고 할 수 있다.

김유정의 작품은 그에 대한 연구 논문이 360여 편에 이를 정도로 많이 있다. 이것은 그의 문학의 중요성을 단적으로 보여준다. 이 책을 통해 우리 문학사에 큰 자리를 차지하고 있는 김유정의 주옥같은 작품들을 접하고, 소설 속 해학이 주는 묘미를 느껴볼 수 있는 기회가 되었으면 한다.

2014년 여름
편집부

🦋동백꽃

　오늘도 또 우리 수탉이 막 쫓기었다. 내가 점심을 먹고 나무를 하러 갈 양으로 나올 때이었다. 산으로 올라서려니까 등 뒤에서 푸르득 푸드득, 하고 닭의 횃소리가 야단이다. 깜짝 놀라서 고개를 돌려보니 아니나 다르랴, 두 놈이 또 얼리었다.[1] 점순네 수탉(은 대강이가 크고 똑 오소리 같이 실팍하게[2] 생긴 놈)이 덩저리[3] 작은 우리 수탉을 함부로 해내는 것이다. 그것도 그냥 해내는 것이 아니라 푸드득 하고 면두[4]를 쪼고 물러섰다가 좀 사이를 두고 또 푸드득 하고 모가지를 쪼았다. 이렇게 멋을 부려 가며 여지없이 닦아 놓는다. 그러면 이 못생긴 것은 쪼일 적마다 주둥이로 땅을 받으며 그 비명이 킥, 킥 할 뿐이다. 물론 미처 아물지도 않은 면두를 또 쪼이어 붉은 선혈은 뚝뚝 떨어진다. 이걸 가만히 내려다보자니 내 대강이가 터져서 피가 흐르는 것같이 두 눈에서 불이 번쩍 난다. 대뜸 지게막대기를 메고 달려들어 점순네 닭을 후려칠까 하다가 생각을 고쳐먹고 헛매질로 떼어만 놓았다.

　이번에도 점순이가 쌈을 붙여 놨을 것이다. 바짝바짝 내 기를 올리느

---

1) 얼리다: 어울리게 하다.
2) 실팍하다: 사람이나 물건 따위가 보기에 매우 실하다.
3) 덩저리: '몸집(몸의 부피)'을 낮잡아 이르는 말.
4) 면두: '볏(닭이나 새 따위의 이마 위에 세로로 붙은 살 조각)'의 방언(강원, 경기).

라고 그랬음에 틀림없을 것이다. 고놈의 계집애가 요새로 들어서서 왜 나를 못 먹겠다고 고렇게 아르렁거리는지 모른다. 나흘 전 감자 조각만 하더라도 나는 저에게 조금도 잘못한 것은 없다. 계집애가 나물을 캐러 가면 갔지 남 울타리 엮는 데 쌩이질[5]을 하는 것은 다 뭐냐. 그것도 발소리를 죽여 가지고 등 뒤로 살며시 와서,

"얘! 너 혼자만 일하니?"

하고 긴치 않은 수작을 하는 것이다. 어제까지도 저와 나는 이야기도 잘 않고 서로 만나도 본 척 만 척하고 이렇게 점잖게 지내던 터이런만 오늘로 갑작스레 대건해졌음은 웬일인가. 황차 망아지만한 계집애가 남 일 하는 놈 보구.

"그럼 혼자 하지 떼루 하디?"

내가 이렇게 내배앝는 소리를 하니까,

"너 일하기 좋니?"

또는,

"한여름이나 되거든 하지 벌써 울타리를 하니?"

잔소리를 두루 늘어놓다가 남이 들을까 봐 손으로 입을 틀어막고는 그 속에서 깔깔댄다. 별로 우스울 것도 없는데 날씨가 풀리더니 이놈의 계집애가 미쳤나 하고 의심하였다. 게다가 조금 뒤에는 제 집께를 할금할금 돌아보더니 행주치마의 속으로 꼈던 바른손을 뽑아서 나의 턱밑으로 불쑥 내미는 것이다. 언제 구웠는지 아직도 더운 김이 홱 끼치는 굵은 감자 세 개가 손에 뿌듯이 쥐였다.

"느 집엔 이거 없지?"

하고 생색 있는 큰소리를 하고는 제가 준 것을 남이 알면은 큰일 날 테니

5) 쌩이질: 한창 바쁠 때에 쓸데없는 일로 남을 귀찮게 구는 것.

여기서 얼른 먹어버리란다. 그리고 또 하는 소리가,

"너 봄 감자가 맛있단다."

"난 감자 안 먹는다, 너나 먹어라."

나는 고개도 돌리려지 않고 일하던 손으로 그 감자를 도로 어깨너머로 쑥 밀어 버렸다. 그랬더니 그래도 가는 기색이 없고 뿐만 아니라 쌔근쌔근 하고 심상치 않게 숨소리가 점점 거칠어진다. 이건 또 뭐야, 싶어서 그때서야 비로소 돌아다보니 나는 참으로 놀랐다. 우리가 이 동리에 들어온 것은 근 삼 년째 되어 오지만 여태껏 가무잡잡한 점순이의 얼굴이 이렇게까지 홍당무처럼 새빨개진 법이 없었다. 게다 눈에 독을 올리고 한참 나를 요렇게 쏘아보더니 나중에는 눈물까지 어리는 것이 아니냐. 그리고 바구니를 다시 집어 들더니 이를 꼭 악물고는 엎어질 듯 자빠질 듯 논둑으로 힝허케 달아나는 것이다. 어쩌다 동리 어른이,

"너 얼른 시집가야지?"

하고 웃으면,

"염려 마서유. 갈 때 되면 어련히 갈라구!"

이렇게 천연덕스레 받는 점순이었다. 본시 부끄럼을 타는 계집애도 아니려니와 또한 분하다고 눈에 눈물을 보일 얼병이도 아니다. 분하면 차라리 나의 등허리를 바구니로 한번 모질게 후려 쌔리고 달아날지언정.

그런데 고약한 그 꼴을 하고 가더니 그 뒤로는 나를 보면 잡아먹으려고 기를 복복 쓰는 것이다. 설혹 주는 감자를 안 받아 먹은 것이 실례라 하면, 주면 그냥 주었지 '느 집엔 이거 없지'는 다 뭐냐. 그러잖아도 저희는 마름이고 우리는 그 손에서 배재[6]를 얻어 땅을 부치므로 일상 굽실

---

6) 배재: 농토를 갖지 못한 농민이 일정한 소작료를 지급하며 다른 사람의 농지를 빌려 농사를 짓는 일.

거린다. 우리가 이 마을에 처음 들어와 집이 없어서 곤란으로 지낼 제 집
터를 빌리고 그 위에 집을 또 짓도록 마련해 준 것도 점순네의 호의였다.
그리고 우리 어머니 아버지도 농사 때 양식이 달리면 점순네한테 가서
부지런히 꾸어다 먹으면서 인품 그런 집은 다시없으리라고 침이 마르도
록 칭찬하곤 하는 것이다. 그러면서도 열일곱씩이나 된 것들이 수군수
군하고 붙어 다니면 동리의 소문이 사납다고 주의를 시켜 준 것도 또 어
머니였다. 왜냐하면 내가 점순이 하고 일을 저질렀다가는 점순네가 노
할 것이고, 그러면 우리는 땅도 떨어지고 집도 내쫓기고 하지 않으면 안
되는 까닭이었다. 그런데 이놈의 계집애가 까닭 없이 기를 복복 쓰며 나
를 말려 죽이려고 드는 것이다.

　눈물을 흘리고 간 담날 저녁나절이었다. 나무를 한 짐 잔뜩 지고 산을
내려오려니까 어디서 닭이 죽는 소리를 친다. 이거 뉘 집에서 닭을 잡나,
하고 점순네 울 뒤로 돌아오다가 나는 고만 두 눈이 뚱그래졌다. 점순이
가 저희 집 봉당[7]에 홀로 걸터앉아있는데 이게 치마 앞에다 우리 씨암
탉을 꼭 붙들어 놓고는,

　"이놈의 닭! 죽어라, 죽어라."

　요렇게 암팡스레[8] 패주는 것이 아닌가. 그것도 대가리나 치면 모른다
마는 아주 알도 못 낳으라고 그 볼기짝[9]께를 주먹으로 콕콕 쥐어박는
것이다.

　나는 눈에 쌍심지가 오르고 사지가 부르르 떨렸으나 사방을 한번 휘돌
아보고야 그제서 점순이 집에 아무도 없음을 알았다. 잡은 참 지게막대

---

7) 봉당: 토방(방에 들어가는 문 앞에 좀 높이 편평하게 다진 흙바닥)의 방언(강원, 충
　북).
8) 암팡스럽다: 몸은 작아도 야무지고 다부진 면이 있다.
9) 볼기짝: 볼기(엉덩이)를 낮잡아 이르는 말.

기를 들어 울타리의 중턱을 후려치며,

"이놈의 계집애! 남의 닭 알 못 낳으라구 그러니?"

하고 소리를 빽 질렀다.

그러나 점순이는 조금도 놀라는 기색이 없고 그대로 의젓이 앉아서 제 닭 가지고 하듯이 또 죽어라, 죽어라, 하고 패는 것이다. 이걸 보면 내가 산에서 내려올 때를 겨냥해 가지고 미리부터 닭을 잡아 가지고 있다가 너 보란 듯이 내 앞에 쥐지르고[10] 있음이 확실하다.

그러나 나는 그렇다고 남의 집에 뛰어 들어가 계집애하고 싸울 수도 없는 노릇이고 형편이 썩 불리함을 알았다. 그래 닭이 맞을 적마다 지게 막대기로 울타리나 후려칠 수밖에 별도리가 없다. 왜냐하면 울타리를 치면 칠수록 울섶이 물러앉으며 뼈대만 남기 때문이다. 하나 아무리 생각하여도 나만 밑지는 노릇이다.

"야, 이년아! 남의 닭 아주 죽일 터이냐?"

내가 도끼눈을 뜨고 다시 꽥 호령을 하니까 그제야 울타리께로 쪼르르 오더니 울 밖에 섰는 나의 머리를 거누고 닭을 내팽개친다.

"에이, 더럽다! 더럽다!"

"더러운 걸 널더러 입때 끼고 있으랬니? 망할 계집애년 같으니!"

하고 나도 더럽단 듯이 울타리께를 힝하니 돌아내리며 약이 오를 대로 다 올랐더라고 하는 것은 암탉이 풍기는 서슬에 나의 이마빼기에다 물 찌똥을 찍 깔겼는데 그걸 본다면 알집만 터졌을 뿐 아니라 골병은 단단히 든 듯싶다.

그리고 나의 등 뒤를 향하여 나에게만 들릴 듯 말 듯한 음성으로,

"이 바보 녀석아!"

---

10) 쥐지르다: 쥐어지르다(주먹으로 힘껏 내지르다)의 준말.

"애! 너 배냇병신이지?"

그만도 좋으련만,

"애! 너 느 아버지가 고자라지?"

"뭐? 울 아버지가 그래 고자야?"

할 양으로 열벙거지가 나서 고개를 홱 돌리어 바라봤더니 그때까지 울타리 위로 나와 있어야 할 점순이의 대가리가 어디 갔는지 보이지를 않는다. 그러다 돌아서서 오자면 아까에 한 욕을 울 밖으로 또 퍼붓는 것이다. 욕을 이토록 먹어 가면서도 대거리 한마디 못 하는걸 생각하니 돌부리에 채어 발톱 밑이 터지는 것도 모를 만치 분하고 급기야는 두 눈에 눈물까지 불끈 내솟는다. 그러나 점순이의 침해는 이것뿐이 아니다.

사람들이 없으면 틈틈이 제 집 수탉을 몰고 와서 우리 수탉과 쌈을 붙여 놓는다. 제 집 수탉은 썩 험상궂게 생기고 쌈이라면 홰를 치는 고로 으레 이길 것을 알기 때문이다. 그래서 툭하면 우리 수탉이 면두며 눈깔이 피로 흐드르하게 되도록 해놓는다. 어떤 때에는 우리수탉이 나오지를 않으니까 요놈의 계집애가 모이를 쥐고 와서 꾀어내다가 쌈을 붙인다. 이렇게 되면 나도 다른 배차를 차리지 않을 수 없다. 하루는 우리 수탉을 붙들어 가지고 넌지시 장독께로 갔다. 쌈닭에게 고추장을 먹이면 병든 황소가 살모사를 먹고 용을 쓰는 것처럼 기운이 뻗친다 한다. 장독에서 고추장 한 접시를 떠서 닭 주둥아리께로 들이밀고 먹여 보았다. 닭도 고추장에 맛을 들였는지 거스르지 않고 거진 반 접시 턱이나 곧잘 먹는다. 그리고 먹고 금세는 용을 못 쓸 터이므로 얼마쯤 기운이 들도록 홰[11] 속에다 가두어 두었다.

밭에 두엄을 두어 짐 저내고 나서 쉴 참에 그 닭을 안고 밖으로 나왔

---

11) 홰: 새장이나 닭장 속에 새나 닭이 올라앉게 가로질러 놓은 나무 막대.

다. 마침 밖에는 아무도 없고 점순이만 저희 울안에서 헌옷을 뜯는지 혹은 솜을 터는지 웅크리고 앉아서 일을 할 뿐이다.

나는 점순네 수탉이 노는 밭으로 가서 닭을 내려놓고 가만히 맥을 보았다. 두 닭은 여전히 얼리어 쌈을 하는데 처음에는 아무 보람이 없다. 멋지게 쪼는 바람에 우리 닭은 또 피를 흘리고 그러면서도 날갯죽지만 푸드득푸드득 하고 올라 뛰고 뛰고 할 뿐으로 제법 한번 쪼아보도 못 한다. 그러나 한번은 어쩐 일인지 용을 쓰고 펄쩍 뛰더니 발톱으로 눈을 하비고 내려오며 면두를 쪼았다. 큰 닭도 여기에는 놀랐는지 뒤로 멈씰하며 물러난다. 이 기회를 타서 작은 우리 수탉이 또 날쌔게 덤벼들어 다시 면두를 쪼니 그제는 감때사나운[12] 그 대강이에서도 피가 흐르지 않을 수 없었다.

옳다 알았다, 고추장만 먹이면은 되는구나, 하고 나는 속으로 아주 쟁그라워 죽겠다. 그때에는 뜻밖에 내가 닭쌈을 붙여 놓는 데 놀라서 울 밖으로 내다보고 섰던 점순이도 입맛이 쓴지 눈살을 찌푸렸다. 나는 두 손으로 볼기짝을 두드리며 연방,

"잘한다! 잘한다!"

하고 신이 머리끝까지 뻗치었다. 그러나 얼마 되지 않아서 나는 넋이 풀리어 기둥같이 묵묵히 서 있게 되었다. 왜냐하면 큰 닭이 한번 쪼인 앙갚음으로 호들갑스레 연거푸 쪼는 서슬에 우리 수탉은 찔끔 못 하고 막 곯는다. 이걸 보고서 이번에는 점순이가 깔깔거리고 되도록 이쪽에서 많이 들으라고 웃는 것이다. 나는 보다 못하여 덤벼들어서 우리 수탉을 붙들어 가지고 도로 집으로 들어왔다. 고추장을 좀 더 먹였더라면 좋았을걸 너무 급하게 쌈을 붙인 것이 퍽 후회가 난다. 장독께로 돌아와서 다시

---

12) 감때사납다: 1.사람이 억세고 사납다. 2.사물이 험하고 거칠다.

턱밑에 고추장을 들이댔다. 흥분으로 말미암아 그런지 당최 먹질 않는다. 나는 하릴없이 닭을 반듯이 누이고 그 입에다 궐련[13] 물부리[14]를 물리었다. 그리고 고추장 물을 타서 그 구멍으로 조금씩 들이부었다. 닭은 좀 괴로운지 킥킥 하고 재채기를 하는 모양이나 그러나 당장의 괴로움은 매일같이 피를 흘리는 데 댈 게 아니라 생각하였다.

그러나 한 두어 종지 가량 고추장 물을 먹이고 나서는 나는 그만 풀이 죽었다. 성성하던 닭이 왜 그런지 고개를 살며시 뒤틀고는 손아귀에서 뻐드러지는 것이 아닌가. 아버지가 볼까봐서 얼른 홰에다 감추어 두었더니 오늘 아침에서야 겨우 정신이 든 모양 같다.

그랬던 걸 이렇게 오다 보니까 또 쌈을 붙여 놓으니 이 망할 계집애가 필연 우리 집에 아무도 없는 틈을 타서 제가 들어와 홰에서 꺼내 가지고 나간 것이 분명하다. 나는 다시 닭을 잡아다 가두고 염려는 스러우나 그렇다고 산으로 나무를 하러 가지 않을 수도 없는 형편이었다.

소나무 삭정이를 따며 가만히 생각해 보니 암만해도 고년의 목쟁이를 돌려놓고 싶다. 이번에 내려가면 망할 년 등줄기를 한번 되게 후려치겠다 하고 싱둥겅둥 나무를 지고는 부리나케 내려왔다.

거지반 집에 다 내려와서 나는 호드기[15] 소리를 듣고 발이 딱 멈추었다. 산기슭에 널려 있는 굵은 바윗돌 틈에 노란 동백꽃이 소보록하니 깔리었다. 그 틈에 끼어 앉아서 점순이가 청승맞게시리 호드기를 불고 있는 것이다. 그보다도 더 놀란 것은 그 앞에서 또 푸드득푸드득 하고 들리는 닭의 홰소리다. 필연코 요년이 나의 약을 올리느라고 또 닭을 집어내

13) **궐련**: 얇은 종이로 가늘고 길게 말아 놓은 담배.

14) **물부리**: 담배를 끼워서 빠는 물건.

15) **호드기**: 봄철에 물오른 버드나무 가지의 껍질을 고루 비틀어 뽑은 껍질이나 짤막한 밀짚 토막 따위로 만든 피리.

다가 내가 내려올 길목에다 쌈을 시켜 놓고 저는 그 앞에 앉아서 천연스레 호드기를 불고 있음에 틀림없으리라.

나는 약이 오를 대로 다 올라서 두 눈에서 불과 함께 눈물이 퍽 쏟아졌다. 나무 지게도 벗어 놀 새 없이 그대로 내동댕이치고는 지게막대기를 뻗치고 허둥지둥 달려들었다. 가까이 와보니 과연 나의 짐작대로 우리 수탉이 피를 흘리고 거의 빈사16)지경에 이르렀다. 닭도 닭이려니와 그러함에도 불구하고 눈 하나 깜짝 없이 고대로 앉아서 호드기만 부는 그 꼴에 더욱 치가 떨린다. 동리에서도 소문이 났거니와 나도 한때는 걱실걱실히 일 잘하고 얼굴 예쁜 계집애인 줄 알았더니 시방 보니까 그 눈깔이 꼭 여우새끼 같다. 나는 대뜸 달려들어서 나도 모르는 사이에 큰 수탉을 단매로 때려 엎었다. 닭은 푹 엎어진 채 다리 하나 꼼짝 못 하고 그대로 죽어 버렸다. 그리고 나는 멍하니 섰다가 점순이가 매섭게 눈을 홉뜨고17) 닥치는 바람에 뒤로 벌렁 나자빠졌다.

"이놈아! 너 왜 남의 닭을 때려죽이니?"

"그럼 어때?"

하고 일어나다가,

"뭐 이 자식아! 누 집 닭인데?"

하고 복장을 떼미는 바람에 다시 벌렁 자빠졌다. 그리고 나서 가만히 생각하니 분하기도하고 무안도스럽고 또 한편 일을 저질렀으니 인젠 땅이 떨어지고 집도 내쫓기고 해야 될는지 모른다.

나는 비슬비슬 일어나며 소맷자락으로 눈을 가리고는 얼김에 엉 하고 울음을 놓았다. 그러다 점순이가 앞으로 다가와서,

---

16) 빈사: 반죽음(거의 죽게 됨).

17) 홉뜨다: 눈알을 위로 굴리고 눈시울을 위로 치뜨다.

"그럼, 너 이 담부턴 안 그럴 테냐?"

하고 물을 때에야 비로소 살 길을 찾은 듯싶었다. 나는 눈물을 우선 씻고 뭘 안 그러는지 명색도 모르건만,

"그래!"

하고 무턱대고 대답하였다.

"요 담부터 또 그래 봐라, 내 자꾸 못살게 굴 테니."

"그래그래, 인젠 안 그럴 테야."

"닭 죽은 건 염려 마라. 내 안 이를 테니."

그리고 뭣에 떠다 밀렸는지 나의 어깨를 짚은 채 그대로 퍽 쓰러진다. 그 바람에 나의 몸뚱이도 겹쳐서 쓰러지며 한창 피어 퍼드러진 노란 동백꽃 속으로 폭 파묻혀 버렸다. 알싸한 그리고 향긋한 그 냄새에 나는 땅이 꺼지는 듯이 온 정신이 고만 아찔하였다.

"너 말 마라?"

"그래!"

조금 있더니 요 아래서,

"점순아! 점순아! 이년이 바느질을 하다 말구 어딜 갔어?"

하고 어딜 갔다 온 듯싶은 그 어머니가 역정[18]이 대단히 났다. 점순이가 겁을 잔뜩 집어먹고 꽃 밑을 살금살금 기어서 산 아래로 내려간 다음 나는 바위를 끼고 엉금엉금 기어서 산 위로 치빼지 않을 수 없었다.

《조광7(1936.5)》

─────────────

18) 역정: 몹시 언짢거나 못마땅하여서 내는 성.

🕷 만무방

　산골에 가을은 무르녹았다.

　아름드리 노송은 빽빽이 늘어박혔다. 무거운 송낙을 머리에 쓰고 건들건들. 새새이[19] 끼인 도토리, 벚, 돌배, 갈잎 들은 울긋불긋. 잔디를 적시며 맑은 샘이 쫄쫄거린다. 산토끼 두 놈은 한가로이 마주 앉아 그 물을 할짝거리고. 이따금 정신이 나는 듯 가랑잎은 부수수하고 떨린다. 산산한 산들바람. 귀여운 들국화는 그 품에 새뜩새뜩 넘논다. 흙내와 함께 향긋한 땅김이 코를 찌른다. 요놈은 싸리버섯, 요놈은 잎 썩은 내, 또 요놈은 송이…… . 아니, 아니, 가시넝쿨 속에 숨은 박하풀 냄새로군.

　응칠이는 뒷짐을 딱 지고 어정어정 노닌다. 유유히 다리를 옮겨 놓으며 이 나무 저 나무 사이로 호아든다.[20] 코는 공중에서 벌렸다 오므렸다 연신 이러며 훅, 훅. 구붓한 한 송목 밑에 이르자 그는 발을 멈춘다. 이번에는 지면에 코를 얕이 갖다 대고 한 바퀴 비잉, 나물 끼고 돌았다.

　'아하, 요놈이로군!'

　썩은 솔잎에 덮이어 흙이 봉곳이 돋아 올랐다. 그는 손가락을 꾸짖으며 정성스레 살살 헤쳐 본다. 과연 귀여운 송이. 망할 녀석, 조금만 더 나오지, 그걸 뚝 따들고 뒷짐을 지고 다시 어실렁어실렁. 가끔 선하품은 터

진다. 그럴 적마다 두 팔을 떡 벌리곤 먼 하늘을 바라보고 늘어지게도 기지개를 늘인다. 때는 한창 바쁠 추수 때이다. 농군치고 송이파적 나올 놈은 생겨나도 않았으리라.

하나 그는 꼭 해야만 할 일이 없었다. 싫으면 하고 말면 말고 그저 그뿐. 그러함에는 먹을 것이 더러 있느냐면 있기는커녕 부쳐 먹을 농토조차 없는, 계집도 없고 자식도 없고. 방은 있대야 남의 곁방이요 잠은 새우잠이요. 하지만 오늘 아침만 해도 한 친구가 찾아와서 벼를 털 텐데 일 좀 와 해달라는 걸 마다하였다. 몇 푼 바람에 그까짓 걸 누가 하느냐보다는 송이가 좋았다. 왜냐면 이 땅 삼천리강산에 늘어 놓인 곡식이 말짱 뉘 것이람. 먼저 먹는 놈이 임자 아니냐. 먹다 걸릴 만치 그토록 양식을 쌓아 두고 일이 다 무슨 난장맞을[21] 일이람. 걸리지 않도록 먹을 궁리나 할 게지. 하기는 그도 한 세 번이나 걸려서 구메밥[22]으로 사관을 틀었다마는 결국 제 밥상 위에 올라앉은 제 몫도 자칫하면 먹다 걸리긴 매일반.

올라갈수록 덤불은 욱었다. 머루며 다래, 칡, 게다 이름 모를 잡초. 이것들이 위아래로 이리저리 서리어 좀체 길을 내지 않는다. 그는 잔디 길로만 돌았다. 넓적다리가 벌쭉이는 찢어진 고의[23] 자락을 아끼며 조심조심 사려 딛는다. 손에는 칡으로 엮어 든 일곱 개 송이. 늙은 소나무마다 가선 두리번거린다. 사냥개 모양으로 코로 쿡, 쿡, 내를 한다. 이것도 송이 같고 저것도 송이 같고. 어떤 게 알짜 송이인지 분간을 모른다. 토끼 똥이 소보록한 데 갈잎이 한 잎 뚝 떨어졌다. 그 잎을 살며시 들어 보니 송이 대구리가 불쑥 올라왔다. 매우 큰 송이인 듯. 그는 반색하여 그

---

21) 난장맞을: 난장을 맞을 만하다는 뜻으로, 몹시 못마땅할 때 욕으로 하는 말.
22) 구메밥: 예전에, 옥에 갇힌 죄수에게 벽 구멍으로 몰래 들여보내던 밥.
23) 고의: 남자의 여름 홑바지.

앞에 무릎을 털썩 꿇었다. 그리고 그 위에 두 손을 내들며 열 손가락을 다 펴들었다. 가만가만히 살살 흙을 헤쳐 본다. 주먹만 한 송이가 나타난다. 얘 이놈 크구나. 손바닥 위에 따 올려놓고는 한참 들여다보며 싱글벙글한다.

우중충한 구석으로 바위는 벽같이 깎아질렀다. 그 중턱을 얽어 나간 칡잎에서는 물이 쪼록쪼록 흘러내린다. 인삼이 썩어 내리는 약수라 한다. 그는 돌 위에 걸터앉으며 또 한 번 하품을 하였다. 간밤 쓸데없는 노름에 밤을 팬²⁴⁾ 것이 몹시 나른하였다. 따사로운 햇발이 숲을 새어든다. 다람쥐가 솔방울을 떨어치며, 어여쁜 할미새는 앞에서 알씬거리고, 동리에서는 타작을 하느라고 와글거린다. 흥거워 외치는 목성, 그걸 억누르고 공중에 응, 응, 진동하는 벼 터는 기계 소리. 맞은쪽 산속에서 어린 목동들의 노래는 처량히 울려온다. 산속에 묻힌 마을의 전경을 멀리 바라보다가 그는 눈을 찌긋하며 다시 한 번 하품을 뽑는다. 이 웬 놈의 하품일까. 생각해보니 어젯저녁부터 여태껏 창자가 곯렸던 것이다. 불현듯 송이꾸러미에서 그중 크고 먹음직한 놈을 하나 뽑아 들었다.

응칠이는 그 송이를 물에 써억써억 부벼서는 떡 벌어진 대구리부터 걸쌍스레 덥석 물어 떼었다. 그리고 넓죽한 입이 움질움질 씹는다. 혀가 녹을 듯이 만질만질하고 향기로운 그 맛.

이렇게 훌륭한 놈을 입맛만 다시고 못 먹다니. 문득 옛 추억이 혀끝에 뱅뱅 돈다. 이놈을 맛보는 것도 참 근자의 일이다. 감불생심²⁵⁾이지 어디 냄새나 똑똑히 맡아 보리. 산속으로 쏘다니다 백판 못 따기도 하려니와 더러 딴다는 놈은 행여 상할까 봐 손도 못 대게하고 집에 내려

---

24) 패다: 새우다(한숨도 자지 아니하고 밤을 지내다).
25) **감불생심**: 감히 엄두도 내지 못함.

다 묻고묻고 하는 것이다. 그러나 요행히 한 꾸러미 차면 금시로 장에 가져다 판다.

이틀 사흘씩 공들인 거로되 잘 하면 사십 전, 못 받으면 이십오 전. 저녁거리를 기다리는 아내를 생각하며 좁쌀 서너 되를 손에 사들고 어두운 고개를 터덜터덜 올라오는 건 좋으나 이 신세를 뭐에 쓰나 하고 보면 을프냥궂기가 짝이 없겠고…… 이까짓 걸 못 먹어 그래 홧김에 또 한 놈을 뽑아 들고 이번엔 물에 흙도 씻을 새 없이 그대로 텁석거린다. 그러나 다른 놈들도 별 수 없으렷다.[26] 이 산골이 송이의 본 고향이로되 아마 일 년에 한 개조차 먹는 놈이 드물리라.

'흠, 썩어진 두상들!'

그는 폭넓은 얼굴을 일그리며 남이나 들으란 듯이 이렇게 비웃는다. 썩었다 함은 데생겼다[27] 모멸하는 그의 언투였다. 먹다 나머지 송이 꽁댕이를 바로 자랑스러이 입에다 치뜨리곤 트림을 섞어 가며 우물거린다.

송이 두 개가 들어가니 이제는 더 먹을 재미가 없다. 뭔가 좀 든든한 걸 먹었으면 좋겠는데. 떡, 국수, 말고기, 개고기, 돼지고기 그렇지 않으면 쇠고기나. 아따 궁한 판이니 아무 거나 있으면 속중으로 여러 가질 먹으며 시름없이 앉았다. 그는 눈꼴이 슬그미 돌아간다.

웬 놈의 닭인지 암탉 한 마리가 조 아래 무덤 앞에서 뺑뺑 맨다. 골골거리며 감도는 걸 보매 아마 알자리를 보는 맥이라. 그는 돌에서 궁뎅이를 들었다. 낮은 하늘로 외면하여 못 본 척하고 닭을 향하여 저켠으로 널

---

26) ─렷다: 경험이나 이치로 미루어 틀림없이 그러할 것임을 추측하거나 다짐하는 뜻을 나타내는 종결 어미.

27) 데생기다: 생김새나 됨됨이가 완전하게 이루어지지 못하여 못나게 생기다.

찍이 돌아내린다. 그러나 무덤까지 왔을 때 몸을 돌리며,

"후, 후, 후, 이 자식이 어딜 가 후—."

두 팔을 벌리고 쫓아간다. 산꼭대기로 치모니 닭은 허둥지둥 갈 길을 모른다. 요리 매낀 조리 매낀, 꼬꼬맥거리며 속만 태울 뿐. 그러나 바위 틈에 끼어 와살스러운 그 주먹에 모가지가 둘로 나기에는 불과 몇 분 못 걸렸다.

그는 으슥한 숲속으로 찾아들었다. 닭의 껍질을 홀랑 까고서 두 다리를 들고 찢으니 배창이 옆구리로 꿰진다. 그놈은 굵어 뽑아서 껍질과 한데 뭉치어 흙에 묻어 버린다. 고기가 생기고 보니 연하여 나느니 막걸리 생각. 이걸 부글부글 끓여 놓고 한 사발 떡 걸으면 똑 좋을 텐데 제—기.

응칠이의 고기는 어디 떨어졌는지 술집까지 못 가는 고기였다. 아무러나 고기 먹고 술 먹고 거꾸론 못 먹느냐. 그는 닭의 가슴패기를 입에 들여대고 쭉 찢어가며 먹기 시작한다. 쫄깃쫄깃한 놈이 제법 맛이 들었다. 가슴을 먹고 넓적다리, 볼기짝을 먹고 거반 반쯤을 다 해내고 나니 어쩐지 맛이 좀 적었다. 결국 음식이란 양념을 해야 하는군. 수풀 속으로 그냥 내던지고 그는 설렁설렁 내려온다. 솔숲을 빠져 화전께로 내리려 할 때 별안간 등 뒤에서,

"여보게, 저 응칠이 아닌가."

고개를 돌려 보니 대장간 하는 성팔이가 작달막한 체수에 들갑작거리며 고개를 넘어온다. 그런데 무슨 긴한 일이나 있는지 부리나케 달려들더니,

"자네 응고개 논의 벼 없어진 거 아나?"

응칠이는 그만 가슴이 덜컥 내려앉았다. 이 바쁜 때 농군의 몸으로 응고개까지 애를 써 갈 놈도 없으려니와 또한 하필 절 보고 벼의 없어짐을 말하는 것이 여간 심상치 않은 일이었다. 잡담 제하고 응칠이는,

"자넨 어째서 응고개까지 갔던가?"

하고 대담스레 그 눈을 쏘아보았다. 그러나 성팔이는 조금도 겁먹은 기색 없이,

"아 어쩌다 지났지 뭘 그래."

하며 도리어 얼레발[28]을 치고 덤비는 수작이다. 고얀 놈, 응칠이는 입때 다녀야 동무를 팔아 배를 채우고 그런 비열한 짓은 안 한다. 낯을 붉히자 눈에 불이 보이며,

"어쩌다 지냈다?"

응칠이가 이 동리에 들어온 것은 어느덧 달이 넘었다. 인제는 물릴 때도 되었고, 좀 떠보고자 생각은 간절하나 아우의 일로 말미암아 망설거리는 중이었다.

그는 오라는 데는 없어도 갈 데는 많았다. 산으로 들로 해변으로 발부리 놓이는 곳이 즉 가는 곳이다. 그러나 저물면은 그대로 쓰러진다. 남의 방앗간이고 헛간이고 혹은 강가, 시새장. 물론 수가 좋으면 괴때기[29] 위에서 밤을 편히 잘 적도 있었다. 이렇게 하여 강원도 어수룩한 산골로 이리 넘고 저리 넘고 못 간 데 별로 없이 유람 겸 편답하였다.

그는 한구식에 머물러 있음은 가슴이 답답할 만치 되우[30] 괴로웠다. 그렇다고 응칠이가 본시 역마직성이냐 하면 그런 것도 아니다.

그도 오 년 전에는 사랑하는 아내가 있었고 아들이 있었고 집도 있었고, 그때야 어딜 하루라도 집을 떨어져 보았으랴. 밤마다 아내와 마주 앉

---

28) 얼레발: 엉너리(남의 환심을 사기 위하여 어벌쩡하게 서두르는 짓)의 방언(경기).

29) 괴때기: 괴꼴(타작을 할 때에 생기는 벼 낟알이 섞인 짚북데기)의 잘못.

30) 되우: 되게(아주 몹시).

으면 어찌 하면 이 살림이 좀 늘어 볼까 불어 볼까, 애간장을 태우며 갖은 궁리를 되하고 되하였다마는, 별 뾰족한 수는 없었다. 농사는 열심으로 하는 것 같은데 알고 보면 남는 건 겨우 남의 빚뿐. 이러다가는 결말엔 봉변을 면치 못할 것이다.

하루는 밤이 깊어서 코를 골며 자는 아내를 깨웠다. 밖에 나아가 우리의 세간이 몇 개나 되는지 세어 보라 하였다. 그리고 저는 벼루에 먹을 갈아 찍어 들었다. 벽에 바른 신문지는 누렇게 끄을렀다. 그 위에다 아내가 불러 주는 물목대로 일일이 내려 적었다. 독이 세 개, 호미가 둘, 낫이 하나로부터 밥사발, 젓가락, 짚이 석 단까지 그 다음에는 제가 빚을 얻어온 데, 그 사람들의 이름을 쪽 적어 놓았다. 금액은 제각기 그 아래다 달아 놓고, 그 옆으론 조금 사이를 떼어 역시 조선 문[31]으로 나의 소유는 이것밖에 없노라. 나는 오십사 원을 갚을 길이 없으매 죄진 몸이라 도망하니 그대들은 아예 싸울 게 아니겠고 서로 의논하여 억울치 않도록 분배하여 가기 바라노라 하는 의미의 성명서를 벽에 남기자 안으로 문들을 걸어 닫고 울타리 밑구멍으로 세 식구가 빠져나왔다.

이것이 응칠이가 팔자를 고치던 첫 날이었다. 그들 부부는 돌아다니며 밥을 빌었다. 아내가 빌어다 남편에게, 남편이 빌어다 아내에게.

그러자 어느 날 밤 아내의 얼굴이 썩 슬픈 빛이었다. 눈보라는 살을 에인다. 다 쓰러져 가는 물방앗간 한구석에서 섬을 두르고 어린애에게 젖을 먹이며 떨고 있더니 여보게유 하고 고개를 돌린다. 왜 하니까 그 말이, 이러다간 우리도 고생일 뿐더러 첫째 어린애를 잡겠수, 그러니 서로 갈립시다, 하는 것이다. 하긴 그럴 법한 말이다. 쥐뿔도 없는 것들이 붙어다닌댔자 별수는 없다. 그보담은 서로 갈리어 제 맘대로 빌어먹는 것

---

31) 문: 문장(文章).

이 오히려 가뜬하리라. 그는 선뜻 응낙하였다. 아내의 말대로 개가를 해 가서 젖먹이나 잘 키우고 몸 성히 있으면 혹연 분이 닿아 다시 만날지도 모르니깐, 마지막으로 아내와 같이 땅바닥에서 나란히 누워 하룻밤을 새고 나서 날이 훤해지자 그는 툭툭 털고 일어섰다.

매팔자란 응칠이의 팔자이겠다. 그는 버젓이 게트림으로 길을 걸어야 걸릴 것은 하나도 없다. 논 맬 걱정도, 호포 바칠 걱정도, 빚 갚을 걱정, 아내 걱정, 또는 굶을 걱정도. 호동그란히 털고 나서니 팔자 중에는 아주 상팔자다. 먹고만 싶으면 도야지구, 닭이구, 개구, 언제나 옆을 떠날 새 없겠지, 그리고 돈, 돈도.

그러나 주재소는 그를 노려보았다. 툭하면 오라, 가라, 하는데 학질이었다. 어느 동리고 가 있다가 불행히 일만 나면 누구보다도 그부터 붙들려 간다. 왜냐면 그는 전과 사범이었다.

처음에는 도박으로, 다음엔 절도로, 또 고 담에는 절도로, 절도로. 그러나 이번 멀리 아우를 방문함은 생활이 궁하여 근대러[32] 왔다거나 혹은 일을 해보러 온 것은 결코 아니었다. 혈족이라곤 단 하나의 동생이요, 또 한 오래 못 본지라 때 없이 그리웠다. 그래 모처럼 찾아온 것이 뜻밖에 덜컥 일을 만났다.

지금까지 논의 벼가 서 있다면 그것은 성한 사람의 짓이라 안 할 것이다. 응오는 응고개 논의 벼를 여태 베지 않았다. 물론 응오가 베어야 할 것이다. 누가 듣던지 그 형 응칠이를 먼저 의심하리라. 그럼 여기에 따르는 모든 책임을 응칠이가 혼자 지지 않으면 안 될 것이다.

응오는 진실한 농군이었다. 나이 서른하나로 무던히 철났다 하고 동

---

32) 근대다: 몹시 성가시게 하다.

리에서 처주는 모범 청년이었다. 그런데 벼를 베지 않는다. 남은 다들 거둬들였고 털기까지 하련만 그는 벨 생각조차 않는 것이다. 지주라든 혹은 그에게 장리[33]를 놓은 김 참판이든 뻔찔 찾아와 벼를 베라 독촉하였다.

"얼른 털어서 낼 건 내야지."

하면 그 대답은,

"계집이 죽게 됐는데 벼는 다 뭐지유…….."

하고 한결같이 내뱉는 소리뿐이었다. 하기는 응오의 아내가 지금 기지[34] 사경이매 틈은 없었다 하더라도 돈이 놀아서[35] 약을 못 쓰는 이 판이니 진시 벼라도 털어야 할 것이다. 그러면 왜 안 털었던가.

그것은 작년 응오와 같이 지주 문전에서 타작을 하던 친구라면 묻지는 않으리라. 한 해 동안 애를 졸이며 홀 자식 모양으로 알뜰히 가꾸던 그 벼를 거둬들임은 기쁨에 틀림없었다.

꼭두새벽부터 엣, 엣, 하며 괴로움을 모른다. 그러나 캄캄하도록 털고 나서 지주에게 도지[36]를 제하고, 장리쌀을 제하고, 색초를 제하고 보니 남은 것은 등줄기를 흐르는 식은땀이 있을 따름. 그것은 슬프다 하기보다 끝없이 부끄러웠다. 같이 털어 주던 동무들이 뻔히 보고 섰는데 빈 지게로 덜렁거리며 집으로 돌아오는 건 진정 열적기 짝이 없는 노릇이었다. 참다 참다 못해 응오는 눈에 눈물이 흘렀던 것이다.

가뜩한데 엎치고 덮치더라고 올해는 고나마 흉작이었다. 샛바람과 비

---

33) 장리: 돈이나 곡식을 꾸어 주고, 받을 때에는 한 해 이자로 본디 곡식의 절반 이상을 받는 변리.
34) 기지: 이미 앎.
35) 놀다: 드물어서 구하기 어렵다.
36) 도지: 일정한 대가를 주고 빌려 쓰는 논밭이나 집터.

에 벼는 깨깨 비틀렸다. 이놈을 가을하다간[37] 먹을 게 남지 않음은 물론이요 빚도 다 못 가릴 모양. 에라, 빌어먹을 거 너들끼리 캐다 먹든 말든 멋대로 하여라, 하고 내던져 두지 않을 수 없다. 벼를 거뒀다고 말만 나면 빚쟁이들은 우— 몰려들 거니깐.

응칠이의 죄목은 여기에서도 또렷이 드러난다. 국으로 가만만 있었더면 좋은 걸 이 사품[38]에 뛰어들어 지주의 뺨을 제법 갈긴 것이 응칠이었다. 처음에야 그럴 작정이 아니었다. 그는 여러 곳 물을 마신 이만치 어지간히 속이 튄 건달이었다. 지주를 만나 까놓고 썩 좋은 소리로 의논하였다. 올 농사는 반실이니 도지도 좀 감해주는 게 어떠냐고. 그러나 지주는 암말 없이 고개를 모로 흔들었다. 정 이러면 하여튼 일 년 품은 빼야 할 테니 나는 그 논에다 불을 지르겠수, 하여도 잠자코 응치 않는다. 지주로 보면 자기로도 그 벼는 넉넉히 거둬들일 수는 있다마는, 한 번 버릇을 잘못 해놓으면 어느 작인까지 행실을 버릴까 염려하여 겉으로 독촉만 하고 있는 터이었다. 실상이야 고까짓 벼쯤 있어도 고만 없어도 고만, 그 심보를 눈치 채고 응칠이는 화를 벌컥 낸 것만은 좋으나 저도 모르게 대뜸 주먹뺨이 들어갔던 것이다.

이렇게 문제 중에 있는 벼인데 귀신의 놀음 같은 변괴가 생겼다. 다시 말하면 벼가 없어졌다. 그것도 병들어 쓰러진 쭉정이는 제쳐 놓고 무얼로 그랬는지 알장 이삭만 따갔다. 그 면적으로 어림하면 아마 못 돼도 한 댓 말가량은 될는지!

응칠이가 아침 일찍이 그 논께로 노닐자 이걸 발견하고 기가 막혔다. 누굴 성가시게 굴려고 그러는지. 산속에 파묻힌 논이라 아직은 본 사람

---

37) 가을하다: 벼나 보리 따위의 농작물을 거두어들이다.
38) 사품: 어떤 동작이나 일이 진행되는 바람이나 겨를.

이 없는 모양 같다. 하나 동리에 이 소문이 퍼지기만 하면 저는 어느 모로든 혐의를 받아 폐는 좋이 입어야 될 것이다. 응칠이는 송이도 송이려니와 실상은 궁리에 바빴다. 속중으로 지목 갈만한 놈을 여럿 들어 보았으나 이렇다 찍을 만한 증거가 없다. 어쩌면 재성이나 성팔이 이 둘 중의 짓이리라, 하고 결국 이렇게 생각던 것도 응칠이가 아니면 안 될 것이다.

원수는 외나무다리에서 만났다. 응칠이는 저의 짐작이 들어맞음을 알고 당장에 일을 낼 듯이 성팔이의 눈을 들이 노렸다. 성팔이는 신이 나서 떠들다가 그 눈총에 어이가 질려서 고만 벙벙하였다. 그리고 얼굴이 핼쑥하여 마주 대고 쳐다보더니,

"그래, 자네 왜 그케 노하나. 지내다 보니깐 그렇길래 일테면 자네보고 애기지 뭐."

하고 뒷갈망[39]을 못 하여 우물쭈물한다.

"노하긴 누가 노해!"

응칠이는 뻐팅겼던 몸에 좀 더 힘을 올리며,

"응고개를 어째 갔더냐 말이지?"

"놀러 갔다 오는 길인데 우연히……."

"놀러 갔다, 거기가 노는 덴가?"

"글쎄, 그렇게까지 물을 게 뭔가. 난 응고개 아니라 서울은 못 갈 사람인가."

하다가 성팔이는 속이 타는지 코로 후응 하고 날숨을 길게 뽑는다. 이렇게 나오는 데는 더 물을 필요가 없었다. 성팔이란 놈도 여간내기가 아니요 구장네 숟인가 뭔가 떼다 먹고 한 번 다녀온 놈이었다. 많이 사귀지는 못했으나 동리 평판이 그놈과 같이 다니다가는 엉뚱한 일 만난다 한다.

---

39) 뒷갈망: 뒷감당.

이번에 응칠이 저 역시 그 섭수에 걸렸음을 알고,

"그야 응고개라고 못 갈 리 없을 테……."

하고 한 번 엇먹다,[40] 그러나 자네두 알다시피 거 어디야, 거기 바로 길이 있다든지 사람 사는 동리라면 혹 모른다 하지마는 성한 사람이야 응고개에 뭘 먹으러 가나, 그렇지 자네야 심심하니까, 하고 앞을 꽉 눌러 등을 떠본다. 여기에는 대답 없고 성팔이는 덤덤히 쳐다만 본다. 무엇을 생각했는가 한참 있더니 호주머니에서 단풍갑을 꺼낸다. 우선 제가 한 개를 물고 또 하나를 뽑아 내대며,

"궐련 하나 피우게."

매우 듬직한 낯을 해 보인다. 이놈이 이에 밝기가 몹시 밝은 성팔이다. 턱없이 궐련 하나라도 선심을 쓸 궐자가 아니리라, 생각은 하였으나 그렇다고 에까지 부르대는 건 도리어 저의 처지가 불리하다. 그것은 짜장[41] 그 손에 넘는 짓이니,

"아 웬 궐련은 이래."

하고 슬쩍 눙치며,

"성냥 있겠나?"

일부러 불까지 거 대게 하였다. 응칠이에게 액을 떠넘기어 이용하려는 고 야심을 생각하면 곧 달려들어 다리를 꺾어 놔야 옳을 것이다. 그러나 이 마당에 떠들어 대고 보면 저는 드러누워 침 뱉기. 결국 도적은 뒤로 잡지 앞에서 어르는 법이 아니다. 동리에 소문이 퍼질 것만 두려워하며,

"여보게, 자네가 했건 내가 했건 간."

하고 과연 정다이 그 등을 툭 치고 나서,

---

40) 엇먹다: 사리에 맞지 않는 말과 행동으로 비꼬다.

41) **짜장**: 과연 정말로.

"우리 둘만 알고 동리에 말을 내지 말게."

하다가 성팔이가 이 말에 되우 놀라며 눈을 말뚱말뚱 뜨니,

"그까진 벼쯤 먹으면 어떤가!"

하고 껄껄 웃어 버린다.

성팔이는 한 굽 접히어 말문이 메였는지 얼떨하여 입맛만 다신다.

"아예 말은 내지 말게, 응 알지."

하고 다시 다질 때에야 겨우 주저주저 입을 열어,

"내야 무슨 말을 내겠나."

하고 조금 사이를 떼어 또,

"내야 무슨 말을……. 그건 염려 말게."

하더니 비실비실 몸을 돌리어 저 갈 길을 내걷는다. 그러나 저 앞 고개까지 가는 동안에 두 번이나 돌아다보며 이쪽을 살피고살피고 한 것만은 사실이었다. 응칠이는 그 꼴을 이윽히 바라보고 입 안으로 죽일 놈, 하였다. 아무리 도적이라도 같은 동료에게 제 죄를 넘겨씌우려 함은 도저히 의리가 아니다. 그건 그렇다 치고 응오가 더 딱하지 않은가. 기껏 힘들여 지어 놓았다 남 좋은 일 한 것을 안다면 눈이 뒤집힐 일이겠다. 이래서야 어디 이웃을 믿어 보겠는가. 확적히 증거만 있어 이놈을 잡으면 대번에 요절을 내리라 결심하고 응칠이는 침을 탁 뱉어 던지고 산을 내려온다.

그런데 그놈의 행티로 가늠 보면 응칠이 저만치는 때가 못 벗은 도적이다. 어느 미친놈이 논두렁에까지 가새[42]를 들고 오는가. 격식도 모르는 풋둥이가 그러려면 바로 조 낟가리나 수수 낟가리 말이지 그 속에 들어앉아 가위로 속닥거려야 들킬 리도 없고 일도 편하고 두 포대고 세 포

---

42) 가새: 가위의 방언(경기, 경상, 전라, 충청).

대고 마음껏 딸 수도 있다. 그러나 틈 보고 집으로 나르면 그만이지만 누가 논의 벼를 다……. 그렇게도 벼에 걸신이 들었다면 바로 남의 집 머슴으로 들어가 한 달포 동안 주인 앞에 얼렁거리며 신용을 얻어 오다가 주는 옷이나 얻어 입고 다들 잠들거든 볏섬이나 두둑이 짊어 메고 덜렁거리면 그뿐이다. 이건 맥도 모르는 게 남도 못살게 굴려고 에—이 망할 자식두……. 그는 분노에 살이 다 부들부들 떨리는 듯싶었다. 그러나 이런 좀도적이란 봉이 나기 전에는 바짝 물고 덤비는 법이었다. 오늘 밤에는 요놈을 지켰다 꼭 붙들어 가지고 정강이를 분질러 노리라. 밥을 먹고는 태연히 막걸리 한 사발을 껄떡껄떡 들이켜자,

"커! 가을이 되니깐 맛이 행결 낫군!"

그는 주먹으로 입가를 쓱쓱 훔친 다음 송이 꾸럼에서 세 개를 뽑는다. 그리고 그걸 갈퀴같이 마른 주막 할머니 손에 내어 주며,

"엣수, 송이나 잡숫게유."

하고 술값을 치렀으나,

"아이, 송이두 고놈 참."

간사를 피우는 것이 겉으로는 반기는 척하면서도 좀 시쁜[43] 모양이다. 제 딴은 한 개에 삼 전 씩 치더라도 구 전 밖에 안 되니깐. 응칠이는 슬며시 화가 나서 그 얼굴을 유심히 들여다보았다. 움푹 들어간 볼때기에 저건 또 왜 저리 멋없이 붉거졌는지 툭 나온 광대뼈하고 치마 아래로 남실거리는 발가락은 자칫 잘못 보면 황새발목이니 이건 언제 잡아 가려고 남겨 두는 거야. 보면 볼수록 하나 이쁜 데가 없다. 한두 번 먹은 것도 아니요 언젠가 울타리께 풀을 베어 주고 술사발이나 얻어먹은 적도 있었다. 고렇게 야멸치게 따질 건 뭔가. 그는 눈살을 흘깃 맞히고는 하나를

---

43) **시쁘다**: 마음에 차지 아니하여 시들하다.

더 꺼내어,

"옛수, 또 하나 잡숫게유!"

내던져 주곤 댓돌에 가래침을 탁 뱉었다. 그제야 식성이 좀 풀리는지 그 가축⁴⁴⁾으로 웃으며,

"아이구 이거 자꾸 주면 어떻게 해."

"어떡하긴 자꾸 살찌게유."

하고 한마디 툭 쏘고 일어서다가 무엇을 생각함인지 다시 툇마루에 주저앉는다.

"그런데 참 요즘 성팔이 보셨수?"

"아―니, 당최 볼 수가 없더구면."

"술도 안 먹으러 와유?"

"안 와!"

하고는 입 속으로 뭐라고 중얼거리며 의아한 낯을 들더니,

"왜, 또 뭐 일이……?"

"아니유, 본 지가 하 오래니깐!"

응칠이는 말끝을 얼버무리고 고개를 돌리어 한데를 바라본다. 벌써 점심때가 되었는지 닭들이 요란히 울어 댄다. 논둑의 미루나무는 부 하고 또 부 하고 잎이 날리며 팔랑팔랑 하늘로 올라간다.

"성팔이가 이 마을에서 얼마나 살았지요?"

"글쎄, 재작년 가을이지 아마."

하고 장죽을 빡빡 빨더니,

"근대 또 떠난대든가, 홍천인가 어디 즈 성님한테로 간대."

하고 그게 옳지, 여기서 뭘 하느냐, 대장간이라구 일이나 많으면 모르거

---

44) 가축: 물품이나 몸가짐 따위를 알뜰히 매만져서 잘 간직하거나 거둠.

니와 밤낮 파리만 날리는데 그보다는 즈 형이 크게 농사를 짓는다니 그 뒤나 거들어 주고 국으로 얻어먹는 게 신상에 편하겠지. 그래 불일간[45] 처자식을 데리고 아마 떠나리라고 하고,

"농군은 그저 농사를 지야 돼."

"낼 술 먹으러 또 오지유."

간단히 인사만 하고 응칠이는 다시 일어났다. 주막을 나서니 옷깃을 스치는 개운한 바람이다. 밭둔덕의 대추는 척척 늘어진다. 멀지 않아 겨울은 또 오렸다. 그는 응오의 집을 바라보며 그간 죽었는지 궁금하였다.

응오는 봉당에 걸터앉았다. 그 앞 화로에는 약이 바글바글 끓는다. 그는 정신없이 들여다보고 앉았다. 우중충한 방에서는 아내의 가쁜 숨소리가 들린다. 색, 색 하다가 아이구, 하고는 까무러지게 콜록거린다. 가래가 치밀어 몹시 괴로운 모양. 뽑아 줄 사이가 없이 풀들은 뜰에 엉켰다. 흙이 드러난 지붕에서 망초가 휘어청 휘어청 바람은 가끔 찾아와 싸리문을 흔든다. 그럴 적마다 문은 을씨년스럽게 삐―꺽 삐―꺽. 이웃의 발발이는 부엌에서 한창 바쁘게 달그락거린다. 마는, 아침에 아내에게 먹이고 남은 조죽밖에야. 아니 그것도 참 남편이 마저 긁었으니 사발에 붙은 찌꺼기뿐이리라.

"거, 다 졸았나 부다."

응칠이는 약이란 다 졸면 못쓰니 고만 짜 먹여라 하였다. 약이라야 어젯저녁 울 뒤에서 옭아 들인 구렁이지만. 그러나 응오는 듣고도 흘렸는지 혹은 못 들었는지 잠자코 고개도 안 든다.

"옛다, 송이 맛이나 봐라."

하고 형이 손을 내밀 제야 겨우 시선을 들었으나 술이 거나한 그 얼굴

---

45) 불일간: 불일내(며칠 걸리지 아니하는 동안).

을 거북살스레 훑어본다. 그리고 송이를 고맙지 않게 받아 방에 치뜨리고는,

"이거나 먹어."

하다가,

"뭐?"

소리를 크게 질렀다. 그래도 잘 들리지 않으므로,

"뭐야 뭐야, 좀 똑똑히 하라니깐?"

하고 골피를 찌푸린다. 그러나 아내는 손짓만으로 무슨 소린지 알 수가 없다. 음성으로 치느니보다 종이 비비는 소리랄지, 그걸 듣기에는 지척도 멀었다. 가만히 보다 응칠이는 제가 다 불안하여,

"뒤보겠다는 게 아니냐?"

"그럼 그렇다 말이 있어야지."

남편은 이내 짜증을 내며 몸을 일으킨다. 병약한 아내의 음성이 날로 변하여 감을 시방 안 것도 아니련만⋯⋯. 그는 방바닥에 늘어져 꼬치꼬치 마른 반송장을 조심히 일으키어 등에 업었다. 울 밖 밭머리에 잿간은 놓였다. 머리가 눌릴 만치 납작한 굴속이다. 게다 거미줄은 예제없이 엉키었다. 부춛돌[46] 위에 내려놓으니 아내는 벽을 의지하여 웅크리고 앉는다. 그리고 남편은 눈을 멀뚱멀뚱 뜨고 지키고 섰는 것이다.

이 꼴들을 멀거니 바라보다 응칠이는 마뜩지 않게 코를 휑 풀며 입맛을 다시었다. 응오의 짓이 어리석고 울화가 터져서이다. 요즘 응오가 형에게 잘 말도 않고 왜 어딱비딱하는지 그 속은 응칠이도 모르는 바 아닐 것이다. 응오가 이 아내를 찾아올 때 꼭 삼 년간을 머슴을 살았다. 그처럼 먹고 싶던 술 한 잔 못 먹었고, 그처럼 침을 삼키던 그 개고기 한 메

---

46) 부춛돌: 예전에, 부출 대신 놓아서 발로 디디고 앉아서 뒤를 보게 한 돌.

물론 못 샀다. 그리고 사경⁴⁷⁾을 받는 대로 꼭꼭 장리를 놓았으니 후일 선채⁴⁸⁾로 썼던 것이다. 이렇게까지 근사를 모아⁴⁹⁾ 얻은 계집이련만 단 두 해가 못 가서 이 꼴이 되고 말았다.

그러나 이 병이 무슨 병인지 도시 모른다. 의원에게 한 번이라도 변변히 봬본 적이 없다. 혹 안다는 사람의 말인즉 뇌점⁵⁰⁾이니 어렵다 하였다. 돈만 있으면야 뇌점이고 염병이고 알 바가 못 될 거로되 사날 전 거리로 쫓아 나오며,

"성님!"

하고 팔을 챌 적에는 응오도 어지간히 급한 모양이었다.

"왜?"

응칠이가 몸을 돌리니 허둥지둥 그 말이 이제는 별도리가 없다. 있다면 꼭 한 가지가 남았으니 그것은 엊그제께 산신을 부리는 노인이 이 마을에 오지 않았는가. 그 노인이 응오를 특히 동정하여 십오 원만들이어 산치성⁵¹⁾을 올리면 씻은 듯이 낫게 해주리라는데.

"성님은 언제나 돈 만들 수 있지유?"

"거, 안 된다. 치성 들여 날 병이 안 낫겠니."

하여 여전히 딱 떼고 그러게 내 뭐래든, 애전⁵²⁾에 계집 다 내버리고 날 따라 나서랬지 하고,

"그래 농군의 살림이란 제 목매기라지!"

---

47) 사경: 월급.
48) 선채: 전통 혼례에서, 혼례를 치르기 전에 신랑 집에서 신부 집으로 보내는 채단.
49) 근사를 모으다: 부지런히 힘을 쓰는 일을 오랫동안 계속하여 공을 들이다.
50) 뇌점: 폐병의 순우리말.
51) 산치성: 산신령에게 정성을 드리는 일.
52) 애전: 애초(맨 처음).

그러나 아우가 암말 없이 몸을 홱 돌리어 집으로 들어갈 제 응칠이는 속으로 또 괜한 소리를 했구나, 하였다.

응오는 도로 아내를 업어다 방에 뉘었다. 약은 다 졸았다. 불이 삭기53) 전 짜야 할 것이다. 식기를 기다려 약사발을 입에 대어 주니 아내는 군말 없이 그 구렁이 물을 껄덕껄덕 들이마신다.

응칠이는 마당에 우두커니 앉았다. 사람의 목숨이란 과연 중하군 하였다. 그러나 계집이라는 저 물건이 저렇게 떼기 어렵도록 중할까, 하니 암만해도 알 수 없고.

"너 참 요 건너 성팔이 알지?"

"……."

"너하고 친하냐?"

"……."

"성이 뭐래는데 거 대답 좀 하렴."

하고 소리를 빽 질러도 아우는 대답은 말고 고개도 안 든다. 그러나 응칠이는 하늘을 쳐다보고 트림만 끄윽 하고 말았다. 술기가 코를 꽉꽉 찔러야 할 터인데 이건 풋김치 냄새만 코밑에서 뱅뱅 돈다. 공짜 김치만 퍼먹을 게 아니라 한 잔 더 했더면 좋았을걸. 그는 일어서서 대를 허리에 꽂고 궁둥이의 흙을 털었다. 벼 도둑맞은 이야기를 할까, 하다가 아서라 가뜩이나 울상이 속이 쓰릴 것이다. 그보다는 이놈을 잡아 놓고 낭중 희자를 뽑는 것이 점잖겠지.

그는 문 밖으로 나와 버렸다. 답답한 아우의 살림을 보니 역 답답하던 제 살림이 연상되고 가슴이 두루 답답하였다. 이런 때에는 무가 십상이다. 사실 하느님이 무를 마련해 낸 것은 참으로 은혜로운 일이다. 맥맥

---

53) 삭다: 사그라지다.

할 때 한 개를 씹고 보면 꿀꺽 하고, 쿡 치는 그 맛이 좋고, 남의 무밭에 들어가 하나를 쑥 뽑으니 가락 무54). 이ー키, 이거 오늘 운수 대통이로군. 내던지고 그 다음 놈을 뽑아 들고 개울로 내려온다. 물에 쓱쓱 닦아서는 꽁지는 이로 베어 던지고 어썩 깨물어 붙인다.

개울 둔덕에 포플러는 호젓하게도 매출히 컸다. 자갈돌은 그 밑에 옹기종기 모였다. 가생이로 잔디가 소보록하다. 응칠이는 나가자빠져 마을을 건너다보며 눈을 멀뚱멀뚱 굴리고 누웠다. 산이 뺑뺑 둘리어 숨이 콕 막힐 듯한 그 마을.

아리랑 아리랑 아라리요
아리랑 띄어라 노다 가세
증기차는 가자고 왼고동 트는데
정든 님 품 안고 낙누낙누
아리랑 아리랑 아라리요
아리랑 띄어라 노다 가세
낼 갈지 모래 갈지 내 모르는데
옥씨기 강낭이는 심어 뭐 하리
아리랑 아리랑 아라리요
아리랑 띄어라…….

그는 콧노래로 이렇게 흥얼거리다 갑작스레 강릉이 그리웠다. 펄펄 뛰는 생선이 좋고, 아침 햇살이 빗기어 힘차게 출렁거리는 그 물결이 좋고.

---

54) 가락 무: 가랑무(제대로 굵게 자라지 못하고 밑동이 두세 가랑이로 갈라진 무)의 잘못.

이까짓 둠 구석에서 쪼들리는 데 대다니. 그래도 즈이 딴엔 무어 농사 좀 지었답시고 악을 복복 쓰며 잘도 떠들어 댄다. 하지만 그런 중에도 어디인가 형언치 못할 쓸쓸함이 떠돌지 않는 것도 아니다. 삼십여 년 전 술을 빚어 놓고 쇠를 울리고 흥에 질리어 어깨춤을 덩실거리고 이러던 가을과는 저 딴 쪽이다.

가을이 오면 기쁨에 넘쳐야 될 시골이 점점 살기만 띠어 옴은 웬일인고. 이렇게 보면 재작년 가을 어느 밤 산중에서 낫으로 사람을 찍어 죽인 강도가 문득 머리에 떠오른다. 장을 보고 오는 농군을 농군이 죽였다. 그것도 많이나 되었으면 모르되 빼앗은 것이 한껏 동전 네 닢에 수수 일곱 되, 게다가 흔적이 탄로 날까 하여 낫으로 그 얼굴의 껍질을 벗기고 조기 대강이 이기듯 끔찍하게 남기고 조긴55) 망나니다. 흉악한 자식. 그 알량한 돈 사 전에, 나 같으면 가여워 덧돈을 주고라도 왔으리라. 이번 놈은 그 따위 깍다귀56)나 아닐는지 할 때 찬 김과 아울러 치미는 소름에 머리끝이 다 쭈뼛하였다. 그간 아우의 농사를 대신 돌봐 주기에 이럭저럭 날이 늦었다. 오늘 밤에는 이놈을 다리를 꺾어 놓고 내일쯤은 봐서 설렁설렁 뜨는 것이 옳은 일이겠다. 이 산을 넘을까 저 산을 넘을까 주저거리며 속으로 점을 치다가 슬그머니 코를 골아 올린다.

밤이 내리니 만물은 고요히 잠이 든다. 검푸른 하늘에 산봉우리는 울퉁불퉁 물결을 치고 흐릿한 눈으로 별은 떴다. 그러다 구름떼가 몰려 닥치면 깜깜한 절벽이 된다. 또한 마을 한복판에는 거친 바람이 오락가락 쓸쓸히 궁글고 이따금 코를 찌르는 후련한 산사 내음새.

북쪽 산 밑 미루나무에 싸여 주막이 있는 데 유달리 불이 반짝인다. 노

---

55) 조기다: 마구 두들기거나 패다.
56) 깍다귀: 각다귀(남의 것을 뜯어먹고 사는 사람을 비유적으로 이르는 말).

세, 노세, 젊어서 놀아. 노랫소리는 나직나직 한산히 흘러온다. 아마 벼를 뒷심대고 외상이리라. 응칠이는 잠자코 벌떡 일어나 바깥으로 나섰다. 그리고 다 나와서야 그 집 친구에게 눈치를 안채이도록,

"내 잠깐 다녀옴세!"

"어딜 가나?"

친구는 웬 영문을 몰라서 뻔히 쳐다보다 밤이 이렇게 늦었으니 나갈 생각 말고 어여 이리 들어와 자라 하였다. 기껏 둘이 앉아서 개코쥐코 떠들다가 갑자기 일어서니까 꽤 이상한 모양이었다.

"건너 마을 가 담배 한 봉 사올라구."

"담배 여깄는데 또 사 뭐 하나?"

친구는 호주머니에서 굳이 연봉을 꺼내어 손에 들어 보이더니,

"이리 들어와 섬57)이나 좀 쳐주게."

"아 참, 깜빡……."

하고 응칠이는 미안스러운 낯으로 뒤통수를 긁적긁적한다. 하기는 섬을 좀 쳐달라고 며칠째 당부하는 걸 노름에 몸이 팔려 그만 잊고잊고 했던 것이다. 먹고 자고 이렇게 신세를 지면서 이건 썩 안됐다 생각은 했지만,

"내 곧 다녀올걸 뭐."

어정쩡하게 한마디 남기곤 그 집을 뒤에 남긴다. 그러나 이 친구는,

"그럼, 곧 다녀오게!"

하고 때를 재치는58) 법은 없었다. 언제나 여일59)같이,

"그럼 잘 다녀오게!"

_____

57) 섬: 곡식 따위를 담기 위하여 짚으로 엮어 만든 그릇.

58) 재치다: 재우치다(빨리 몰아치거나 재촉하다)의 북한어.

59) 여일하다: 처음부터 끝까지 한결같다.

이렇게 그 신상만 편하기를 비는 것이다. 응칠이는 모든 사람이 저에게 그 어떤 경의를 갖고 대하는 것을 가끔 느끼고 어깨가 으쓱거린다. 백판 모르는 사람도 데리고 앉아서 몇 번 말만 좀 하면 대뜸 구부러진다. 그렇게 장한 것인지 그 일을 하다가, 그 일이라야 도적질이지만, 들어가 욕보던 이야기를 하면 그들은 눈을 커다랗게 뜨고,

"아이구, 그걸 어떻게 당하셨수!"

하고 적이 놀라면서도,

"그래 그 돈은 어떡했수?"

"또 그럴 생각이 납디까요?"

"참, 우리 같은 농군에 대면 호강살이유!"

하고들 한편 썩 부러운 모양이었다. 저들도 그와 같이 진탕 먹고 살고는 싶으나 주변 없어 못 하는 그 울분에서 그런 이야기만 들어도 다소 위안이 되는 것이다. 응칠이는 이걸 잘 알고 그 누구를 논에다 거꾸로 박아 놓고 달아나다가 붙들리어 경치던 이야기를 부지런히 하며,

"자네들은 안적 멀었네, 멀었어."

하고 흰소리를 치면 그들은, 옳다는 뜻이겠지, 묵묵히 고개만 꺼떡꺼떡하며 속없이 술을 사주고 담배를 사주고 하는 것이다. 그런데 이번 벼를 훔쳐 간 놈은 응칠이를 마구 넘보는 모양 같다. 이렇게 생각하면 응칠이는 더욱 괘씸하였다. 그는 물푸레 몽둥이를 벗 삼아 논둑길을 질러서 산으로 올라간다.

이슥한 그믐 칠야.

길은 어둡고 흐릿한 언저리만 눈앞에 아물거린다. 그 논까지 칠 마장은 느긋하리라. 이 마을을 벗어나는 어귀에 고개 하나를 넘는다. 또 하나를 넘는다. 그러면 그 다음 고개와 고개 사이에 수목이 울창한 산중턱을 비껴 대고 몇 마지기의 논이 놓였다. 응오의 논은 그 중의 하나이

었다. 길에서 썩 들어앉은 곳이라 잘 뵈도 않는다. 동리에 그런 소문이 안 났을 때에는 천행으로 본 놈이 없을 것이나 반드시 성팔이의 성행임에는…….

웅칠이는 공동묘지의 첫 고개를 넘었다. 그리고 다음 고개의 마루턱에 올라섰을 때 다리가 주춤하였다. 저 왼편 높은 산고랑에서 불이 반짝 하다 꺼진다. 짐승불로는 너무 흐리고…… 아—하, 이놈들이 또 왔군. 그는 가던 길을 옆으로 새었다. 더듬더듬 나뭇가지를 짚으며 큰 산으로 올라간다. 바위는 미끄러 내리며 발등을 찧는다. 딸기 가시에 종아리는 따갑고 엉금엉금 기어서 바위를 끼고 감돈다.

산, 거반 꼭대기에 바위와 바위가 어깨를 겯고 움쑥 들어간 굴이 있다. 풀들은 뻗치어 굴 문을 막는다. 그 속에 돌아앉아서 다섯 놈이 머리를 맞대고 수군거린다. 불빛이 샐까 염려다. 남폿불을 얕이 달아 놓고 몸들을 바싹바싹 여미어 가리운다.

"어서 후딱후딱 처, 갑갑해서 원."

"이번엔 누가 빠지나?"

"이 사람이지 뭘 그래."

"다시 섞어, 어서 이 따위 수작이야."

하고 한 놈이 골을 내고 화투를 빼앗아 제 손으로 섞다가 깜짝 놀란다. 그리고 버썩 대드는 웅칠이를 벙벙히 처다보며 얼뚤한다. 그들은 웅칠이가 오는 것을 완고척이 싫어하는 눈치였다. 이런 애송이 노름판인데 웅칠이를 들였다가는 맥을 못 쓸 것이다. 속으로는 되우 꺼렸지마는 그렇다고 웅칠이의 비위를 건드림은 더욱 좋지 못하므로,

"아, 웅칠인가, 어서 들어오게."

하고 선웃음을 치는 놈에,

"난 올 듯하기에, 자넬 기다렸지."

하며 어수 대는 놈,

"하여튼 한케 떠보세."

이놈들은 손을 잡아들이며 썩들 환영이었다. 응칠이는 그 속으로 들어서며 무서운 눈으로 좌중을 한번 훑어보았다. 그런데 재성이도 그 틈에 끼여 있는 것이 아닌가. 사날 전만 해도 응칠이더러 먹을 양식이 없으니 돈 좀 취하라던 놈이 의심이 부쩍 일었다. 도둑이란 흔히 이런 노름판에서 씨가 퍼진다. 그 옆으로 기호도 앉았다. 이놈은 며칠 전 제 계집을 팔았다. 그 돈으로 영동 가서 장사를 하겠다던 놈이 노름을 왔다. 제깐 주제에 딸 듯싶은가. 하나는 용구. 농사엔 힘 안 쓰고 노름에 몸이 달았다. 시키는 부역도 안 나온다고 동리에서 손도60)를 맞을 놈이다. 그리고 남의 집 머슴 녀석. 뽐을 내고 멋없이 점잔을 피우는 중늙은이 상투쟁이, 이 물건은 어서 날아왔는지 보지도 못하던 놈이다. 쳇 이것들이 뭘 한다구! 응칠이는 기호의 등을 꾹 찔러 가지고 밖으로 나왔다. 외딴 곳으로 데리고 와서,

"자네 돈 좀 없겠나?"

하고 돌아서다가,

"웬걸 돈이 어디……."

눈치만 남고 어름어름하니,

"아내와 갈렸다지, 그 돈 다 뭐 했나?"

"아 이 사람아, 빚 갚았지!"

기호는 눈을 내리깔며 매우 거북한 모양이다. 오른편 엄지로 한 코를 막고 흥 하고 내뿜더니 이번 빚에 졸리어 죽을 뻔했네 하고 묻지 않는 발뺌까지 얹어서 설대로 등어리를 긁죽긁죽한다. 그러나 응칠이는 속으로

---

60) 손도: 도덕적으로 잘못한 사람을 그 지역에서 내쫓음.

이놈, 하였다. 응칠이는 실눈을 뜨고 기호를 유심히 쏘아 주었더니,

"꼭 사 원 남았네."

하고 선뜻 알리고,

"빚 갚고 뭣 하고 흐지부지 녹았어."

어색하게도 혼자말로 우물쭈물 웃어 버린다.

응칠이는 퉁명스러이,

"나 이 원만 최게."

하고 손을 내대다 그래도 잘 듣지 않으매,

"따서 둘이 노눌 테야, 누가 떼먹나."

하고 소리가 한번 뻑 아니 나올 수 없다. 이 말에야 기호도 비로소 안심한 듯, 저고리 섶을 처들고 훔척거리다 쭈뼛쭈뼛 꺼내 놓는다. 딴은 응칠이의 솜씨면 낙자는 없을 것이다. 설혹 재간이 모자라 잃는다면 우격이라도 도로 몰아갈 테니깐.

"나두 한케 떠보세."

응칠이는 우죄스레[61] 굴로 기어든다. 그 콧등에는 자신 있는 그리고 흡족한 미소가 떠오른다. 사실이지 노름만큼 그를 행복하게 하는 건 다시 없었다. 슬프다가도 화투나 투전장을 손에 들면 공연스레 어깨가 으쓱거리고 아무리 일이 바빠도 노름판은 옆에 못 두고 지난다. 그는 이놈 저놈의 눈치를 슬쩍 한번 훑고,

"두 패루 너누지?"

응칠이는 재성이와 용구를 데리고 한옆으로 비켜 앉았다. 그리고 신바람이 나서 화투를 섞다가 손을 따악 짚으며,

"튀전이래지 이간 화투는 하튼 뭘 할 텐가, 녹삐킨가 켤텐가?"

---

61) 우죄스레: 우자스레(보기에 어리석은 데가 있게).

"약단이나 그저 보지!"

사방은 매섭게 조용하였다. 바위 위에서 혹 바람에 모래 구르는 소리뿐이다. 어쩌다,

"옛다 봐라."

하고 화투짝이 쩔꺽, 한다. 그리곤 다시 쥐죽은 듯 잠잠하다. 그들은 이욕에 몸이 달아서 이야기고 뭐고 할 여지가 없다. 행여 속지나 않는가 하여 눈들이 빨개서 서로 독을 올린다. 어떤 놈이 뜨는 놈이고 어떤 놈이 뜯기는 놈인지 영문 모른다. 응칠이가 한 장을 내던지고 명월 공산을 보기 좋게 떡 젖혀 놓으니,

"이거 왜 수짜질이야!"

용구는 골을 벌컥 내며 처다본다.

"뭐가?"

"뭐라니, 아, 이 공산 자네 밑에서 빼내지 않았나?"

"봤으면 고만이지 그렇게 노할 건 또 뭔가!"

응칠이는 어설피 입맛을 쩍쩍 다시다,

"그럼 이번엔 파토지?"

하고 손의 화투를 땅에 내던지며 껄껄 웃어 버린다. 이때 한옆에서 별안간,

"이 자식, 죽인가!"

악을 쓰는 것이니 모두들 놀라며 시선을 몬다. 머슴이 마주 앉은 상투의 뺨을 갈겼다. 말인즉 매조 다섯 끗을 엎어 쳤다고 하나 정말은 돈을 잃은 것이 분한 것이다. 이 돈이 무슨 돈이냐 하면 일 년 품을 판 피 묻은 사경이다. 이런 돈을 송두리 먹히다니.

"이 자식, 너는 야마시(사기)꾼이지. 돈 내라."

멱살을 훔켜잡고 다시 두 번을 때린다.

"허, 이놈이 왜 이러누, 어른을 몰라보고."

상투는 책상다리를 잡숫고 허리를 쓰윽 펴더니 점잖이 호령한다. 자식뻘 되는 놈에게 뺨을 맞는 건 말이 좀 덜 된다. 약이 올라서 곧 일을 칠 듯이 엉덩이를 번쩍 들었으나 그러나 그대로 주저앉고 말았다. 악에 바짝 받친 놈을 건드렸다가는 결국 이쪽이 손해다. 더럽단 듯이 허, 허 웃고,

"버릇없는 놈 다 봤고!"

하고 꾸짖은 것은 잘됐으나 기어이 어이쿠, 하고 그 자리에 푹 엎으러진다. 이마가 터져서 피가 흘렀다. 어느 틈엔가 돌멩이가 날아와 이마의 가죽을 터친 것이다.

응칠이는 싱글거리며 굴을 나섰다. 공연스레 쑥스럽게 일이나 벌어지면 성가신 노릇이다. 그리고 돈 백이나 될 줄 알았더니 다 봐야 한 사십 원 될까 말까. 그걸 바라고 어느 놈이 앉아있는가. 그가 딴 것은 본밑을 알라 구 원 하고 팔십 전이다. 기호에게 오 원을 내주고,

"자, 반이 넘네. 자네 계집 잃고 돈 잃고 호강이겠네."

농담으로 비웃어 던지고는 숲속으로 설렁설렁 내려온다.

"여보게, 자네에게 청이 있네."

재성이 목이 말라서 바득바득 따라온다. 그 청이란 묻지 않아도 알 수 있었다. 저에게 돈을 다 빼앗기곤 구문이겠지. 시치미를 딱 떼고 나 갈 길만 걷는다.

"여보게 응칠이, 아, 내 말 좀 들어!"

그제는 팔을 잡아낚으며 살려 달라 한다. 돈을 좀 늘릴까 하고 벼 열 말을 팔아 해보았더니 다 잃었다고. 당장 먹을 게 없어 죽을 지경이니 노름 밑천이나 하게 몇 푼 달라는 것이다. 그러나 벼를 털었으면 그저 먹을 것이지 어쭙잖게 노름은……

"그런 걸 왜 너보고 하랬어?"

하고 돌아서며 소리를 뺙 지르다가 가만히 보니 눈에 눈물이 글썽하다. 잠자코 돈 이 원을 꺼내 주었다.

응칠이는 돌에 앉아서 팔짱을 끼고 덜덜 떨고 있다. 사방은 뺑— 돌리어 나무에 둘러싸였다. 거무튀튀한 그 형상이 혈 없이 무슨 도깨비 같다. 바람이 불적마다 쏴— 하고 쏴— 하고 음충맞게 건들거린다. 어느 때에는 쩩, 쩩 하고 목을 따는지 비명도 울린다. 그는 가끔 뒤를 돌아보았다. 별일은 없을 줄 아나 호옥 뭐가 덤벼들지도 모른다. 서낭당은 바로 등 뒤다. 족제빈지 뭔지, 요동 통에 돌이 무너지며 바스락바스락한다. 그 소리가 묘하게도 등줄기를 쪼옥 긁는다. 어두운 꿈속이다. 하늘에서 이슬은 내리어 옷깃을 축인다. 공포도 공포려니와 냉기로 하여 좀체로 견딜 수가 없었다.

산골은 산신까지도 주렸으렷다. 아들 낳아 달라고 떡 갖다 바칠 이 없을 테니까. 이놈의 영감님 홧김에 덥석 달려들면. 앞뒤를 다시 한 번 휘돌아본 다음 설대[62]를 뽑는다. 그리고 오금팽이로 불을 가리고는 한 대 뻑뻑 피워 물었다. 논은 여남은 칸 떨어져 그 아래 누웠다. 일심정기[63]를 다하여 나무 틈으로 뚫어보고 앉았다. 그러나 땅에 대를 털려니까 풀숲이 이상스러이 흔들린다. 뱀, 뱀이 아닌가. 구시월 뱀이라니 물리면 고만이다. 자리를 옮겨 앉으며 손으로 입을 막고 하품을 터친다.

아마 두어 시간은 더 넘었으리라. 이놈이 필연코 올 텐데 안 오니 또 무슨 조활까. 이 짓이란 소문이 나기 전에 한 번 더 와 보는 것이 원칙이다. 잠을 못 자서 눈이 뻑뻑한 것이 제물에 슬금슬금 감긴다. 이를 악물

---

62) 설대: 담배설대(담배통과 물부리 사이에 끼워 맞추는 가느다란 대).

63) 일심정기: 천도교에서, 한결같은 마음과 바른 기운을 이르는 말.

고 눈을 뒵쓰면 이번에는 허리가 노글거린다. 속은 쓰리고 골치는 때리고. 불꽃같은 노기가 불끈 일어서 몸을 옥죄인다. 이놈의 다리를 못 꺾어 놔도 애비 없는 후레자식이겠다.

닭들이 세 홰를 운다. 멀―리 산을 넘어오는 그 음향이 퍽은 서글프다. 큰 비를 몰아드는지 검은 구름이 잔뜩 낀다. 하긴 지금도 빗방울이 뚝, 뚝, 떨어진다. 그때 논둑에서 희끄무레한 허깨비 같은 것이 얼씬거린다. 정신을 바짝 차렸다. 영락없이 성팔이, 재성이 그들 중의 한 놈이리라. 이 고생을 시키는 그놈! 이가 북북 갈리고 어깨가다 식식거린다. 몽둥이를 잔뜩 우려 잡았다. 그리고 벌떡 일어나서 나무줄기를 끼고 조심조심 돌아내린다. 하나 도랑쯤 내려오다가 그는 멈씰하여 몸을 뒤로 물렀다. 늑대 두 놈이 짝을 짓고 이편 산에서 저편 산으로 설렁설렁 건너가는 길이었다. 빌어먹을 늑대, 이것까지 말썽이람. 이마의 식은땀을 씻으며 도로 제자리로 돌아온다. 어쩌면 이번 이놈도 재작년 강도 짝이나 안 될는지. 급시로 불길한 예감이 뒤통수를 탁 치고 지나간다.

그는 옷깃을 여미어 한 대를 더 붙였다. 돌연히 풍세는 심하여진다. 산골짜기로 몰아드는 억센 놈이 가끔 발광이다. 다시금 더르르 몸을 떨었다. 가을은 왜 이 지경인지. 여기에서 밤새울 생각을 하니 기가 찼다.

얼마나 되었는지 몸을 좀 녹이고자 일어나서 서성서성할 때이었다. 논으로 다가오는 희미한 그림자를 분명히 두 눈으로 보았다. 그리고 보니 피로고, 한고이고 다 딴소리다. 고개를 내대고 딱 버티고 서서 눈에 쌍심지를 올린다. 흰 그림자는 어느 틈엔가 어둠 속에 사라져 보이지 않는다. 그리고 다시 나올 줄을 모른다.

바람 소리만 왱, 왱, 칠뿐이다. 다시 암흑 속이 된다. 확실히 벼를 훔치러 논 속으로 들어갔을 것이다. 여깽이 같은 놈이 궂은 날 새를 기회삼아 맘껏 하겠지. 의리 없는 썩은 자식, 격장에서 같이 굶는 터에……. 오냐 대거리만 있거라. 이를 한번 부드득 갈아붙이고 차츰차츰 논께로 내려온다. 응칠이는 논께로 바특이[64] 내려서서 소나무에 몸을 착 붙였다. 선불리 서둘다간 남의 횡액을 입을지도 모른다. 다 훔쳐 가지고 나올 때만 기다린다. 몸뚱이는 잔뜩 힘을 올린다.

한 식경쯤 지났을까, 도적은 다시 나타난다. 논둑에 머리만 내놓고 사면을 두리번거리더니 그제야 기어 나온다. 얼굴에는 눈만 내놓고 수건인지 뭔지 헝겊이 가리었다. 봇짐을 등에 짊어 메고는 허리를 구붓이 뺑손을 놓는다. 그러자 응칠이가 날쌔게 달려들며,

"이 자식, 남의 벼를 훔쳐 가니!"

하고 대포처럼 고함을 지르니 논둑으로 고대로 데굴데굴 굴러서 떨어진다. 얼결에 호되게 놀란 모양이다. 응칠이는 덤벼들어 우선 허리께를 내려 조졌다. 어이쿠쿠, 쿠— 하고 처참한 비명이다. 이 소리에 귀가 번쩍 띄어서 그 고개를 들고 팔부터 벗겨 보았다. 그러나 너무나 어이가 없었음인지 시선을 치걷으며 그 자리에 우두망찰한다.

그것은 무서운 침묵이었다. 살뚱맞은 바람만 공중에서 북새를 논다. 한참을 신음하다 도적은 일어나더니,

"성님까지 이렇게 못살게 굴기유?"

제법 눈을 부라리며 몸을 홱 돌린다. 그리고 느끼며 울음이 복받친다. 봇짐도 내버린 채,

"내 것 내가 먹는데 누가 뭐래?"

하고 데퉁스러이 내뱉고는 비틀비틀 논 저쪽으로 없어진다. 형은 너무 꿈속 같아서 멍하니 섰을 뿐이다. 그러다 얼마 지나서 한 손으로 그 봇짐을 들어 본다. 가뿐하니 끽 말가웃[65]이나 될는지. 이까짓 걸 요렇게까지

---

64) 바특하다: 두 대상이나 물체 사이가 조금 가깝다.

해가려는 그 심정은 실로 알 수 없다. 벼를 논에다 도로 털어 버렸다. 그리고 아내의 치마이겠지, 검은 보자기를 척척 개서 들었다. 내 걸 내가 먹는다……. 그야 이를 말이랴. 하나 내 걸 내가 훔쳐야 할 그 운명도 얄궂거니와 형을 배반하고 이 짓을 벌인 아우도 아우렷다. 에―이 고얀 놈, 할 제 볼을 적시는 것은 눈물이다. 그는 주먹으로 눈물을 쓱, 비비고 머리에 번쩍 떠오르는 것이 있으니 두레두레한 황소의 눈깔. 시오 리를 남쪽 산으로 들어가면 어느 집 바깥뜰에 밤마다 늘 매여 있는 투실투실한 그 황소. 아무렇게 따지든 칠십 원은 갈 데 없으리라. 그는 부리나케 아우의 뒤를 밟았다.

공동묘지까지 거반 왔을 때에야 가까스로 만났다. 아우의 등을 탁 치며,

"애, 좋은 수 있다. 네 원대로 돈을 해줄게 나하구 잠깐 다녀오자."

씩씩한 어조로 기쁘도록 달렸다. 그러나 아우는 입 하나 열려 하지 않고 그대로 실쭉하였다. 뿐만 아니라 어깨 위에 올려놓은 형의 손을 부질없단 듯이 몸으로 털어 버린다. 그리고 삐익 달아난다. 이걸 보니 하 엄청나고 기가 콱 막히었다.

"이눔아!"

하고 악에 받치어,

"명색이 성이라며?"

대뜸 몽둥이는 들어가 그 볼기짝을 후려갈겼다. 아우는 모로 몸을 꺾더니 시나브로 찌그러진다. 뒤미처 앞정강이를 때리고 등을 팼다. 일어나지 못할 만치 매는 내리었다. 체면을 불고하고 땅에 엎드리어 엉엉 울도록 매는 내리었다.

홧김에 하긴 했으되 그 꼴을 보니 또한 마음이 편할 수 없다. 침을 퇴,

---

65) 말가웃: 한 말 반쯤의 분량.

뱉어 던지곤 팔자 드신 놈이 그저 그렇지 별수 있나, 쓰러진 아우를 일으키어 등에 업고 일어섰다. 언제나 철이 날는지 딱한 일이었다. 속 썩는 한숨을 후— 하고 내뿜는다. 그리고 어청어청 고개를 묵묵히 내려온다.

《조선일보(1935. 7. 17.~ 31.)

금따는 콩밭

땅속 저 밑은 늘 음침하다.

고달픈 간드렛불. 맥없이 푸리끼하다. 밤과 달라서 낮엔 되우 흐릿하였다. 겉으로 황토 장벽으로 앞뒤좌우가 콕 막힌 좁직한 구덩이. 흡사히 무덤 속같이 귀중중하다. 싸늘한 침묵 쿠더브레한 흙내와 징그러운 냉기만이 그 속에 자욱하다. 곡괭이는 뻔찔 흙을 이르집는다. 암팡스러히 나려 쪼며 퍽 퍽 퍽—. 이렇게 메떠러진 소리뿐 그러나 간간 우수수하고 벽이 헐린다. 영식이는 일손을 놓고 소맷자락을 끌어당기어 얼굴의 땀을 훑는다. 이놈의 줄이 언제나 잡힐는지 기가 찼다. 흙 한 줌을 집어 코밑에 바짝 드려대고 손가락으로 샅샅이 뒤져본다. 완연히 버력66)은 좀 변한 듯싶다. 그러나 불퉁 버력이 아주 다 풀린 것도 아니었다. 말뚱 버력이라야 금이 온다는데 왜 이리 안 나오는지.

곡괭이를 다시 집어 든다. 땅에 무릎을 꿇고 궁뎅이를 번쩍 든 채 씩씩거린다. 곡괭이를 무작정 내려찍는다. 바닥에서 물이 스미어 무르팍이 홍건히 젖었다. 굿67) 옆은 천판에서 흙 방울은 내리며 목덜미로 굴러든다. 어떤 때에는 윗벽의 한쪽이 떨어지며 등을 탕 때리고 부서진다.

그러나 그는 눈도 하나 깜짝하지 않는다. 금을 캔다고 콩밭 하나를 다

---

66) 버력: 광석이나 석탄을 캘 때 나오는, 광물 성분이 섞이지 않은 잡돌.

67) 굿: 구덩이.

잡쳤다. 약이 올라서 죽을 둥 살 둥, 눈이 뒤집힌 이 판이다. 손바닥에 침을 탁 뱉고 곡괭이 자루를 한번 고쳐 잡더니 쉴 줄 모른다.

등 뒤에서는 흙 긁는 소리가 드윽드윽 난다. 아직도 버력을 다 못 친 모양. 이 자식이 일을 하나 시주를 하나. 남은 속이 바적 타는데 웬 뱃심이 이리도 좋아.

영식이는 살기 띠인 시선으로 고개를 돌렸다. 암말 없이 수재를 노려본다. 그제야 꾸물꾸물 바지게에 흙을 담고 등에 메고 사다리를 올라간다. 굿이 풀리는지 벽이 우찔하였다. 흙이 부서져 내린다. 전날이라면 이곳에서 안 해 한번 못 하고 생죽음이나 안 할까 털끝까지 쭈뼛 할 게다. 그러나 인젠 그렇게 되고도 싶다. 수재란 놈하고 흙더미에 묻히어 한꺼번에 죽는다면 그게 오히려 나을게다. 이렇게까지 몹시몹시 미웠다.

이놈 풍찌는 바람에 애꿎은 콩밭 하나만 결딴을 냈다. 뿐만 아니라 모두가 낭패다 세 벌 논도 못 맸다. 논둑의 풀은 성큼 자란 채 어지러이 늘어져있다. 이 기미를 알고 지주는 대로[68]하였다. 내년부터는 농사 질 생각 말라고 발을 굴렀다. 땅은 암만을 파도 지수가 없다. 이만해도 다섯 길은 훨씬 넘었으리라. 좀 더 지퍼야 옳을지 혹은 북으로 밀어야 옳을지 우두머니 망설거린다. 금점[69] 일에는 푸뚤이다. 여태껏 수재의 지휘를 받아 일을 하여왔고 앞으로도 역시 그러해야 금을 딸 것이다. 그러나 그런 칙칙한 짓은 안 한다.

"이리 와 이것 좀 파게."

그는 엇서는[70] 위풍을 보이며 이렇게 분부하였다. 그리고 저는 일어나

---

68) 대로: 크게 화를 냄.
69) 금점: 금광(금을 캐내는 광산).

손을 털며 뒤로 물러선다. 수재는 군말 없이 고분하였다. 시키는 대로 땅에 무릎을 꿇고 벽채로 군버력을 긁어 낸 다음 다시 파기 시작한다.

영식이는 치다 나머지 버력을 짊어진다. 커다란 걸때를 뒤뚝거리며 사다리로 기어오른다. 굿문을 나와 버력더미에 흙을 마악 내칠랴 할 제,

"왜 또 파. 이것들이 미쳤나 그래―.

산에서 나려오는 마름과 맞닥뜨렸다. 정신이 떠름하야 그대로 벙벙이 섰다. 오늘은 또 무슨 포악을 들을랴는가.

"말라닌깐 왜 또 파는 게야."

하고 영식이의 바지게 뒤를 지팡이로 콱 찌르더니,

"갈아먹으라는 밭이지 흙 쓰고 들어가라는 거야. 이 미친것들아. 콩밭에서 웬 금이 나온다구 이 지랄들이야 그래."

하고 목에 핏대를 올린다. 밭을 버리면 간수 잘못한 자기 탓이다. 날마다 와서 그 북새를 피고 금하여도 담날 보면 또 여전히 파는 것이다.

"오늘로 이 구뎅이를 도로 묻어놔야지 벌로 당장 징역 갈 줄 알게."

너무 감정에 격하여 말도 잘 안 나오고 떠듬떠듬 걸린다. 주먹은 곧 날아들 듯이 허구리께서 불불 떤다.

"오늘만 좀 해보고 고만두겠어유."

영식이는 낯이 붉어지며 가까스로 한마디 하였다. 그리고 무턱대고 빌었다. 마름은 들은 척도 안 하고 가버린다. 그 뒷모양을 영식이는 멀거니 배웅하였다. 그러나 콩밭 낯짝을 들여다보니 무던히 애통터진다. 멀쩡한 밭에가 구멍이 사면 풍풍 뚫렸다.

예제없이 버력은 무데기무데기 쌓였다. 마치 사태 만난 공동묘지와도 같이 귀살적고[71] 되우 을씨년스럽다. 그다지 잘 되었든 콩 포기는 거반

---

70) 엇서다: 양보하거나 수그리지 않고 맞서다.

버력더미에 다 깔려버리고 군데군데 어쩌다 남은 놈들만이 고개를 나풀거린다. 그 꼴을 보는 것은 자식 죽는 걸 보는 게 낫지 차마 못 할 경상[72]이었다. 농토는 모조리 떨어질 것이다. 그러나 대관절 올 밭도지 베 두 섬 반은 뭘로 해내야 좋을지. 게다 밭을 망쳤으니 자칫하면 징역을 갈는지도 모른다. 영식이가 구뎅이 안으로 들어왔을 때 동무는 땅에 주저앉아 쉬고 있었다. 태연무심이 담배만 뻑 뻑 피는 것이다.

"언제나 줄을 잡는 거야."

"인제 차차 나오겠지."

"인제 나온다."

하고 코웃음 치고 엇먹더니[73] 조금 지나매,

"이 새끼."

흙덩이를 집어 들고 골통을 내려친다. 수재는 어쿠 하고 그대로 푹 엎드린다. 그러다 뻘떡 일어선다. 눈에 띄는 대로 곡괭이를 잡자 대뜸 달겨들었다. 그러나 강약이 부동. 와살스러운 팔뚝에 튕겨져 벽에 가서 쿵 하고 떨어졌다. 그 순간에 제가 빼앗긴 곡괭이가 정수리를 겨누고 날아드는 걸 보았다. 고개를 획 돌린다. 곡괭이는 흙벽을 퍽 찍고 다시 나간다.

수재 이름만 들어도 영식이는 이가 갈렸다. 분명히 홀딱 속은 것이다. 영식이는 본디 금점에 이력이 없었다. 그리고 흥미도 없었다. 다만 밭고랑에 웅크리고 앉아서 땀을 흘려가며 꾸벅꾸벅 일만 하였다. 올엔 콩도

---

71) 귀살적다: 일이나 물건 따위가 마구 얼크러져 정신이 뒤숭숭하거나 산란하다.

72) 경상: 조금 다침. 또는 그 상처.

73) 엇먹다: 사리에 맞지 않는 말과 행동으로 비꼬다.

뜻밖에 잘 열리고 맘이 좀 놓였다. 하루는 홀로 김을 매고 있노라니까

"여보게 덥지 않은가. 좀 쉬었다 하게."

고개를 들어보니 수재. 농사는 안 짓고 금점으로만 돌아다니더니 무슨 바람에 또 왔는지 싱글벙글한다. 좋은 수나 걸렸나 하고,

"돈 좀 많이 벌었나. 나 좀 췌주게."[74]

"벌구 말구. 맘껏 먹고 맘껏 쓰고 했네."

술에 거나한 얼굴로 한껏 주적거린다. 그리고 밭머리에 쭈그리고 앉아 한참 객설을 부리더니,

"자네 돈벌이 좀 안 할려나. 이 밭에 금이 묻혀있네 금이……."

"뭐?"

하니까, 바로 이 산 넘어 큰 골에 광산이 있다. 광부를 삼백여 명이나 부리는 노다지판인데 매일 소출되는 금이 칠십 냥을 넘는다. 돈으로 치면 칠천 원. 그 줄 맥이 큰 산 허리를 뚫고 이 콩밭으로 뻗어 나왔다는 것이다. 둘이서 파면 불과 열흘 안에 줄을 잡을 게고 적어도 하루 서 돈 씩은 따리라. 우선 삼십 원만 해두 얼마냐. 소를 산대두 반 필이 아니냐고.

그러나 영식이는 귀담아 듣지 않았다. 금점이란 칼 물고 뜀뛰기다. 잘 되면이어니와 못 되면 신세만 조판다.[75] 이렇게 전일부터 들은 소리가 있어서였다. 그 담날도 와서 꾀송거리다 갔다. 셋째 번에는 집으로 찾아왔는데 막걸리 한 병을 손에 떡 들고 영을 피운다. 몸이 달아서 또 온 것이었다. 봉당에 걸터앉아서 저녁상을 물끄러미 바라보드니 조당수[76]는 몸을 훑인다는 둥 일꾼은 든든히 먹어야 한다는 둥 남들은 논을 사느니

---

74) 췌주다: 꾸어주다(돈 따위를 나중에 받기로 하고 빌려 주다)의 방언.

75) 조파다: 나빠지다. 망치다.

76) 조당수: 좁쌀을 물에 불린 다음 갈아서 묽게 쑨 음식.

밭을 사느니 떠드는데 요렇게 지내다 그만둘 테냐는 둥 일쩌웁게[77] 지절거린다.

"아주머니 이것 좀 먹게 해주시게유."

그리고 비로소 영식이 아내에게 술병을 내놓는다. 그들은 밥상을 끼고 앉아서 즐거웁게 술을 마셨다. 몇 잔이 들어가고 보니 영식이의 생각도 적이 돌아섰다. 따는 일 년 고생하고 끽 콩 몇 섬 얻어먹느니보다는 금을 캐는 것이 슬기로운 짓이다. 하루에 잘만 캔다면 한 해 줄 것 공 들인 그 수확보다 훨씬 이익이다. 올봄 보낼 제 비료 값 품삯 빚해 빚진 칠 원 까닭에 나날이 졸리는 이 판이다. 이렇게 지지하게 살고 말 바에는 차라리 가루지나 세루지나 사내자식이 한번 해볼 것이다.

"낼부터 우리 파보세. 돈만 있으면이야 그까짓 콩은."

수재가 안달스러이 재우쳐 보채일 제 선뜻 응낙하였다.

"그래보세. 빌어먹을 거 안 됨 고만이지."

그러나 꽁무니에서 죽을 마시고 있던 아내가 허구리를 쿡쿡 찔렀게 망정이지 그렇지 않았으면 좀 주저할 뻔도 하였다. 아내는 아내대로의 셈이 빨랐다. 시체[78]는 금점이 판을 잡았다. 섣부르게 농사만 짓고 있다간 결국 비렁뱅이 밖에는 더 못 된다. 얼마 안 있으면 산이고 논이고 밭이고 할 것 없이 다 금장이 손에 구멍이 뚫리고 뒤집히고 뒤죽박죽이 될 것이다. 그때는 뭘 파먹고 사나. 자 보아라. 머슴들은 짜기나 한 듯이 일하다 말고 혹닥하면 금점으로들 내빼지 않는가. 일꾼이 없어서 올핸 농사를 질 수 없느니 마느니하고 동리에서는 떠들썩하다. 그리고

---

77) **일쩝다**: 일거리가 되어 귀찮거나 불편하다.

78) **시체**: 그 시대의 풍습·유행을 따르거나 지식 따위를 받음. 또는 그런 풍습이나 유행.

번동[79] 토농이[80]조차 호미를 내어던지고 강변으로 개울로 사금를 캐러 달아난다. 그러다 며칠 뒤에는 다비신에다 옥당목을 걸치고 히짜를 뽑는 것이 아닌가.

아내는 콩밭에서 금이 날 줄은 아주 꿈밖이었다. 놀래고도 또 기뻤다. 올해는 노상 침만 삼키든 그놈 코다리(명태)를 짜증[81] 먹어 보겠구나만 하여도 속이 메질 듯이 짜릿하였다. 뒷집 양근댁은 금점 덕택에 남편이 사다준 흰 고무신을 신고 나릿나릿 걷는 것이 무척 부러웠다. 저도 얼른 금이나 펑펑 쏟아지면 흰 고무신도 신고 얼굴에 분도 바르고 하리라.

"그렇게 해보지 뭐. 저 양반 하잔 대로만 하면 어련히 잘 될라구……."

얼뚤하여 앉아있는 남편을 이렇게 추커든 것이다.

동이 트기 무섭게 콩밭으로 모였다. 수재는 진언이나 하는 듯이 이리 대고 중얼거리고 저리 대고 중얼거리고 하였다. 그리고 덤벙거리며 이리 왔다가 저리 왔다가 하였다. 제 따는 땅속에 누운 줄맥을 어림하여 보는 맥이었다.

한참을 밭을 헤매다가 산 쪽으로 붙은 한구석에 딱 서며 손가락을 펴 들고 설명한다. 큰 줄이란 번시 산운. 산을 끼고 도는 법이다. 이 줄이 노다지임에는 필시 이쪽으로 버듬이[82] 누었으리라. 그러니 여기서부터 파들어 가자는 것이었다.

영식이는 그 말이 무슨 소린지 새기지는 못했다마는 금점에서는 난다

---

79) 번동: 본동(이 동네).

80) 토농이: 한곳에 붙박이로 살며 농사를 짓는 사람.

81) 짜증: 과연 정말.

82) 버듬하다: 버드름하다(조금 큰 물체 따위가 밖으로 약간 빈은 듯하다)의 준말.

는 수재이니 그 말대로 하기만 하면 영락없이 금퇴야 나겠지 하고 그것만 꼭 믿었다. 군말 없이 지시해 받은 곳에다 삽을 푹 꽂고 파헤치기 시작하였다. 금도 금이며 애써 키워온 콩도 콩이었다. 거긴 다자란 허울멀쑥한 놈들이 삽 끝에 으츠러지고 흙에 묻히고 하는 것이다. 그걸 보는 것은 썩 속이 아팠다. 애틋한 생각이 물밀 때 가끔 삽을 놓고 허리를 구부러서 콩잎의 흙을 털어주기도 하였다.

"아 이 사람아 맥쩍게 그건 봐 뭘 해 금을 캐자니까."

"아니야. 허리가 좀 아파서……"

핀잔을 얻어먹고는 좀 열적었다. 하기는 금만 잘 터져 나오면 이까짓 콩밭쯤이야. 이 밭을 풀어 논도 만들 수 있을 것이다. 눈을 감아버리고 삽의 흙을 아무렇게나 콩잎 위로 홱홱 내어던진다.

"국으로 땅이나 파먹지 이게 무슨 지랄들이야―."

동리 노인은 뻔찔 찾아와서 귀 거친 소리를 하고 하였다. 밭에 구멍을 셋이나 뚫었다. 그리고 대구 뚫는 길이었다. 금인가 난장을 맞을 건가 그것 때문에 농군은 버렸다. 이게 필연코 세상이 망하려는 증조이리라. 그 소중한 밭에다 구멍을 뚫고 이 지랄이니 그놈이 온전할 겐가. 노인은 제 울화에 지팡이를 들어 삿대질을 아니 할 수 없었다.

"벼락 맞으니. 벼락 맞어―."

"염려 말아유. 누가 알래지유."

영식이는 그럴 적마다 데퉁스리 쏘았다. 골김에 흙을 되는 대로 내꾼지고는 침을 탁 뱉고 구뎅이로 들어간다. 그러나 마음 한구석에는 언제나 끈―하였다. 줄을 찾는다고 콩밭을 통이 뒤집어 놓았다. 그리고 줄이 언제나 나올지 아직 까맣다. 논도 못 매고 물도 못 보고 벼가 어이 되었는지 그것조차 모른다. 밤에는 잠이 안 와 멀뚱허니 애를 태웠다. 수재는 낙담하는 기색도 없이 늘 한량이었다. 땅에 웅숭그리고 시적시적 놀

양으로 땅만 판다.

"줄이 꼭 나오겠나?"

하고 목이 말라서 물으면,

"이번에 안 나오거던 내 목을 베게."

서슴지 않고 장담을 하고는 꿋꿋하였다. 이걸 보면 영식이도 마음이 좀 놓이는 듯싶었다. 전들 금이 없다면 무슨 맛으로 이 고생을 하랴. 반드시 금은 나올 것이다. 그제서는 이왕 손해는 하릴없거니와 고만두리라든 절망이 스르르 사라지고 다시금 주먹이 쥐여지는 것이었다.

캄캄하게 밤은 어두웠다. 어디선가 뭇 개가 요란이 짖어댄다. 남편은 진흙투성이를 하고 산에서 내려왔다. 풀이 죽어서 몸을 잘 가꾸지도 못하고 아랫목에 축 늘어진다.

이 꼴을 보니 아내는 맥시 다시 풀린다. 오늘도 또 글렀구나. 금이 터지면은 집을 한 채 사간다고 자랑을 하고 왔더니 이내 헛일이었다. 인제 좌기83)가 나서 낯을 들고 나아갈 염의조차 없어졌다. 남편에게 저녁을 갖다 주고 딱하게 바라본다.

"인젠 꿔온 양식도 다 먹었는데……."

"새벽에 산제를 좀 지낼 텐데 한 번만 더 꿔와."

남의 말에는 대답 없고 유하게 흘게 늦은84) 소리뿐 그리고 드러누운 채 눈을 지긋이 감아버린다.

"죽거리두 없는데 산제는 무슨……."

"듣기 싫어 요망 맞은 년 같으니."

---

83) 좌기: 기세가 꺾임. 또는 기세를 꺾음.
84) 흘게(가) 늦다: 성격이나 하는 짓이 야무지지 못하다.

이 호통에 아내는 고만 멈씰하였다. 요즘 와서는 무턱대고 공연스리 골만 내는 남편이 영 딱하였다. 환장을 하는지 밤잠도 아니 자고 소리만 빽빽 지르며 덤벼들랴고 든다. 심지어 어린것이 좀 울어도 이 자식 갖다 내꾼지라고 북새를 피는 것이다.

저녁을 아니 먹으므로 그냥 치워버렸다. 남편의 명을 거역키 어려워 양근댁한테로 또다시 안 갈 수 없다. 그간 양식은 줄곧 꾸어다 먹고 갚지도 못하였는데 또 무슨 면목으로 입을 벌릴지 난처한 노릇이었다. 그는 생각 끝에 있는 염치를 보째 쏟아 던지고 다시 한 번 찾아가는 것이다마는 딱 맞닥뜨리어 입을 열고,

"낼 산제를 지낸다는데 쌀이 있어야지유ㅡ."

하자니 영 낯이 화끈하고 모닥불이 날아든다. 그러나 그들은 어지간히 착한 사람이었다.

"암 그렇지요. 산신이 벗나면 죽도 그릅니다."

하고 말을 받으며 그 남편은 빙그레 웃는다. 워낙이 금점에 장구 닳아난[85] 몸인 만치 이런 일에는 적잖이 속이 탔었다. 손수 쌀 닷 되를 떠다주며,

"산제란 안 지냄 몰라두 이왕 지낼내면 아주 정성껏 해야 됩니다. 산신이란 노하길 잘 하니까유."

하고 그 비방까지 깨처 보낸다. 쌀을 받아 들고 나오며 영식이 처는 고마움보다 먼저 미안에 질리어 얼굴이 다시 빨겠다. 그리고 그들 부부 살아가는 살림이 참으로 참으로 몹시 부러웠다. 양근댁 남편은 날마다 금점으로 감돌며 버력더미를 뒤지고 토록[86]을 주워온다. 그걸 온종일 장판

---

85) 닳아나다: 갈리거나 오래 쓰여서 어떤 물건이 낡아지거나 크기 따위가 줄어들다.

86) 토록: 광맥의 본래 줄기에서 떨어져 다른 잡석과 함께 광맥의 겉으로 드러나 있는 광석.

돌에다 갈면은 수가 좋으면 이삼 원 옥아도[87] 칠팔십 전 꼴은 매일 셈이 되는 것이었다. 그러면 쌀을 산다, 필육을 끊는다, 떡을 한다, 장리를 놓는다한다. 그런데 우리는 왜 늘 요 꼴인지. 생각만 하여도 가슴이 메이는 듯 맥맥한 한숨이 연발을 하는 것이었다.

아내는 집에 돌아와 떡쌀을 담갔다. 낼은 뭘로 죽을 쑤어 먹을는지. 윗목에 웅크리고 앉아서 맞은쪽에 자빠져 있는 남편을 곁눈으로 살짝 할겨본다. 남들은 돌아다니며 잘도 금을 주워 오련만 저 망나니, 제 밭 하나를 다 버려도 금 한 톨 못 주워 오나. 에, 에, 변변치도 못한 사나이. 저도 모르게 얕은 한숨이 거푸 두 번을 터진다.

밤이 이슥하여 그들 양주는 떡을 하러 나왔다. 남편은 절구에 쿵쿵 빻았다. 그러나 체가 없다. 동네를 돌아다니며 빌려 오느라고 아내는 다리에 불풍이 났다.

"왜 이리 앉었수. 불 좀 지피지."

떡을 찌다가 얼이 빠져서 멍하니 앉아있는 남편이 밉살스럽다. 남은 이래저래 애를 죄는데 저건 무슨 생각을 하고 저리 있는 건지. 낫으로 삭정이를 탁탁 조겨서 던져 주며 아내는 은근히 훅닥이었다.

닭이 두 홰를 치고 나서야 떡은 되었다. 아내는 시루를 이고 남편은 겨드랑에 자리때기를 꼈다. 그리고 캄캄한 산길을 올라간다. 비탈길을 얼마 올라가서야 콩밭은 놓였다. 전면을 우뚝한 검은 산에 둘리어 막힌 곳이었다. 가생이로[88] 느티 대추나무들은 머리를 풀었다. 밭머리 조금 못 미처 남편은 걸음을 멈추고 뒤의 아내를 돌아본다.

"인내. 그러구 여기 가만히 섰어ㅡ."

---

87) 옥다: 장사 따위에서 본전보다 밑지다.
88) 가생이: 가장자리(둘레나 끝에 해당되는 부분)의 방언.

시루를 받아 한 팔로 껴안고 그는 혼자서 콩밭으로 올라섰다. 앞에 쌓인 것이 모두가 흙더미 그 흙더미를 마악 돌아설랴 할 제 아마 돌을 찼나보다. 몸이 쓰러질랴고 우찔근 하니 아내는 기겁을 하여 뛰어오르며 그를 부축하였다.

"부정 타라구. 왜 올라와 요망 맞은 년."

남편은 몸을 고루 잡자 소리를 뻑 지르며 아내의 얼뺨을 부친다. 가뜩이나 죽으라 죽으라 하는데 불길하게도 계집년이. 그는 마뜩치 않게 투덜거리며 밭으로 들어간다. 밭 한가운데다 자리를 펴고 그 위에 시루를 놓았다. 그리고 시루 앞에다 공손하고 정성스레 재배를 커다랗게 한다.

"우리를 살려줍시사. 산신께서 거들어주지 않으면 저희는 죽을밖에 꼼짝 수 없습니다유."

그는 손을 모으고 이렇게 축원하였다. 아내는 이 꼴을 바라보며 독이 뾰록같이 올랐다. 금점을 합네 하고 금 한 톨 못 캐는 것이 버릇만 점점 글러간다. 그전에는 없더니 요새로 건뜻하면 탕탕 때리는 못된 버릇이 생긴 것이다. 금을 캐랬지 뺨을 치랬나. 제발 덕분에 고놈의 금 좀 나오지 말았으면. 그는 뺨 맞은 앙심으로 맘껏 방자하였다.

하긴 아내의 말 그대로 되었다. 열흘이 썩 넘어도 산신은 깜깜 무소식이었다. 남편은 밤낮으로 눈을 까뒤집고 구뎅이에 묻혀 있었다. 어쩌다 집엘 내려오는 때이면 얼굴이 헐떡하고 어깨가 축 늘어지고 거반 병객이었다. 그리고서 잠자코 커단 몸집을 방고래에다 쿵 하고 내던지고 하는 것이다.

"제이미 붙을. 죽어나 버렸으면―."

혹은 이렇게 탄식하기도 하였다.

아내는 바가지에 점심을 이고서 집을 나섰다. 젖먹이는 등을 두드리며 좋다고 끽끽거린다. 인젠 흰 고무신이고 코다리고 생각조차 물렸다. 그리고 '금'하는 소리만 들어도 입에 신물이 날 만큼 되었다. 그건 고사하고 꿔다 먹은 양식에 졸리지나 말았으면 그만도 좋으리마는.

가을은 논으로 밭으로 누—렇게 내리었다. 농군들은 기꺼운 낯을 하고 서로 만나면 흥겨운 농담. 그러나 남편은 애먼 밭만 망치고 논조차 건살 못하였으니 이 가을에는 뭘 걷어 들이고 뭘 즐겨할는지. 그는 동리 사람의 이목이 부끄러워 산길로 돌았다.

솔숲을 나서서 멀리 밭에를 바라보니 둘이 다 나와 있다. 오늘도 또 싸운 모양. 하나는 이쪽 흙더미에 앉았고 하나는 저쪽에 앉았고 서로들 외면하고 담배만 뻑뻑 피운다.

"점심들 잡숫게유."

남편 앞에 바가지를 내려놓으며 가만히 맥을 보았다. 남편은 적삼이 찢어지고 얼굴에 생채기가 나있었다. 그리고 두 팔을 걷고 먼 산을 향하여 묵묵히 앉아있다. 수재는 흙에 박혔다 나왔는지 얼굴은커녕 귓속들이 흙투성이다. 코밑에는 피딱지가 말라붙었고 아직도 조금씩 피가 흘러내린다. 영식이 처를 보더니 열적은 모양. 고개를 돌리어 모로 떨어치며 입맛만 쩍쩍 다신다.

금을 캐라니까 밤낮 피만 내다 말라는가. 빚에 졸리어 남은 속을 볶는데 무슨 호강에 이 지랄들인구. 아내는 못마땅하여 눈가에 살을 모았다.

"산제 지낸다구 꿔온 것은 은제나 갚는다지유……."

뚱하고 있는 남편을 향하여 말끝을 꼬부린다. 그러나 남편은 눈썹 하나 까딱 하지 않는다. 이번에는 어조를 좀 돋으며,

"갚지도 못할 걸 왜 꿔오라 했지유"

하고 얼추 호령이었다. 이 말은 남편의 채 가라앉지도 못한 분통을 다시 건드린다. 그는 벌떡 일어서며 황밤주먹을 쥐어 창낭할만치 아내의 골

통을 후렸다.

"계집년이 방정맞게—."

다른 것은 모르나 주먹에는 아찔이었다. 멋없이 덤비다간 골통이 부서진다. 암상[89]을 참고 바르르하다가 이윽고 아내는 등에 업은 언내[90]를 끌러 들었다. 남편에게로 그대로 밀어 던지니 아이는 까르륵하고 숨 모는 소리를 친다. 그리고 아내는 돌아서서 혼잣말로,

"콩밭에서 금을 딴다는 숙맥도 있담."

하고 빗대놓고 비양거린다.

"이년아 뭐."

남편은 대뜸 달려들며 그 볼치에다 다시 올찬 황밤을 주었다. 적이나 하면[91] 계집이니 위로도 하여주련만 요건 분만 폭폭 질러놓으려나. 예이 빌어먹을 거 이판사판이다.

"너허구 안 산다. 오늘루 가거라."

아내를 와락 떠다밀어 논둑에 제쳐 놓고 그 허구리를 발길로 퍽 질렀다. 아내는 입을 혁 하고 벌린다.

"네가 허라구 옆구리를 쿡쿡 찌를 제는 언제냐 요 집안 망할 년."

그리고 다시 퍽 질렀다. 연하여 또 퍽. 이 꼴들을 보니 수재는 조바심이 일었다. 저러다가 그 분풀이가 다시 제게로 슬그머니 옮아올 것을 지레 채었다. 인제 걸리면 죽는다. 그는 비슬비슬하다 어느 틈엔가 구뎅이 속으로 시나브로 없어져 버린다.

볕은 다스로운 가을 향취를 풍긴다. 주인을 잃고 콩은 무거운 열매를

---

89) 암상: 심술.

90) 언내: 어린아이.

91) 적이나하면: 형편이 다소나마 된다면.

둥글둥글 흙에 굴린다. 맞은쪽 산 밑에서 벼들을 베며 기뻐하는 농군의 노래.

"터졌네, 터져."

수재는 눈이 휘둥그렇게 굿문을 튀어나오며 소리를 친다. 손에는 흙 한 줌이 잔뜩 쥐었다.

"뭐?"

하다가,

"금줄 잡았어, 금줄."

"으ㅇ—."

하고 외마디를 뒤 남기자 영식이는 수재 앞으로 살같이 달려들었다. 허겁지겁 그 흙을 받아들고 샅샅이 헤쳐보니 딴은 재래에 보지 못하던 붉으죽죽한 황토였다. 그는 눈에 눈물이 핑 돌며,

"이게 원줄인가."

"그럼. 이것이 곱색줄이라네. 한 포에 댓 돈씩은 넉넉 잡히되."

영식이는 기쁨보다 먼저 기가 탁 막혔다. 웃어야 옳을지 울어야 옳을지. 다만 입을 반쯤 벌린 채 수재의 얼굴만 멍하니 바라본다.

"이리 와 봐. 이게 금이래."

이윽고 남편은 아내를 부른다. 그리고 내 뭐랬어 그러게 해보라고 그랬지하고 설면설면 덤벼 오는 아내가 한결 어여뻤다. 그는 엄지가락으로 아내의 눈물을 지워주고 그리고 나서 껑충거리며 구뎅이로 들어간다.

"그 흙 속에 금이 있지요."

영식이 처가 너무 기뻐서 코다리에 고래 등 같은 집까지 연상할 제 수재는 시원스러이,

"네. 한 포대에 오십 원씩 나와유—."

하고 대답하고 오늘밤에는 꼭 정연코 꼭 달아나리라 생각하였다. 거짓
말이란 오래 못 간다. 들통이 나서 뼈다귀도 못 추리기 전에 훨훨 벗어나
는 게 상책이겠다.

《개벽》

봄봄

"장인님! 인젠 저⋯⋯."

내가 이렇게 뒤통수를 긁고, 나이가 찼으니 성례를 시켜 줘야 하지 않겠느냐고 하면 대답이 늘,

"이 자식아! 성례구 뭐구 미처 자라야지!"

하고 만다. 이 자라야 한다는 것은 내가 아니라 장차 내 아내가 될 점순이의 키 말이다. 내가 여기에 와서 돈 한 푼 안 받고 일하기를 삼 년 하고 꼬박이 일곱 달 동안을 했다. 그런데도 미처 못 자랐다니까 이 키는 언제야 자라는 겐지 짜장 영문 모른다. 일을 좀 더 잘해야 한다든지 혹은 밥을(많이 먹는다고 노상 걱정이니까) 좀 덜 먹어야 한다든지 하면 나도 얼마든지 할 말이 많다. 하지만 점순이가 아직 어리니까 더 자라야 한다는 여기에는 어째 볼 수 없이 그만 벙벙하고 만다.

이래서 나는 애최 계약이 잘못된 걸 알았다. 이태면 이태, 삼 년이면 삼 년, 기한을 딱 작정하고 일을 했어야 할 것이다. 덮어놓고 딸이 자라는 대로 성례를 시켜 주마, 했으니 누가 늘 지키고 섰는 것도 아니고 그 키가 언제 자라는지 알 수 있는가. 그리고 난 사람의 키가 무럭무럭 자라는 줄만 알았지 붙박이 키에 모로만 벌어지는 몸도 있는 것을 누가 알았으랴. 때가 되면 장인님이 어련하랴 싶어서 군소리 없이 꾸벅꾸벅 일만 해왔다. 그럼 말이다, 장인님이 제가 다 알아차려서,

"어 참 너 일 많이 했다. 고만 장가들어라."

하고 살림도 내주고 해야 나도 좋을 것이 아니냐. 시치미를 딱 떼고 도리어 그런 소리가 나올까 봐서 지레 펄펄 뛰고 이 야단이다. 명색이 좋아 데릴사위지 일하기에 싱겁기도 할 뿐더러 이건 참 아무것도 아니다.

숙맥이 그걸 모르고 점순이의 키 자라기만 까맣게 기다리지 않았나. 언젠가는 하도 갑갑해서 자를 가지고 덤벼들어서 그 키를 한번 재볼까 했다마는, 우리는 장인님이 내외를 해야 한다고 해서 마주 서 이야기도 한마디 하는 법 없다. 우물길에서 언제나 마주칠 적이면 겨우 눈어림으로 재보고 하는 것인데 그럴 적마다 나는 저만큼 가서,

"제—미 키두!"

하고 논둑에다 침을 퉤, 뱉는다. 아무리 잘 봐야 내 겨드랑(다른 사람보다 좀 크긴 하지만) 밑에서 넘을락 말락 밤낮 요 모양이다. 개돼지는 푹푹 크는데 왜 이리도 사람은 안 크는지, 한동안 머리가 아프도록 궁리도 해보았다. 아하, 물동이를 자꾸 이니까 뼈다귀가 움츠러드나 보다, 하고 내가 넌짓 넌짓이 그 물을 대신 길어도 주었다. 뿐만 아니라 나무를 하러 가면 서낭당에 돌을 올려놓고,

"점순이의 키 좀 크게 해줍소사. 그러면 담엔 떡 갖다 놓고 고사 드립죠니까."

하고 치성도 한두 번 드린 것이 아니다. 어떻게 돼먹은 킨지 이래도 막무가내니……. 그래 내 어저께 싸운 것이지 결코 장인님이 밉다든가 해서가 아니다. 모를 붓다가 가만히 생각을 해보니까 또 싱겁다. 이 벼가 자라서 점순이가 먹고 좀 큰다면 모르지만 그렇지도 못한 걸 내 심어서 뭘 하는 거냐. 해마다 앞으로 축 불거지는 장인님의 아랫배(가 너무 먹은 걸 모르고 냇병이라나, 그 배)를 불리기 위하여 심곤 조금도 싶지 않다.

"아이구 배야!"

난 물 붓다 말고 배를 쓰다듬으면서 그대로 논둑으로 기어올랐다. 그

리고 겨드랑에 꼈던 벼 담긴 키를 그냥 땅바닥에 털썩, 떨어치며 나도 털썩 주저앉았다. 일이 암만 바빠도 나 배 아프면 고만이니까. 아픈 사람이 누가 일을 하느냐. 파릇파릇 돋아 오른 풀 한 숲을 뜯어 들고 다리의 거머리를 쓱쓱 문대며 장인님의 얼굴을 쳐다보았다. 가운데서 장인님이 이상한 눈을 해가지고 한참을 날 노려보더니,

"너 이 자식, 왜 또 이래 응?"

"배가 좀 아파서유!"

하고 풀 위에 슬며시 쓰러지니까 장인님은 약이 올랐다. 저도 논에서 철 벙철벙 둑으로 올라오더니 잡은 참 내 먹살을 움켜잡고 뺨을 치는 것이 아닌가.

"이 자식아, 일허다 말면 누굴 망해 놀 속셈이냐, 이 대가릴 까 놀 자식?"

우리 장인님은 약이 오르면 이렇게 손버릇이 아주 못됐다. 또 사위에게 이 자식 저 자식 하는 이놈의 장인님은 어디 있느냐. 오죽해야 우리 동리에서 누굴 물론하고 그에게 욕을 안 먹는 사람은 명이 짧다 한다. 조그만 아이들까지도 그를 돌아 세워 놓고 욕필이(본 이름이 봉필이니까), 욕필이, 하고 손가락질을 할 만치 두루 인심을 잃었다. 하나 인심을 정말 잃었다면 욕보다 읍의 배 참봉 댁 마름으로 더 잃었다. 번이 마름이란 욕 잘 하고 사람 잘 치고 그리고 생김 생기길 호박개 같아야 쓰는 거지만 장인님은 외양에 똑 됐다. 장인께 닭 마리나 좀 보내지 않는다든가 애벌논 때 품을 좀 안 준다든가 하면 그해 가을에는 영락없이 땅이 뚝뚝 떨어진다. 그러면 미리부터 돈도 먹고 술도 먹이고 안달재신으로 돌아치던 놈이 그 땅을 슬쩍 돌아앉는다. 이 바람에 장인님 집 외양간에는 눈깔 커다란 황소 한 놈이 절로 엉금엉금 기어들고, 동리 사람들은 그 욕을 다 먹어 가면서도 그래도 굽신굽신하는 게 아닌가.

그러나 내겐 장인님이 감히 큰소리할 계제가 못 된다. 뒷생각은 못 하

고 뺨 한 개를 딱 때려 놓고는 장인님은 무색해서 덤덤히 쓴 침만 삼킨
다. 난 그 속을 퍽 잘 안다. 조금 있으면 갈[92]도 꺾어야 하고 모도 내야
하고, 한창 바쁜 때인데 나 일 안 하고 우리 집으로 그냥 가면 고만이니
까. 작년 이맘때도 트집을 좀 하니까 늦잠 잔다고 돌멩이를 집어던져서
자는 놈의 발목을 삐게 해놨다. 사날씩이나 건숭 끙, 끙, 앓았더니 종당
에는 거반 울상이 되지 않았는가.

"애, 그만 일어나 일 좀 해라. 그래야 올 갈[93]에 벼 잘 되면 너 장가들
지 않니."

그래 귀가 번쩍 띄어서 그날로 일어나서 남이 이틀 품 들일 논을 혼자
삶아 놓으니까 장인님도 눈깔이 커다랗게 놀랐다. 그럼 정말로 가을에
와서 혼인을 시켜 줘야 원 경우가 옳지 않겠나. 볏섬을 척척 들어쌓아도
다른 소리는 없고 물동이를 이고 들어오는 점순이를 담배통으로 가리키며,

"이 자식아 미처 커야지. 조걸 무슨 혼인을 한다고 그러니 원!"
하고 남 낯짝만 붉게 해주고 고만이다. 골김에 그저 이놈의 장인님, 하고
댓돌에다 메꽂고 우리 고향으로 내뺄까 하다가 꾹꾹 참고 말았다.

참말이지 난 이 꼴 하고는 집으로 차마 못 간다. 장가를 들러 갔다가
오죽 못났어야 그대로 쫓겨 왔느냐고 손가락질을 받을 테니까⋯⋯. 논
둑에서 벌떡 일어나 한풀 죽은 장인님 앞으로 다가서며,

"난 갈 테야유, 그 동안 사경[94] 쳐내슈."

"너 사위로 왔지 어디 머슴 살러 왔니?"

"그러면 얼찐 성례를 해줘야 안 하지유. 밤낮 부려만 먹구 해준다 해준

---

92) 갈: 갈대(볏과의 여러해살이풀)의 옛말.
93) 갈: '가을'의 준말.
94) 사경: 새경(머슴이 주인에게서 한 해 동안 일한 대가로 받는 돈이나 물건).

다……."

"글쎄 내가 안 하는 거냐? 그년이 안 크니까……."

하고 어름어름 담배만 담으면서 늘 하는 소리를 또 늘어놓는다. 이렇게 따져 나가면 언제든지 늘 나만 밑지고 만다. 이번엔 안 된다 하고 대뜸 구장님한테로 판단 가자고 소맷자락을 내끌었다.

"아 이 자식아, 왜 이래 어른을."

안 간다고 뻗디디고 이렇게 호령은 제 맘대로 하지만 장인님 제가 내 기운은 못 당한다. 막 부려먹고 딸은 안 주고 게다 땅땅 치는 건 다 뭐야…….

그러나 내 사실 참 장인님이 미워서 그런 것은 아니다. 그 전날 왜 내가 새 고개 맞은 봉우리 화전 밭을 혼자 갈고 있지 않았느냐. 밭 가생이로 돌적마다 야릇한 꽃내가 물큰물큰 코를 찌르고 머리 위에서 벌들은 가끔 붕, 붕, 소리를 친다. 바위틈에서 샘물 소리밖에 안 들리는 산골짜기니까 맑은 하늘의 봄볕은 이불 속같이 따스하고 꼭 꿈꾸는 것 같다. 나는 몸이 나른하고(몸살을 아직 모르지만) 병이 나려고 그러는지 가슴이 울렁울렁하고 이랬다.

"이러이! 말이! 맘 마 마……."

이렇게 노래를 하며 소를 부리면 여느 때 같으면 어깨가 으쓱으쓱한다. 웬일인지 밭 반도 갈지 않아서 온몸의 맥이 풀리고 대고 짜증만 난다. 공연히 소만 들입다 두들기며,

"안야! 안야! 이 망할 자식의 소(장인님의 소니까) 대리[95]를 꺾어 줄라."

그러나 내 속은 정말 안야 때문이 아니라 점심을 이고 온 점순이의 키를 보고 울화가 났던 것이다. 점순이는 뭐 그리 썩 예쁜 계집애는 못 된

---

95) 대리: '다리'의 방언(황해).

다. 그렇다구 개떡이냐 하면 그런 것도 아니고, 꼭 내 아내가 돼야 할 만
치 그저 툽툽하게 생긴 얼굴이다. 나보다 십 년이 아래니까 올해 열여섯
인데 몸은 남보다 두 살이나 덜 자랐다. 남은 잘도 휜칠히들 크건만 이건
위아래가 몽툭한 것이 내 눈에는 얼없이⁹⁶⁾ 감참외 같다. 참외 중에는 감
참외가 제일 맛 좋고 예쁘니까 말이다. 둥글고 커단 눈은 서글서글하니
좋고 좀 지쳐 찢어졌지만 입은 밥술이나 톡톡히 먹음직하니 좋다. 아따
밥만 많이 먹게 되면 팔자는 고만 아니냐.

한데 한 가지 파⁹⁷⁾가 있다면 가끔가다 몸이(장인님은 이걸 채신이 없
이 들까분다고 하지만) 너무 빨리빨리 논다. 그래서 밥을 나르다가 때
없이 풀밭에서 깻박을 쳐서 흙투성이 밥을 곧잘 먹인다. 안 먹으면 무안
해 할까 봐서 이걸 씹고 앉았노라면 으적으적 소리만 나고 돌을 먹는 겐
지 밥을 먹는 겐지…….

그러나 이날은 웬일인지 성한 밥 채로 밭머리에 곱게 내려놓았다. 그
리고 또 내외를 해야 하니까 저만큼 떨어져 이쪽으로 등을 향하고 웅크
리고 앉아서 그릇 나기를 기다린다. 내가다 먹고 물러섰을 때 그릇을 와
서 챙기는데, 그런데 난 깜짝 놀라지 않았느냐. 고개를 푹 숙이고 밥함지
에 그릇을 포개면서 날더러 들으라는지 혹은 제 소린지,

"밤낮 일만 하다 말 텐가!"
하고 혼자 쫑알거린다. 고대 잘 내외하다가 이게 무슨 소린가, 하고 난
정신이 얼떨떨했다. 그러면서도 한편 무슨 좋은 수가 있는가 싶어서 나
도 공중을 대고 혼자말로,

"그럼 어떡해?"

---

96) 얼없다: 조금도 틀림이 없다.
97) 파: 사람의 결점.

하니까,

"성례시켜 달라지 뭘 어떡해……."

하고 되알지게 쏘아붙이고 얼굴이 발개져서 산으로 그저 도망질을 친다. 나는 잠시 동안 어떻게 되는 셈판인지 맥을 몰라서 그 뒷모양만 덤덤히 바라보았다. 봄이 되면 온갖 초목이 물이 오르고 싹이 트고 한다. 사람도 아마 그런가 보다, 하고 며칠 내에 부쩍(속으로) 자란 듯싶은 점순이가 여간 반가운 것이 아니다. 이런 걸 멀쩡하게 아직 어리다구 하니까…….

우리가 구장님을 찾아갔을 때 그는 싸리문 밖에 있는 돼지우리에서 죽을 퍼주고 있었다. 서울엘 좀 갔다 오더니 사람은 점잖아야 한다고 윗수염이(얼른 보면 지붕 위에 앉은 제비 꼬랑지 같다) 양쪽으로 뾰족이 뻗치고 그걸 에헴, 하고 늘 쓰다듬는 손버릇이 있다. 우리를 멀뚱히 쳐다보고 미리 알아챘는지,

"왜 일들 허다 말구 그래?"

하더니 손을 올려서 그 에헴을 한번 후딱 했다.

"구장님! 우리 장인님과 처음에 계약하기를……."

먼저 덤비는 장인님을 뒤로 떠다밀고 내가 허둥지둥 달려들다가 가만히 생각하고,

"아니 우리 빙장님98)과 처음에."

하고 첫 번부터 다시 말을 고쳤다. 장인님은 빙장님 해야 좋아하고 밖에 나와서 장인님 하면 괜스레 골을 내려 든다. 뱀두 뱀이래야 좋으냐구 창피스러우니 남 듣는 데는 제발 빙장님, 빙모님, 하라구 일상 당조짐을 받아 오면서 난 그것도 자꾸 잊는다. 당장도 장인님 하다 옆에서 내 발등을

---

98) 빙장: 다른 사람의 장인(丈人)을 이르는 말.

꾹 밟고 곁눈질을 흘기는 바람에야 겨우 알았지만…….

구장님도 내 이야기를 자세히 듣더니 퍽 딱한 모양이었다. 하기야 구장님뿐만 아니라 누구든지 다 그럴 게다. 길게 길러 둔 새끼손톱으로 코를 후벼서 저리 탁 튀기며,

"그럼 봉필 씨! 얼른 성례를 시켜 주구려, 그렇게까지 제가 하구 싶다는 걸……."

하고 내 짐작대로 말했다. 그러나 이 말에 장인님은 삿대질로 눈을 부라리고,

"아 성례구 뭐구 계집애년이 미처 자라야 할 게 아닌가?"

하니까 고만 멀쑤룩해서 입맛만 쩍쩍 다실 뿐이 아닌가.

"그것두 그래!"

"그래, 거진 사 년 동안에도 안 자랐다니 그 킨 은제 자라지유? 다 그만두구 사경 내슈……."

"글쎄, 이 자식아! 내가 크질 말라구 그랬니, 왜 날 보구 떼냐?"

"빙모님은 참새만한 것이 그럼 어떻게 앨 낳지유?"(사실 장모님은 점순이보다도 귀때기 하나가 작다.)

장인님은 이 말을 듣고 껄껄 웃더니(그러나 암만해두 돌 씹은 상이다.) 코를 푸는 척하고 날 은근히 골리려고 팔꿈치로 옆 갈비께를 퍽 치는 것이다. 더럽다. 나도 종아리의 파리를 쫓는 척하고 허리를 구부리며 그 궁둥이를 꽉 떼밀었다. 장인님은 앞으로 우찔근하고 싸리문께로 쓰러질 듯하다 몸을 바로 고치더니 눈총을 몹시 쏘았다. 이런 상년의 자식! 하곤 싶으나 남의 앞이라서 차마 못 하고 섰는 그 꼴이 보기에 퍽 쟁그라웠다.[99]

그러나 이 밖에는 별반 신통한 귀정을 얻지 못하고 도로 논으로 돌아

---

[99] 쟁그랍다: 하는 행동이 괴상하여 얄밉다.

와서 모를 부었다. 왜냐면 장인님이 뭐라고 귓속말로 수군수군하고 간 뒤다. 구장님이 날 위해서 조용히 데리고 아래와 같이 일러 주었기 때문이다.(뭉태의 말은 구장님이 장인님에게 땅 두 마지기 얻어 부치니까 그래 꾀었다고 하지만 난 그렇게 생각 않는다.)

"자네 말두 하기야 옳지, 암 나이 찼으니까 아들이 급하다는 게 잘못된 말은 아니야. 허지만 농사가 한창 바쁜 때 일을 안 한다든가 집으로 달아난다든가 하면 손해죄루 그것두 징역을 가거든! (여기에 그만 정신이 번쩍 났다.) 왜 요전에 삼포 말서 산에 불 좀 놓았다구 징역 간 거 못 봤나? 제 산에 불을 놓아도 징역을 가는 이땐데 남의 농사를 버려 주니 죄가 얼마나 더 중한가. 그리고 자넨 정장[100]을(사경 받으러 정장 가겠다 했다.) 간대지만 그러면 괜시리 죄를 들쓰고 들어가는 걸세. 또 결혼두 그렇지, 법률에 성년이란 게 있는데 스물하나가 돼야 비로소 결혼을 할 수 있는 걸세. 자넨 물론 아들이 늦을 걸 염려하지만 점순이루 말하면 이제 겨우 열여섯이 아닌가. 그렇지만 아까 빙장님의 말씀이 올 갈에는 열일을 제치고라두 성례를 시켜 주겠다 하니 좀 고마울 겐가. 빨리 가서 모 붓던 거나 마저 붓게, 군소리 말구어서 가."

그래서 오늘 아침까지 끽소리 없이 왔다. 장인님과 내가 싸운 것은 지금 생각하면 뜻밖의 일이라 안 할 수 없다. 장인님으로 말하면 요즈막 작인들에게 행세를 좀 하고 싶다고 해서 '돈 있으면 양반이지 별게 있느냐!' 하고 일부러 아랫배를 툭 내밀고 걸음도 뒤틀리게 걷고 하는 이판이다. 이까짓 나쯤 두들기다 남의 땅을 가지고 모처럼 닦아 놓았던 가문을 망친다든지 할 어른이 아니다. 또 나로 논지면 아무쪼록 잘 봬서 점순이에게 얼른 장가를 들어야 하지 않느냐.

---

100) **정장**: 소장(訴狀)을 관청에 냄.

이렇게 말하자면 결국 어젯밤 뭉태네 집에 마실[101] 간 것이 썩 나빴다. 낮에 구장님 앞에서 장인님과 내가 싸운 것을 어떻게 알았는지 대고 빈정거리는 것이 아닌가.

"그래 맞구두 그걸 가만둬?"

"그럼 어떡하니?"

"임마 봉필일 모판에다 거꾸로 박아 놓지 뭘 어떡해?"

하고 괘히 내 대신 화를 내가지고 주먹질을 하다 등잔까지 쳤다. 놈이 본시 괄괄은 하지만 그래 놓고 날더러 석유 값을 물라고 막 지다위[102]를 붙는다. 난 어안이 벙벙해서 잠자코 앉았으니까 저만 연방 지껄이는 소리가,

"밤낮 일만 해주구 있을 테냐?"

"영득이는 일 년을 살구도 장갈 들었는데 난 사 년이나 살구두 더 살아야 해."

"네가 세 번째 사윈 줄이나 아니? 세 번째 사위."

"남의 일이라두 분하다 이 자식아, 우물에 가 빠져 죽어."

나중에는 거우 손톱으로 목을 따라고까지 하고 제 아들같이 함부로 혹닥이었다. 별의별 소리를 다 해서 그대로 옮길 수는 없으나 그 줄거리는 이렇다.

우리 장인님이 딸이 셋이 있는데 맏딸은 재작년 가을에 시집을 갔다. 정말은 시집을 간 것이 아니라 그 딸도 데릴사위를 해가지고 있다가 내보냈다. 그런데 딸이 열 살 때부터 열아홉, 즉 십 년 동안에 데릴사위를 갈아들이기를, 동리에선 사위 부자라고 이름이 났지마는 열 놈이란 참 너무 많다. 장인님이 아들은 없고 딸만 있는 고로 그 담 딸을 데릴사위를

---

101) 마실: 이웃집에 놀러 가는 것.

102) 지다위: 남에게 등을 대고 의지하거나 떼를 씀.

해올 때까지는 부려먹지 않으면 안 된다. 물론 머슴을 두면 좋지만 그건 돈이 드니까, 일 잘하는 놈을 고르느라고 연방 바꿔 들였다. 또 한편 놈들이 욕만 줄창 퍼붓고 심히도 부려먹으니까 밸이 상해서 달아나기도 했겠지. 점순이는 둘째딸인데 내가 일테면 그 세 번째 데릴사위로 들어온 셈이다. 내 담으로 네 번째 놈이 들어올 것을 내가 일도 참 잘하고 그리고 사람이 좀 어수룩하니까 장인님이 잔뜩 붙들고 놓질 않는다. 셋째 딸이 인제 여섯 살, 적어두 열 살은 돼야 데릴사위를 할 테므로 그 동안은 죽도록 부려먹어야 된다. 그러니 인제는 속 좀 차리고 장가를 들여 달라구 떼를 쓰고 나자빠져라, 이것이다.

나는 건성으로 엉, 엉, 하며 귓등으로 들었다. 뭉태는 땅을 얻어 부치다가 떨어진 뒤로는 장인님만 보면 공연히 못 먹어서 으릉거린다. 그것도 장인님이 저 달라고 할 적에 제 집에서 위한다는 그 감투(예전에 원님이 쓰던 것이라나, 옆구리에 뽕뽕 좀먹은 걸레)를 선뜻 주었더라면 그럴 리도 없었던 걸…….

그러나 나는 뭉태란 놈의 말을 전수이 곧이듣지 않았다. 꼭 곧이들었다면 간밤에 와서 장인님과 싸웠지 무사히 있었을 리가 없지 않은가. 그러면 딸에게까지 인심을 잃은 장인님이 혼자 나빴다.

실토이지 나는 점순이가 아침상을 가지고 나올 때까지는 오늘은 또 얼마나 밥을 담았나하고 이것만 생각했다. 상에는 된장찌개하고 간장한 종지, 조밥 한 그릇, 그리고 밥보다 더 수부룩하게 담은 산나물이 한 대접, 이렇다. 나물은 점순이가 틈틈이 해오니까 두 대접이고 네 대접이고 멋대로 먹어도 좋으나 밥은 장인님이 한 사발 외엔 더 주지 말라고 해서안 된다. 그런데 점순이가 그 상을 내 앞에 내놓으며 제 말로 지껄이는 소리가,

"구장님한테 갔다 그냥 온담 그래!"

하고 엊그제 산에서와 같이 되우 쫑알거린다. 딴은 내가 더 단단히 덤비지 않고 만 것이 좀 어리석었다, 속으로 그랬다. 나도 저쪽 벽을 향하여 외면하면서 내 말로,

"안 된다는 걸 그럼 어떡헌담!"

하니까,

"수염을 잡아채지 그냥 둬, 이 바보야!"

하고 또 얼굴이 빨개지면서 성을 내며 안으로 샐죽하니 튀들어 가지 않느냐. 이때 아무도 본 사람이 없었게 망정이지 보았다면 내 얼굴이 어미 잃은 황새 새끼처럼 가엾다 했을 것이다.

사실 이때만큼 슬펐던 일이 또 있었는지 모른다. 다른 사람은 암만 못생겼다 해도 괜찮지만 내 아내 될 점순이가 병신으로 본다면 참 신세는 따분하다. 밥을 먹은 뒤 지게를 지고 일터로 가려 하다 도로 벗어 던지고 바깥마당 공석 위에 드러누워서 나는 차라리 죽느니만 같지 못하다 생각했다. 내가 일 안 하면 장인님 저는 나이가 먹어 못 하고 결국 농사 못 짓고 만다. 뒷짐으로 트림을 꿀꺽하고 대문 밖으로 나오다 날 보고서,

"이 자식아! 너 왜 또 이러니?"

"관격¹⁰³⁾이 났어유, 아이구 배야!"

"기껀 밥 처먹고 나서 무슨 관격이야, 남의 농사 버려 주면 이 자식아 징역 간다 봐라!"

"가두 좋아유, 아이구 배야!"

참말 난 일 안 해서 징역 가도 좋다 생각했다. 일후 아들을 낳아도 그 앞에서 바보 바보 이렇게 별명을 들을 테니까 오늘은 열 쪽이 난대도 결

---

103) 관격: 먹은 음식이 갑자기 체하여 가슴 속이 막히고 위로는 계속 토하며 아래로는 대소변이 통하지 않는 위급한 증상.

정을 내고 싶었다.

　장인님이 일어나라고 해도 내가 안 일어나니까 눈에 독이 올라서 저편으로 힝 하게 가더니 지게막대기를 들고 왔다. 그리고 그걸로 내 허리를 마치 들떠 넘기듯이 쿡 찍어서 넘기고 넘기고 했다. 밥을 잔뜩 먹고 딱딱한 배가 그럴 적마다 퉁겨지면서 밸창이 꼿꼿한 것이 여간 켕기지 않았다. 그래도 안 일어나니까 이번엔 배를 지게막대기로 위에서 쿡쿡 찌르고 발길로 옆구리를 차고 했다. 장인님은 원체 심청이 궂어서 그렇지만 나도 저만 못하지 않게 배를 채었다. 아픈 것을 눈을 꽉 감고 넌 해라 난 재미단 듯이 있었으나 볼기짝을 후려갈길 적에는 나도 모르는 결에 벌떡 일어나서 그 수염을 잡아챘다마는 내 골이 난 것이 아니라 정말은 아까부터 부엌 뒤 울타리 구멍으로 점순이가 우리들의 꼴을 몰래 엿보고 있었기 때문이다. 가뜩이나 말 한마디 톡톡히 못 한다고 바보라는데 매까지 잠자코 맞는 걸 보면 짜장 바보로 알 게 아닌가. 또 점순이도 미워하는 이까짓 놈의 장인님 나하곤 아무것도안 되니까 막 때려도 좋지만 사정 보아서 수염만 채고(제 원대로 했으니까 이때 점순이는 퍽 기뻤겠지) 저기까지 잘 들리도록,

　"이걸 까셀라 부다!"

하고 소리를 쳤다. 장인님은 더 약이 바짝 올라서 잡은 참 지게막대기로 내 어깨를 그냥 내리갈겼다. 정신이다 아찔하다. 다시 고개를 들었을 때 그때엔 나도 온몸에 약이 올랐다. 이 녀석의 장인님을 하고 눈에서 불이 퍽 나서 그 아래 밭 있는 넝알로 그대로 떠밀어 굴려 버렸다. 조금 이따가 장인님이 씩, 씩, 하고 한번 해보려고 기어오르는 걸 얼른 또 떠밀어 굴려 버렸다. 기어오르면 굴리고, 굴리면 기어오르고, 이러길 한 너덧 번을 하며 그럴 적마다,

　"부려만 먹구 왜 성례 안 하지유!"

나는 이렇게 호령했다. 하지만 장인님이 선뜻, 오냐 낼이라두 성례시켜 주마, 했으면 나도 성가신 걸 그만두었을지 모른다. 나야 이러면 때린 건 아니니까 나중에 장인 첬다는 누명도 안 들을 터이고 얼마든지 해도 좋다. 한번은 장인님이 헐떡헐떡 기어서 올라오더니 내 바짓가랑이를 요렇게 노리고서 단박 움켜잡고 매달렸다. 악, 소리를 치고 나는 그만 세상이 다 팽그르 도는 것이,

　"빙장님! 빙장님! 빙장님!"

　"이 자식! 잡아먹어라. 잡아먹어!"

　"아! 아! 할아버지! 살려 줍쇼, 할아버지!"

하고 두 팔을 허둥지둥 내절 적에는 이마에 진땀이 쭉 내솟고 인젠 참으로 죽나 보다 했다. 그래도 장인님은 놓질 않더니 내가 기어이 땅바닥에 쓰러져서 거진 까무러치게 되니까 놓는다. 더럽다 더럽다. 이게 장인님인가, 나는 한참을 못 일어나고 쩔맸다. 그러다, 얼굴을 드니(눈에 참 아무것도 보이지 않았다.) 사지가 부르르 떨리면서 나도 엉금엉금 기어가 장인님의 바짓가랑이를 꽉 움키고 잡아낚았다.

　내가 머리가 터지도록 매를 언어맞은 것이 이 때문이다. 그러나 여기가 또한 우리 장인님이 유달리 착한 곳이다. 여느 사람이면 사경을 주어서라도 당장 내쫓았지 터진 머리를 볼솜으로 손수 지져 주고, 호주머니에 희연 한 봉을 넣어 주시고 그리고,

　"올 갈엔 꼭 성례를 시켜 주마. 암말 말구 가서 뒷골의 콩밭이나 얼른 갈아라."

하고 등을 뚜덕여 줄 사람이 누구냐. 나는 장인님이 너무나 고마워서 어느덧 눈물까지 났다. 점순이를 남기고 이젠 내쫓기려니 하다 뜻밖의 말을 듣고,

　"빙장님! 인제 다시는 안 그러겠어유."

이렇게 맹세를 하며 부랴사랴 지게를 지고 일터로 갔다. 그러나 이때는 그걸 모르고 장인님을 원수로만 여겨서 잔뜩 잡아당겼다.

"아! 아! 이놈아! 놔라, 놔."

장인님은 헛손질을 하며 솔개미에 챈 닭의 소리를 연해 질렀다. 놓긴 왜, 이왕이면 호되게 혼을 내주리라 생각하고 짓궂이 더 댕겼다마는 장인님이 땅에 쓰러져서 눈에 눈물이 피잉도는 것을 알고 좀 겁도 났다.

"할아버지! 놔라, 놔, 놔, 놔놔."

그래도 안 되니까,

"애 점순아! 점순아!"

이 악장에 안에 있었던 장모님과 점순이가 헐레벌떡하고 단숨에 뛰어나왔다. 나의 생각에 장모님은 제 남편이니까 역성을 할는지도 모른다. 그러나 점순이는 내 편을 들어서 속으로 고소해서 하겠지ㅡ. 대체 이게 웬 속인지(지금까지도 난 영문을 모른다.) 아버질 혼내 주기는 제가 내래 놓고 이제 와서는 달려들며,

"에그머니! 이 망할 게 아버지 죽이네!"

하고 내 귀를 뒤로 잡아당기며 마냥 우는 것이 아니냐. 그만 여기에 기운이 탁 꺾이어 나는 얼빠진 등신이 되고 말았다. 장모님도 덤벼들어 한쪽 귀마저 뒤로 잡아채면서 또 우는 것이다.

이렇게 꼼짝도 못하게 해놓고 장인님은 지게막대기를 들어서 사뭇 내려조겼다. 그러나 나는 구태여 피하려지도 않고 암만해도 그 속 알 수 없는 점순이의 얼굴만 멀거니 들여다보았다.

"이 자식! 장인 입에서 할아버지 소리가 나오도록 해?"

《조광2(1935.12.)》

✂노다지

　그믐 칠야 캄캄한 밤이었다. 하늘에 별은 깨알같이 총총 박혔다. 그 덕으로 솔숲 속은 간신히 희미하였다. 험한 산중에도 우중충하고 구석배기 외딴 곳이다. 버석만 하여도 가슴이 덜렁한다. 호랑이, 산골 호생원! 만귀는 잠잠하다. 가을은 이미 늦었다고 냉기는 모질다. 이슬을 품은 가랑잎은 바시락바시락 날아들며 얼굴을 축인다.

　꽁보는 바랑을 모로 베고 풀 위에 꼬부리고 누웠다가 잠깐 깜박하였다. 다시 눈이 뜨였을 적에는 몸서리가 몹시 나온다. 형은 맞은편에 그저 웅크리고 앉아있는 모양이다.

　"성님, 인제 시작해 볼라우!"

　"아직 멀었네, 좀 춥더라도 참참이[104] 해야지…….."

　어둠 속에서 그 음성만 우렁차게, 그러나 가만히 들릴 뿐이다. 연모[105]를 고치는지 마치 쇠 부딪는 소리와 아울러 부스럭거린다. 꽁보는 다시 옹송그리고 새우잠으로 눈을 감았다. 야기[106]에 옷은 젖어 후줄근하다. 아랫도리가 척 나간 듯이 감촉을 잃고 대고 쑤실 따름이다. 그대로 버뜩 일어나 하품을 하고는 으드들 떨었다. 어디서인지 자박자박 사라지는

---

104) 참참이: 일정한 동안을 두고 이따금.
105) 연모: 물건을 만들거나 일을 할 때에 쓰는 기구와 재료.
106) 야기: 밤공기의 차고 눅눅한 기운.

발자국 소리가 들린다. 꽁보는 정신이 번쩍 나서 눈을 둥굴린다.

"누가 오는 게 아뉴?"

"바람이겠지, 즈들이 설마 알라구!"

신청부[107]같은 그 대답에 적이 맘이 놓인다. 곁에 형만 있으면야 몇 놈 쯤 오기로서니 그리 쪼일 게 없다. 적삼의 깃을 여미며 휘돌아보았다. 감때사나운 큰 바위가 반득이는 하늘을 찌를 듯이, 삐쭈 솟았다. 그 양 어깨로 자지레한 바위는 뭉글뭉글한 놈이 검은 구름 같다. 그러면 이번 에는 꿈인지 호랑인지 영문 모를 그런 험상궂은 대가리가 공중에 불끈 나타나 두리번거린다. 사방은 모두 이따위 산에 둘렸다.

바람은 뻔질나게 구르며 습기와 함께 낙엽을 풍긴다. 을씨년스레 샘물 은 노냥 쫄랑쫄랑 금시라도 시커먼 산 중턱에서 호랑이 불이 보일 듯싶 다. 꼼짝 못할 함정에 든 듯이 소름이 쭉 돋는다. 꽁보는 너무 서먹서먹 하고 허전하여 어깨를 으쓱 올린다. 몹쓸 놈의 산골도 다 많어이. 산골 마다 모조리 요지경이람. 이러고 보니 몹시 무서운 기억이 눈앞으로 번 쩍 지난다.

바로 작년 이맘때이다. 그날도 오늘과 같이 밤을 도와 잠채[108]를 하러 갔던 것이다. 회양 근방에도 가장 험하다는 마치 이렇게 휘하고 낯선 산 골을 기어올랐다. 꽁보에 더펄이, 그리고 또 다른 동무 셋과. 초저녁부 터 내리는 보슬비가 웬일인지 그칠 줄을 모른다. 붕, 하고 난데없이 이는 바람에 안기어 비는 낙엽과 함께 몸에 부딪고 또 부딪고 하였다. 모두들 입 벌릴 기력조차 잃고 대고 부들부들 떨었다. 방금 넘어올 듯이 덩치 커

---

107) 신청부: 근심 걱정이 많아 사소한 말은 좀처럼 돌아볼 틈이 없다.
108) 잠채: 광물을 몰래 채굴하거나 채취함.

다란 바위는 머리를 불쑥 내 대고 길을 막고막고 한다. 그놈을 끼고 캄캄한 절벽을 돌고 나니 땀이 등줄기로 쪽 내려 흘렀다. 게다가 언제 호랑이가 내닫는지 알 수 없으매 가슴은 펄쩍 두근거린다. 그러나 하기는, 이제 말이지 용케도 해먹긴 하였다.

아무렇든지 다섯 놈이 서른 길이나 넘는 암굴에 들어가서 한 시간도 채 못 되자 감(광석)을 두 포대나 실히 따올렸다마는, 문제는 노느매기[109]에 있었다. 어떻게 이놈을 나누면 서로 억울치 않을까. 꽁보는 금점에 남다른 이력이 있느니만치 제가 선뜻 맡았다. 부피를 대중하여 다섯 목에다 차례대로 메지메지 골고루 노났던 것이다. 한데 이런 우스꽝스러운 놈이 또 있을까.

"이게 일터면 노눈 건가!"

어두운 구석에서 어떤 놈이 이렇게 쥐어박는 소리를 하는 것이다. 제 딴은 욱기를 보이느라고 가래침을 배알는다.

"그럼."

꽁보는 하 어이없어서 그쪽을 뻔히 바라보았다. 이건 우리가 늘 하는 격식인데 이제 와서 새삼스럽게 게정[110]을 부릴 것이 아니다.

"아니, 요게 내 거야?"

"그럼 누군 감벼락을 맞았단 말인가?"

"아니, 이 구덩이를 먼저 낸 것이 누군데 그래?"

"누구고 새고 알 게 뭐 있나, 금 있으니 땄고, 땄으니 노났지!"

"알 게 없다? 내가 없어도 느가 왔니? 이 새끼야?"

"이런 숭맥 보래, 꿀돼지 제 욕심 채기로 너만 먹자는 거야?"

---

109) 노느매기: 여러 몫으로 갈라 나누는 일. 또는 그렇게 나누어진 몫.

110) 게정: 불평을 품고 떠드는 말과 행동.

바로 이 말에 자식이 욱하고 들이 덤볐다. 무지한 두 손으로 꽁보의 멱살을 잔뜩 움켜쥐고, 흔들고 지랄을 한다. 꽁보가 체수가 작고 좀팽이라 쳐들고 한창 얕본 모양이다. 비를 맞아 가며 숨이 콕 막히도록 시달리니 꽁보도 화가 안 날 수 없다. 저도 모르게 어느덧 감석을 손에 잡자 놈의 골통을 패뜨렸다 하니까, 이놈이 꼭 황소같이 식, 하더니 꽁보를 피언한 돌 위에다 집어 때렸다. 그리고 깔고 앉더니 대뜸 벽채를 들어 곁갈비대를 휙, 하도록 아주 몹시 조겼다.

죽질 않기만 다행이지만 지금도 이게 가끔 도지어 몸을 못 쓰는 것이다. 담에는 왼편 어깨를 된통 맞았다. 정신이 다 아찔하였다. 험하고 깊은 산속이라 그대로 죽여 버릴 작정이 분명하다. 세 번째에는 또 다시 가슴을 거누고 내려올 제, 인제는 꼬박 죽었구나 하였다. 참으로 지긋지긋하고 아슬아슬한 순간이었다.

그때 천행이랄까 대문짝처럼 크고 억센 더펄이가 비호같이 날아들었다. 잡은 참 그놈의 허리를 뒤로 두 손에 쥐어들더니 산비탈로 내던져 버렸다. 그놈은 그때 살았는지 죽었는지 이내 모른다. 꽁보는 곧바로 감석과 한꺼번에 더펄이 등에 업히어 마을로 내려왔던 것이다.

현재 꽁보가 갖고 다니는 그 목숨은 더펄이 손에서 명줄을 받은 그때의 끄트머리다. 더펄이를 형이라 불렀고 형우제공[111]을 깍듯이 하는 것도 까닭 없는 일은 아니었다. 이 산골도 그 녀석의 산골과 똑 헐없는 흉측스러운 낯짝을 가졌다. 한번 휘돌아 보니 몸서리치던 그 경상이 다시 생각나지 않을 수 없다. 꽁보는 담배를 빡빡 피우며 시름없이 앉았다.

---

111) 형우제공: 형은 아우를 사랑하고 동생은 형을 공경한다는 뜻으로, 형제간에 서로 우애 깊게 지냄을 이르는 말.

"몸 좀 녹여서 인제 시적시적 해볼까?"

더펄이도 추운지 떨리는 몸을 툭툭 털며 일어선다. 시작하도록 연모는 차비가 다 된 모양. 저편으로 가서 홈척홈척하더니 바랑에서 막걸리 병과 돼지 다리를 꺼내 들고 이리로 온다.

"그래도 좀 거냉[112]은 해야 할 걸!"

하고 그는 병마개를 이로 뽑더니,

"에이, 그냥 먹세, 언제 데워 먹겠나?"

"데웁시다."

"글쎄, 그것두 좋구, 근데 불을 났다가 들키면 어쩌나?"

"저 바위틈에다 가리고 핍시다."

아우는 일어서서 가랑잎을 긁어모았다. 형은 더듬어 가며 소나무 삭정이를 뚝뚝 꺾어서 한아름 안았다. 병풍과 같이 바위와 바위사이에 틈이 벌었다. 그 속으로 들어가 그들은 불을 놓았다.

"커— 그어 맛 좋다이."

형은 한잔을 쭉 켜고 거나하였다. 칼로 돼지고기를 저며 들고 쩍쩍 씹는다.

"아까 술집 계집 봤나?"

"왜 그류?"

"어떻든가?"

"······."

"아주 똑 땄데 고거 참!"

하고 그는 눈을 불빛에 꿈벅거리며 싱글싱글 웃는다. 일 년이면 열두 달 줄창 돌아만 다닌다는 신세였다. 오늘은 서로, 내일은 동으로, 조선 천지

---

112) 거냉: 찬 기운을 없앨 정도로만 조금 데움.

의 금점판치고 아니 집적거린 데가 없었다. 언제나 나도 그런 계집 하나 만나 살림을 좀 해보누 하면 무거운 한숨이 절로 안날 수 없다.

"거, 계집 있는 게 한결 낫겠더군!"

하고 저도 열적을 만큼 시풍스러운 소리를 하니까,

"글쎄요……."

하고 꽁보는 그 얼굴을 빤히 처다보았다. 이날까지 같이 다녀야 그런 법 없더니만 왜 별안간 계집 생각이 날까, 별일이로군! 하긴, 저도 요즘으로 부쩍 그런 생각이 무룩무룩 안 나는 것도 아니지만, 가을이 늦어서 그런지 홀아비 마주 앉기만 하면 나는 건 그 생각뿐.

"성님 장가들라우?"

"어디 웬 계집이 있나?"

"글쎄?"

하고 꽁보는 그 말을 재치다가 얼뜻 이런 생각을 하였다. 제 누이를 주면 어떨까. 지금 그 누이가 충주 근방 어느 농군에게 출가하여 자식을 둘씩이나 낳았다마는 매우 반반한 얼굴을 가졌다. 이걸 준다면 형은 무척 반기겠고, 또한 목숨을 구해 준 그 은혜에 대하여 손쌧이도 되리라.

"성님, 내 누이를 주라우?"

"누이?"

"썩 이뿌우, 성님이 보면 아마 담박 반하리다."

더펄이는 다음 말을 기다리며 다만 벙벙하였다. 불빛에 이글이글하고 검붉은 그 얼굴에는 만족한 미소가 떠올랐다. 그 누이에 대하여 칭찬은 전일부터 많이 들었다. 그럴 적마다 속중으로는 슬며시 생각이 달랐으나 차마 이렇다 토설치는 못했던 터이었다.

"어떻수?"

"글쎄, 그런데 살림하는 사람을 그리 되겠나?"

하며, 뒷심은 두면서도 어정쩡하게 물어 보았다. 그러고들 껍쩍하고 술을 따라서 아우에게 권하다가 반이나 엎질렀다.

"그야, 돌려 빼면 그만이지 누가 뭐랠 터유."

꽁보는 자신이 있는 듯이 이렇게 선언하였다. 더펄이는 아주 좋았다. 팔짱을 딱 지르고 눈을 감았다. 나도 인젠 계집 하나 안아 보는구나! 아마 그 누이란 썩 이쁠 것이다. 오동통하고, 아양스럽고, 이런 계집에 틀림없으리라. 그럴 필요도 없건마는 그는 벌떡 일어서서 주춤주춤하다가 다시 펄썩 앉는다.

"은제 갈려나?"

"가만있수, 이거 해가지구 낼 갑시다."

오늘 일만 잘 되면 낼로 곧 떠나도 좋다. 충청도라야 강원도 역경을 지나 칠팔십 리 걸으면 그만이다. 낼 해껏 걸으면 모레 아침에는 누이 집을 들러서 다른 금점으로 가리라 예정하였다. 그런데 이놈의 금을 언제나 좀 잡아 볼는지 아득한 일이었다.

"빌어먹을 거, 은제쯤 재수가 좀 터보나!"

꽁보는 뜯고 있던 돼지 뼈다귀를 내던지며 이렇게 한탄하였다.

"염려 말게, 어떻게 되겠지! 오늘은 꼭 노다지가 터질 테니 두고 보려나?"

"작히 좋겠수, 그렇거든 고만 들어앉읍시다."

"이를 말인가, 이게 참 할 노릇을 하나, 이제 말이지."

그들은 몇 번이나 이렇게 자위했는지 그 수를 모른다. 네가 노다지를 만나든, 내가 만나든 둘이 똑같이 나눠 가지고 집을 사고 계집을 얻고, 술도 먹고, 편히 살자고. 그러나 여태껏 한 번이라도 그렇게 해본 적이 없으니 매양 헛소리가 되고 말았다.

"닭 울 때도 되었네, 인제 슬슬 가보려나?"

더펄이는 선뜻 일어서서 바랑을 짊어 메다가 꽁보를 바라보았다. 몸이 또 도지는지 불 앞에서 오르르 떨고 있는 것이 퍽으나 측은하였다.

"여보게 내 혼자 해가주 올게 불이나 쬐고 거기 있을려나?"

"뭘, 갑시다."

꽁보는 꼬물꼬물 일어서며 바랑을 메었다. 그들은 발로다 불을 비벼 끄고는 거기를 떠났다. 산에, 골을 엇비슷이 돌아 오르는 샛길이 놓였다. 좌우로는 솔, 잣, 밤, 단풍, 이런 나무들이 울창하게 꽉 들어박혔다. 그 밑으로는 자갈, 아니면 불퉁 바위는 예제없이 마냥 뒹굴었다. 한갓 시커 먼 그 암흑 속을 그들은 더듬고 기어오른다. 풀숲의 이슬로 말미암아 고의는 축축이 젖었다. 다리를 옮겨 놓을 적마다 철썩철썩 살에 붙으며 찬 기운이 쭉 끼친다. 그리고 모진 바람은 뻔질 불어 내린다. 붕 하고 능글 차게 낙엽이 불어 내리다는 뺑 하고 되알지게 기를 복쏜다.

꽁보는 더펄이 뒤를 따라 오르며 달달 떨었다. 이게 지랄인지 난장인 지. 세상에 짜장 못 해먹을 건 금점 빼고 다시없으리라. 금이 다 무엇인 지, 요 짓을 꼭 해야 한담. 게다 건뜻 하면 서로 두들겨 죽이는 것이 일. 참말이지 금쟁이치고 하나 순한 놈 못 봤다. 몸이 결릴 적마다 지겹던 과 거를 또 연상하며 그는 다시금 몸에 소름이 돋았다. 그러자 맞은편 산 수 풀에서 큰 불이 얼른 하였다. '호랑이!' 이렇게 놀라고 더펄이 허리에 가 덥석 달리며,

"저게 뭐유?"

하고 다르르 떨었다.

"뭐?"

"저거, 아니 지금은 없어졌네."

"그게 눈이 어려서 헷거지 뭐야."

더펄이는 씸씸이 대답하고 천연스레 올라간다. 다구진 그 태도에 좀 안심이 되는 듯싶으나 그래도 썩 펀치는 못하였다. 왜 이리 오늘은 대고

겁만 드는지 까닭을 모르겠다. 몸은 매시근하고[113] 열로 인하여 입이 바짝바짝 탄다. 이것이 웬만하면 그럴 리 없으련마는,

"자네 안 되겠네, 내 등에 업히게!"

하고 더펄이가 등을 내대일 제, 그는 잠자코 바랑 위로 넙죽 업혔다. 그래도 끽소리 없이 덜렁덜렁 올라가는 더펄이를 굽어보며 실팍한 그 몸이 여간 부러운 것이 아니었다. 불볕 내리는 복중처럼 씨근거리며 이마에 땀이 쫙 흘렀을 그때에야 비로소 더펄이는 산마루턱까지 이르렀다. 꽁보를 내려놓고 땀을 씻으며 후, 하고 숨을 돌린다. 인제 얼마 안 남았겠지. 조금 내려가면, 요 아래 있을 것이다.

그들이 이 마을에 들른 것은 바로 오늘 점심때이다. 지나서 그냥 가려 하다가 뜻하지 않은 주막 주인 말에 귀가 번쩍 띄었던 것이다. 저 산 너머 금점이 있는데 금이 푹푹 쏟아지는 화수분이라고. 요즘에는 화약 허가를 내가지고 완전히 일을 하고자 하여 부득이 잠시 휴광 중이고, 머지 않아 다시 시작할 게다. 그리고 금 도둑을 맞을까 하여 밤낮 구별 없이 감시하는 중이라 하는 것이다.

그러나 이 밤중에 누가 자지 않고 설마, 하고 더펄이는 덜렁덜렁 내려간다. 꽁보는 그 꽁무니를 쿡쿡 찔렀다. 그래도 사람의 일이니 물은 모른다. 좌우 곁으로 살펴보며 살금살금 사리어 내려온다.

그들은 오 분쯤 내리었다. 딴은 커다란 구덩이 하나가 딱 내달았다. 산중턱에 짚더미 같은 바위가 놓였고 그 옆으로 또 하나가 놓여 가달이 졌다. 그 가운데다 삐듬한 돌 장벽을 끼고 구멍을 뚫은 것이다. 가로는 한 발 좀 못 되고 길이는 약 서 발 가량. 성냥을 그어 대보니 깊이는 네 길이 넘겠다. 함부로 쪼아 먹은 구뎅이라 꺼칠한 놈이 군버력도 똑똑히 못 치

---

113) 매시근하다: 기운이 없고 나른하다.

웠다. 잠채를 염려하여 그랬으리라. 사다리는 모조리 떼가고 밍숭밍숭한 돌 벽이 있을 뿐이다.

그들은 다시 한 번 사방을 둘레둘레 돌아보았다. 지적을 분간키 어려우나 필경 사람은 없을 것이다. 마음을 놓고 바랑에서 관솔을 꺼내어 불을 대렸다. 더펄이가 먼저 장벽에 엎디어 뒤로 기어 내린다. 꽁보는 불을 들고 조심성 있게 참참이 내려온다. 한 길쯤 남았을 때 그만 발이 찍하고 더펄이는 떨어졌다. 꿍 하고 무던히 골탕은 먹었으나 그대로 쓱싹 일어섰다. 동이 트기 전에 얼른 금을 따야 될 것이다.

"여보게 아우, 나는 어딜 따라나?"

"글쎄유……. 가만히 기슈."

아우는 불을 들이대고 줄맥을 한번 쭉 훑었다. 금점 일에는 난다 긴다 하는 아달맹이 금쟁이였다. 썩 보더니 복판에는 동이 먹어 들어가고 양편 가생이로 차차 줄이 생하는 것을 알았다.

"성님은 저편 구석을 따우."

아우는 이렇게 지시하고 저는 이쪽 구석으로 왔다. 그러나 차마 그 틈바귀로 들어갈 생각이 안 난다. 한 길이나 실히 되도록 쌓아 올린 동발이 금방 넘어올 듯이 위험했다. 밑에는 좀 잔 돌로 쌓으나 그 위에는 제법 굵직굵직한 놈들이 얹혔다. 이것이 무너지면 깩 소리도 못 하고 치여 죽는다. 꽁보는 한참 생각했으되 별수 없다.

낯을 찌푸려 가며 바랑에서 망치와 타래정[114]을 꺼내 들었다. 그런데 어떻게 파먹은 놈이게 옴푹이 들어간 것이 일커녕 몸 하나 놓을 데가 없다. 마지못해 두 다리를 동발께로 쭉 뻗고 몸을 그 홈패기에 착 엎디어

---

114) 타래정: 배배 꼬여 몸체에 타래 모양의 홈 선이 있고 끝에 날이 있는 정. 비교적 무르고 차진 암반 따위를 뚫는 데에 쓴다.

망치질을 하기 시작하였다. 돌에 뚫린 석혈 구뎅이라 공기는 더욱 켕하였다. 징 때리는 소리만 양쪽 벽에 무거웁게 부딪친다.

'꽝! 꽝!'

이렇게 몹시 귀를 울린다. 거반 한 시간이 넘었다. 그들은 버력 같은 만감 이외에 아무것도 얻지 못했다. 다시 오 분이 지난다. 십 분이 지난다. 딱 그때다.

꽁보는 땀을 철철 흘리며 좁다라 그 틈에서 감 하나를 손에 따 들었다. 헐없이 작은 목침같은 그런 돌팍을. 엎드린 그 채, 불빛에 비치어 가만히 뒤져 보았다. 번들번들한 놈이 그 광채가 되우 혼란스럽다. 혹시 연철이나 아닐까. 그는 돌 위에 눕혀 놓고 망치로 두드리며 깨보았다. 좀체 하여서는 쪽이 잘 안 나갈 만치 쭌둑쭌둑한 금돌! 그는 다시 집어 들고 눈 앞으로 바싹 가져오며 실눈을 떴다. 얼마를 뚫어지게 노려보았다. 무작정으로 가슴은 뚝딱거리고 마냥 늘랜다. 이 돌에 박힌 금만으로도 모름 몰라도 하치 열 냥쭝은 넘겠지. 천 원! 천 원!

"그 뭔가, 뭐야?"

더펄이는 이렇게 허둥지둥 달겨들었다.

"노다지!"

하고 풀 죽은 대답.

"으으응, 노다지?"

하기 무섭게 더펄이는 우뻑지뻑 그 돌을 받아 들고 눈에 들이댄다. 척척 휠 만치 들어박힌 금, 우리도 이젠 팔자를 고치누나! 그는 껍쩍껍쩍 엉덩춤이 절로 난다.

"이리 나오게, 내 땀세."

그는 아우의 몸을 번쩍 들어 내놓고 제가 대신 들어간다. 역시 동발[115] 께로 다리를 쭉 뻗고는 그 틈바귀에 덥석 엎디었다. 몸이 워낙 커서 좀 둥개이나 아무렇게도 아우보다 힘이 낫겠지. 그 좁은 틈에 타래정을 꽂아 박고, 식식 하고 망치로 때린다. 꽁보는 그 앞에 서서 시무룩허니 홍이 지었다. 금점 일로 할지면 제가 선생님이요, 형은 제 지휘를 받아 왔던 것이다. 뭘 안다고 풋둥이가 어줍대는가, 돌 쪽 하나 변변히 못 떼 낼 것이……. 그는 형의 태도가 심상치 않음을 얼핏 알았다. 금을 보더니 완연히 변한다.

"저 곡괭이 좀 집어 주게."

형은 고개도 아니 들고 소리를 빽 지른다. 아우는 잠자코 대꾸도 아니 한다. 사람을 너무 얕보는 그 꼴이 썩 아니꼬웠다.

"아 이 사람아, 곡괭이 좀 얼른 집어 줘, 왜 저리 정신없이 섰나."

그리고 눈을 딱 부릅뜨고 쳐다본다. 아우는 암말 않고 저편 구석에 놓인 곡괭이를 집어다주었다. 그리고 우두커니 다시 섰다. 형이 무람없이[116] 굴면 굴수록 그것은 반드시 시위에 가까웠다. 힘이 좀 있다고 주제넘게 꺼떡이는 그 화상이야 눈 허리가 시면 시었지 그냥은 못 볼 것이다.

"또 땄네, 내 기운이 어떤가?"

형은 이렇게 주적거리며 곡괭이를 연상 내려찍는다. 마치 죽통에 덤벼드는 돼지 모양이다. 억척스럽게도 손 뼘만한 감을 두 쪽이나 따냈다. 인제는 악이 아니면 세상없어도 더는 못 딸 것이다.

엑! 엑! 엑!

그래도 억센 주먹에 굳은 동이 다 벌컥벌컥 나간다. 제 힘을 되우 자랑하는 형을 이윽히 바라보니 또한 그 속이 보인다. 필연코 이 노다지를 혼자 먹으려고 하는 것이다. 하면 내가 있는 것을 몹시 꺼리겠지 하고 속을

---

115) 동발: 〈광업〉갱도 따위가 무너지지 않게 받치는 나무 기둥.

116) 무람없이: 예의를 지키지 않으며 삼가고 조심하는 것이 없게.

태운다.

"이것 봐, 자네 같은 건 골백 와야 소용없네."

하고 또 뽐낼 제 가슴이 선뜩하였다. 앞서는 형의 손에 목숨을 구해 받았으나 이번에는 같은 산골에서 그 주먹에 명을 도로 끊을지도 모른다. 그는 형의 주먹을 가만히 내려 보다가 가엾이도 앙상한 제 주먹에 대조하여 보지 않을 수 없다. 그러나 다만 속이 바르르 떨릴 뿐이다.

그러나 꽁보는 기겁을 하여 놀라며 뒤로 물러섰다. 어이쿠 하고 불시의 비명과 아울러 와르르 하였다. 쌓아 올린 동발이 어찌하다 중턱이 헐리었다. 모진 돌들은 더펄이의 장딴지며, 넓적다리, 엉덩이까지 그대로 엎눌렀다. 살은 물론 으스러졌으리라.

그는 엎으러진 채 꼼짝 못하고 아픔에 못 이기어 끙끙거린다. 하나 죽질 않기만 요행이다. 바로 그 위의 공중에는 징그럽게 커다란 돌들이 내려 구르자 그 밑을 받친 불과 조그만 조각돌에 걸리어 미처 못 굴러 내리고 간댕거리는 것이었다. 이 돌만 내려치면 그 밑의 그는 목숨은 고사하고 육살이 될 것이다.

"어보게, 내 몸 좀 빼주게."

형은 몸은 못 쓰고 죽어 가는 목소리로 애원한다. 그리고 또,

"아우, 나 죽네, 응?"

하고 더욱 애를 끊으며 빌붙는다. 고개만 겨우 들었을 따름 그 외에는 손조차 자유를 잃은 모양 같다. 아우는 무너지려는 동발을 쳐다보며 얼른 그 머리맡으로 다가선다. 발 앞에 놓인 노다지 세 쪽을 날쌔게 손에 잡자 도로 얼른 물러섰다. 그리고 눈물이 흐른 형의 얼굴은 돌아도 안보고 그 발로 허둥지둥 장벽을 기어오른다.

"이놈아!"

너머 기어올라 벼락같이 악을 쓰는 호통이 들리었다. 또 연하여 우지

끈 뚝딱, 하는 무서운 폭성이 들리었다. 그것은 거의 동시의 일이었다. 그리고는 좀 와스스 하다가 잠잠하였다. 그때는 벌써 두 길이나 너머 아우는 기어올랐다. 굿문까지 다 나왔을 제 그는 머리만 내밀어 사방을 두릿거리다 그림자까지 사라진다.

더펄이의 형체는 보이지 않는다. 침침한 어둠 속에 단지 굵은 돌멩이만이 짝 흩어졌다. 이쪽 마구리의 타다 남은 화롯불은 바야흐로 질듯질듯 껌벅거린다. 그리고 된 바람이 애, 하고는 굿문께서 모래를 쫘륵쫘륵 들이 뿜는다.

《조선중앙일보(1935.3.2.~ 9.)》

✂소낙비

　음산한 검은 구름이 하늘에 뭉게뭉게 모여드는 것이 금시라도 비 한 줄기 할듯하면서도 여전히 짓궂은 햇발은 겹겹 산속에 묻힌 외진 마을을 통째로 자실 듯이 달구고 있었다. 이따금 생각나는 듯 산매들린 바람은 논밭간의 나무들을 뒤흔들며 미처 날뛰었다. 뫼 밖으로 농군들을 멀리 품앗이로 내보낸 안마을의 공기는 쓸쓸하였다. 다만 맷맷한 미루나무 숲에서 거칠어 가는 농촌을 읊는 듯 매미의 애끊는 노래…….

　매―음! 매―음!

　춘호는 자기 집 ― 올봄에 오 원을 주고 사서 든 묵삭은 오막살이집 ― 방 문턱에 걸터앉아서 바른 주먹으로 턱을 괴고는 봉당에서 저녁으로 때울 감자를 씻고 있는 아내를 묵묵히 노려보고 있었다. 그는 사날 밤이나 눈을 안 붙이고 성화를 하는 바람에 농사에 고리삭은[117] 그의 얼굴은 더욱 해쓱하였다. 아내에게 다시 한 번 졸라 보았다. 그러나 위협하는 어조로,

　"이봐, 그래 어떻게 돈 이 원만 안 해줄 테여?"

　아내는 역시 대답이 없었다. 갓 잡아 온 새댁 모양으로 씻는 감자나 씻을 뿐 잠자코 있었다. 되나 안 되나 좌우간 이렇다 말이 없으니 춘호는 울화가 터져서 죽을 지경이었다. 그는 타곳에서 떠돌아 온 몸이라 자기

_____

117) 고리삭다: 젊은이다운 활발한 기상이 없고 하는 짓이 늙은이 같다.

를 믿고 장리를 주는 사람도 없고 또는 그 알량한 집을 팔려 해도 단 이 삼 원의 작자도 내닫지 않으므로 앞뒤가 꼭 막혔다마는, 그래도 아내는 나이 젊고 얼굴 똑똑하것다, 돈 이 원쯤이야 어떻게라도 될 수 있겠기에 묻는 것인데 들은 체도 안하니 썩 괘씸한 듯싶었다. 그는 배를 튀기며 다 시 한 번,

"돈 좀 안 해줄 테여?"

하고 소리를 빽 질렀다. 그러나 대꾸는 역시 없었다. 춘호는 노기충천하 여 불현듯 문지방을 떠다밀며 벌떡 일어섰다. 눈을 흡뜨고 벽에 기댄 지 게막대를 손에 잡자 아내의 옆으로 바람같이 달려들었다.

"이년아, 기집 좋다는 게 뭐여. 남편의 근심도 덜어 주어야지, 끼고 자 자는 기집이여?"

지게막대는 아내의 연한 허리를 모질게 후렸다. 까부라지는 비명은 모 지락스레 찌그러진 울타리 틈을 벗어 나간다. 재우쳐 지게막대는 앉은 채 고꾸라진 아내의 발뒤축을 얼러 볼기를 내리갈겼다.

"이년아, 내가 언제부터 너에게 조르는 게여?"

범같이 호통을 치며 남편이 지게막대를 공중으로 다시 올리며 모질음 을 쓸 때 아내는,

"에그머니!"

하고 외마디를 질렀다. 연하여 몸을 뒤치자 거반 엎어질 듯이 싸리문 밖 으로 내달렸다. 얼굴에 눈물이 흐른 채 황그리는 걸음으로 문 앞의 언덕 을 내리어 개울을 건너고 맞은쪽에 뚫린 콩밭 길로 들어섰다.

"너, 네가 날 피하면 어딜 갈 테여?"

발길을 막는 듯한 의미 있는 호령에 달아나던 아내는 다리가 멈칫하였 다. 그는 고개를 돌리어 싸리문 안에 아직도 지게막대를 들고 섰는 남편 을 바라보았다. 어른에게 죄진 어린애같이 입만 좆깃좆깃하다가 남편이

뛰어나올까 겁이 나서 겨우 입을 열었다.

"쇠돌 엄마 집에 좀 다녀올게유."

쭈뼛쭈뼛 변명을 하고는 가던 길을 다시 휭허케 내걸었다. 아내라고 요새 이 돈 이 원이 급시로 필요함을 모르는 바도 아니었다마는, 그의 자격으로나 노동으로나 돈 이 원이란 감히 땅띔[118]도 못 해볼 형편이었다.

벌이래야 하잘 것 없는 것……. 아침에 일어나기가 무섭게 남에게 뒤질까 영산이 올라 산으로 빼는 것이다. 조그만 종댕이를 허리에 달고 거한 산중에 드문드문 박혀 있는 도라지, 더덕을 찾아가는 일이었다. 깊은 산속으로 우중충한 돌 틈바귀로 잔약한 몸으로 맨발에 짚신짝을 끌며 강파른 산등을 타고 돌려면 젖 먹던 힘까지 녹아내리는 듯 진땀이 머리로 발끝까지 쭉 흘러내린다. 아랫도리를 단 외겹으로 두른 낡은 치맛자락은 다리로, 허리로 척척 엉기어 걸음을 방해하였다. 땀에 불은 종아리는 거친 숲에 긁혀 매어 그 쓰라림이 말이 아니다. 게다가 무거운 흙내는 숨이 탁탁 막히도록 가슴을 찌른다. 그러나 삶에 발버둥치는 순진한 그의 머리는 아무 불평도 일지 않았다.

가뭄에 콩 나기로 어쩌다 도라지 순이라도 어지러운 숲속에 하나 둘 뾰족이 뻗어 오른 것을 보면 그는 그래도 기쁨에 넘치는 미소를 띠었다. 때로는 바위도 기어올랐다. 정히 못 기어오를 그런 험한 곳이면 칡덩굴에 매어달리기도 하는 것이었다. 땟국에 전 무명적삼은 벗어서 허리춤에다 꾹 찌르고는 호랑이 숲이라 이름난 강원도 산골에 매어달려 기를 쓰고 허비적거린다. 골바람은 지날 적마다 알몸을 두른 치맛자락을 공중으로 날린다. 그제마다 검붉은 볼기짝을 사양 없이 내보이는 칡덩굴이 그를 본다면, 배를 움켜쥐어도 다 못 볼 것이다마는 다행히 그윽한 산

---

118) 땅띔(도) 못하다: 감히 생각조차 못하다.

골이라 그 꼴을 비웃는 놈은 뻐꾸기뿐이었다.

이리하여 해동갑[119])으로 헤갈[120])을 하고 나면 캐어 모은 도라지, 더덕을 얼러 사발 가웃, 혹은 두어 사발 남짓하게 되는 것이다. 그러면 동리로 내려와 주막거리에 가서 그걸 내주고 보리쌀과 사발 바꿈을 하였다. 그러나 요즘엔 그나마도 철이 겨워 소출이 없다. 그 대신 남의 보리방아를 온종일 찧어 주고 보리밥 그릇이나 얻어다가는 집으로 돌아와 농토를 못 얻어 뻔뻔히 노는 남편과 같이 나누는 것이 그날 하루하루의 생활이었다. 그러고 보니 돈 이 원커녕 당장 목을 딴대도 피도 나올지가 의문이었다. 만약 돈 이 원을 돌린다면 아는 집에서 보리라도 꾸어 파는 수밖에는 다른 도리가 없다. 그리고 온 동리의 아낙네들이 치맛바람에 팔자 고쳤다고 쑥덕거리며 은근히 시새우는 쇠돌 엄마가 아니고는 노는 보리를 가진 사람이 없다.

그런데 도둑이 제 발 저리다고 그는 자기 꼴 주제에 제물에 눌려서 호사로운 쇠돌 엄마에게는 죽어도 가고 싶지 않았다. 쇠돌 엄마도 처음에는 자기와 같이 천한 농부의 계집이련만 어쩌다 하늘이 도와 동리의 부자 양반, 이 주사와 은근히 배가 맞은 뒤로는 얼굴도 모양내고, 옷치장도 하고, 밥걱정도 안 하고 하여 아주 금 방석에 뒹구는 팔자가 되었다. 그리고 쇠돌 아버지도 이게 웬 땡이냔 듯이 아내를 내어논 채 눈을 살짝 감아 버리고 이 주사에게서 나온 옷이나 입고 주는 쌀이나 먹고 연년이 신통치 못한 자기 농사에는 한 손을 떼고는 희자를 뽑는 것이 아닌가!

사실 말인즉, 춘호 처가 쇠돌 엄마에게 죽어도 아니 가려는 그 속 까닭은 정작 여기 있었다.

---

119) 해동갑: 해가 질 때까지의 동안.
120) 헤갈: 허둥지둥 헤맴. 또는 그런 일.

바로 지난 늦은 봄, 달이 뚫어지게 밝은 어느 밤이었다. 춘호가 보름게 추를 보러 산모퉁이로 나간 것이 이슥하여도 돌아오지 않으므로 집에서 기다리던 아내가 이젠 자고 오려나 생각하고는 막 드러누워 잠이 들려니까 웬 난데없는 황소 같은 놈이 뛰어들었다. 허둥지둥 춘호 처를 마구 깔다가 놀라서 으악 소리를 치는 바람에 그냥 달아난 일이 있었다. 어수룩한 시골 일이라 별반 풍설도 아니 나고 쓱싹 되었으나 며칠이 지난 뒤에야 그것이 동리의 부자 이 주사의 소행임을 비로소 눈치 채었다.

　그런 까닭으로 해서 춘호 처는 쇠돌 엄마와 직접 관계는 없단대도 그를 대하면 공연스레 얼굴이 뜨뜻하여지고 무슨 죄나 진 듯이 어색하였다. 그리고 더욱이 쇠돌 엄마가,

　"새댁, 나는 속곳이 세 개구, 버선이 네 벌이구 행."

하며 아주 좋다고 한들대는 꼴을 보면 혹시 자기에게 함정을 두고서 비양거리는 거나 아닌가, 하는 옥생각으로 무안해서 고개를 못 들었다. 한편으로는 자기도 좀만 잘했더면 지금쯤은 쇠돌 엄마처럼 호강을 할 수 있었을 그런 갸륵한 기회를 깝살려 버린 자기 행동에 대한 후회와 애탄으로 말미암아 마음을 괴롭히는 그 쓰라림도 적지 않았다. 그러나 아무러한 욕을 보더라도 나날이 심해 가는 남편의 무지한 매보다는 그래도 좀 헐할게다.[121]

　오늘은 한맘 먹고 쇠돌 엄마를 찾아가려는 것이었다. 춘호 처는 이번 걸음이 헛발이나 안칠까 일념으로 심화를 하며 수양버들이 쭉 늘어박힌 논두렁길로 들어섰다. 그는 시골 아낙네로는 용모가 매우 반반하였다. 좀 야윈 듯한 몸매는 호리호리한 것이 소위 동리의 문자로 외입깨나 하

---

121) 헐하다: 일 따위가 힘이 들지 아니하고 수월하다. 대수롭지 아니하거나 만만하다.

염직한 얼굴이었으되 추레한 의복이며 퀴퀴한 냄새는 거지를 볼 지른다. 그는 왼손 바른손으로 겨끔내기로 치맛귀를 여며 가며 속살이 삐질까 조심조심 걸었다.

감사나운 구름송이가 하늘 신폭을 휘덮고는 차츰차츰 지면으로 처져 내리더니 그예 산봉우리에 엉기어 살풍경이 되고 만다. 먼 데서 개 짖는 소리가 앞뒷산을 한적하게 울린다. 빗방울은 하나 둘 떨어지기 시작하더니 차차 굵어지며 무더기로 퍼부어 내린다.

춘호 처는 길가에 늘어진 밤나무 밑으로 뛰어들어가 비를 거리며 쇠돌 엄마 집을 멀리 바라보았다. 북쪽 산기슭 높직한 울타리로 삥 돌려 두르고 앉아있는 오목하고 맵시 있는 집이 그집이었다. 그런데 싸리문이 꼭 닫힌 걸 보면 아마 쇠돌 엄마가 농군청에 저녁 제누리를 나르러 가서 아직 돌아오지 않은 모양이었다. 그는 쇠돌 엄마 오기를 지켜보며 우두커니 서서 기다리고 있었다. 나뭇잎에서 빗방울은 뚝뚝 떨어지며 그의 뺨을 흘러 젖가슴으로 스며든다. 바람은 지날 적마다 냉기와 함께 굵은 빗발을 몸에 들이친다. 비에 쪼르륵 젖은 치마가 몸에 찰싹 휘감기어 허리로, 궁둥이로, 다리로, 살의 윤곽이 그대로 비쳐 올랐다.

무던히 기다렸으나 쇠돌 엄마는 오지 않았다. 하도 진력이 나서 하품을 하여 가며 정신없이 서 있노라니 왼편 언덕에서 사람 오는 발자국 소리가 들린다. 그는 고개를 돌려 보았다.그러나 날쌔게 나무 틈으로 몸을 숨겼다. 동이배를 가진 이 주사가 지우산을 받쳐 쓰고는 쇠돌네 집을 향하여 엉덩이를 껍죽거리며 내려가는 길이었다. 비록 키는 작달막하나 숱 좋은 수염이라든지, 온 동리를 털어야 단 하나뿐인 탕건이든지, 썩 풍채 좋은 오십 전후의 양반이다. 그는 싸리문 앞으로 가더니 자기 집처럼 거침없이 문을 떠다밀고는 속으로 버젓이 들어가 버린다.

이것을 보니 춘호 처는 다시금 속이 편치 않았다. 자기는 개돼지같이 무시로 매만 맞고 돌아치는 천덕구니다. 안팎으로 귀염을 받으며 간들대는 쇠돌 엄마와 사람 된 치수가 두드러지게 다름을 그는 알 수가 있었다. 쇠돌 엄마의 호강을 너무나 부럽게 우러러보는 반동으로 자기도 잘만 했더라면 하는 턱없는 희망과 후회가 전보다 몇 갑절 쓰린 맛으로 그의 가슴을 찌푸뜨렸다. 쇠돌네 집을 하염없이 건너다보다가 어느덧 저도 모르게 긴 한숨이 굴러 내린다.

언덕에서 쓸려 내리는 사댓물이 발등까지 개흙으로 덮으며 소리쳐 흐른다. 빗물에 푹 젖은 몸뚱어리는 점점 떨리기 시작한다. 그는 가볍게 몸서리를 쳤다. 그리고 당황한 시선으로 사방을 경계하여 보았다. 아무도 보이지는 않았다. 다시 시선을 돌리어 그 집을 쏘아보며 속으로 궁리하여 보았다. 안에는 확실히 이 주사뿐일 게다. 그때까지 걸렸던 싸리문이라든지 또는 울타리에 넌 빨래를 여태 안 걷어 들인 것을 보면 어떤 맹세를 두고라도 분명히 이 주사 외의 다른 사람은 하나도 없을 것이다. 그는 마음 놓고 비를 맞아 가며 그 집으로 달려들었다. 봉당으로 선뜻 뛰어오르며,

"쇠돌 엄마 기슈?"

하고 인기를 내보았다. 물론 당자의 대답은 없었다. 그 대신 그 음성이 나자 안방에서 이 주사가 번개같이 머리를 내밀었다. 자기 딴은 꿈밖이란 듯 눈을 두리번두리번하더니 옷 위로 벌거진 춘호 처의 젖가슴, 아랫배, 넓적다리, 발등까지 슬쩍 음충히 훑어보고는 거나한 낮으로 빙그레 한다. 그리고 자기도 봉당으로 주춤주춤 나오며,

"쇠돌 엄마 말인가? 왜 지금 막 나갔지. 곧 온댔으니 안방에 좀 들어가 기다렸으면……."

하고 매우 일이 딱한 듯이 어름어름한다.

"이 비에 어딜 갔에유?"

"지금 요 밖에 좀 나갔지, 그러나 곧 올 걸……."

"있는 줄 알고 왔는디……."

춘호 처는 이렇게 혼잣말로 낙심하며 섭섭한 낯으로 머뭇머뭇하다가 그냥 돌아갈 듯이 봉당 아래로 내려섰다. 이 주사를 쳐다보며 물차는 제비같이 산드러지게,

"그럼 요담에 오겠어유, 안녕히 계시유."

하고 작별의 인사를 올린다.

"지금 곧 온 댔는데, 좀 기다리지……."

"담에 또 오지유."

"아닐세, 좀 기다리게. 여보게, 여보게, 이봐!"

춘호 처가 간다는 바람에 이 주사는 체면도 모르고 기가 올랐다. 허둥거리며 재간껏 만류하였으나 암만해도 안 될 듯싶다. 춘호 처가 여기에 찾아온 것도 큰 기적이려니와 뇌성벽력에 구석진 곳이것다 이렇게 솔깃한 기회는 두 번 다시 못 볼 것이다. 그는 눈이 뒤집히어 입에 물었던 장죽을 쑥 뽑아 방 안으로 치뜨리고는 계집의 허리를 뒤로 다짜고짜 끌어안아서 봉당 위로 끌어올렸다. 계집은 몹시 놀라며,

"왜 이러서유, 이거 노세유."

하고 몸을 뿌리치려고 앙탈을 한다.

"아니 잠깐만."

이 주사는 그래도 놓지 않으며 허겁스러운 눈짓으로 계집을 달랜다. 흘러내리는 고의춤을 왼손으로 연신 치우치며 바른팔로는 계집을 잔뜩 움켜잡고 엄두를 못 내어 쩔쩔매다가 간신히 방 안으로 끙끙 몰아넣었다. 안으로 문고리는 재빠르게 채이었다. 밖에서는 모진 빗방울이 배춧잎에 부딪히는 소리, 바람에 나무 떠는 소리가 요란하다. 가끔 양철통을 내려 굴리는 듯 거푸진 천둥소리가 방고래를 울리며 날은 점점

침침하였다.

얼마쯤 지난 뒤였다. 이만하면 길이 들었으려니, 안심하고 이 주사는 날숨을 후— 하고 돌린다. 실없이 고마운 비 때문에 발악도 못 치고 앙살도 못 피우고 무릎 앞에 고분고분 늘어져있는 계집을 대견히 바라보며 빙긋이 얼러 보았다. 계집은 온몸에 진땀이 쭉 흐르는 것이 꽤 더운 모양이다. 벽에 걸린 쇠돌 엄마의 적삼을 꺼내어 계집의 몸을 말쑥하게 홀닦기 시작한다. 발끝서부터 얼굴까지⋯⋯.

"너, 열아홉이라지?"

하고 이 주사는 취한 얼굴로 얼근히 물어 보았다.

"니에."

하고 메떨어진 대답. 계집은 이 주사 손에 눌리어 일어나도 못 하고 죽은 듯이 가만히 누워있다. 이 주사는 계집의 몸뚱이를 다 씻기고 나서 한숨을 내뿜으며 담배 한 대를 턱 피워 물었다.

"그래, 요새도 서방에게 주리경을 치느냐?"

하고 묻다가 아무 대답도 없으매,

"원 그래서야 어떻게 산단 말이냐, 하루 이틀이 아니고, 사람의 일이란 알 수 있는 거냐? 그러다 혹시 맞아 죽으면 정장 하나 해볼 곳 없는 거야. 허니, 네 명이 아까우면 덮어놓고 민적을 가르는 게 낫겠지."

하고 계집의 신변을 위하여 염려를 마지않다가 번뜻 한 가지 궁금한 것이 있었다.

"너 참, 아이 낳았다 죽었다더구나?"

"니에."

"어디 난 듯이나 싶으냐?"

계집은 얼굴이 홍당무가 되어지며 아무 말 못 하고 고개를 외면하였다. 이 주사도 그까짓 것 더 묻지 않았다. 그런데 웬 녀석의 냄새인지 무생채 썩는 듯한 시크무레한 악취가 불시로 코청을 찌르니 눈살을 찌푸리지 않을 수 없다. 처음에야 그런 줄은 소통 몰랐더니 알고 보니까 비위가 족히 역하였다. 그는 빨고 있던 담배통으로 계집의 배꼽께를 똑똑히 가리키며,

"애, 이 살의 때꼽 좀 봐라. 그래 물이 흔한데 이것 좀 못 씻는단 말이냐?"

하고 모처럼의 기분이 상한 것이 앵하단 듯이 꺼림한 기색으로 혀를 찼다. 하지만 계집이 참다참다 이내 무안에 못 이기어 일어나 치마를 입으려 하니 그는 역정을 벌컥 내었다. 옷을 빼앗아 구석으로 동댕이를 치고는 다시 그 자리에 끌어 앉혔다. 그리고 자기 딸이나 책하듯이 아주 대범하게 꾸짖었다.

"왜 그리 계집이 달망대니? 좀 듬직치가 못하구……."

춘호 처가 그 집을 나선 것은 들어간 지 약 한 시간 만이었다. 비가 여전히 쭉쭉 내린다. 그는 진땀을 있는 대로 흠뻑 쏟고 나왔다. 그러나 의외로 아니 천행으로 오늘 일은 성공이었다. 그는 몸을 솟치며 생긋하였다. 그런 모욕과 수치는 난생 처음 당하는 봉변으로, 지랄 중에도 몹쓸 지랄이었으나 성공은 성공이었다. 복을 받으려면 반드시 고생이 따르는 법이니 이까짓 거야 골백번 당한대도 남편에게 매나 안 맞고 의좋게 살 수만 있다면 그는 사양치 않을 것이다. 이 주사를 하늘같이, 은인같이 여겼다. 남편에게 부쳐 먹을 농토를 줄 테니 자기의 첩이 되라는 그 말도 죄송하였으나 더욱이 돈 이 원을 줄게니 내일 이맘때 쇠돌네 집으로 넌지시 만나자는 그 말은 무엇보다도 고마웠고 벅찬 짐이나 푼 듯 마음이 홀가분하였다. 다만 애 커이는 것은 자기의 행실이 만약 남편에게 발각되는 나절에는 대매에 맞아죽을 것이다. 그는 일변 기뻐하며 일변 애를 태우며 자기 집을 향하여 세차게 쏟아지는 빗속을 가분가분 내리달렸다.

춘호는 아직도 분이 못 풀리어 뿌루퉁하니 홀로 앉았다. 그는 자기의 고향인 인제를 등진지 벌써 삼 년이 되었다. 해를 이어 흉작에 농작물은 말못되고 따라 빚쟁이들의 위협과 악다구니는 날로 심하였다. 마침내 하릴없이 집 세간살이를 그대로 내버리고 알몸으로 밤도주하였던 것이다. 살기 좋은 곳을 찾는다고 나 어린 아내의 손목을 이끌고 이산 저산을 넘어 표랑하였다. 그러나 우정 찾아든 곳이 고작 이 마을이나 산속은 역시 일반이다. 어느 산골엘 가 호미를 잡아 보아도 정은 조그만치도 안 붙었고, 거기에는 오직 쌀쌀한 불안과 굶주림이 품을 벌려 그를 맞을 뿐이었다. 터무니없다 하여 농토를 안 준다. 일 구멍이 없으매 품을 못 판다. 밥이 없다. 결국에 그는 피폐하여 가는 농민 사이를 감도는 엉뚱한 투기심에 몸이 달떴다. 요사이 며칠 동안을 두고 요 너머 뒷산 속에서 밤마다 큰 노름판이 벌어지는 기미를 알았다. 그는 자기도 한몫 보려고 끼룩거렸으나 좀체로 밑천을 만들 수가 없었다.

이 원! 수나 좋아서 이 이 원이 조화만 잘 한다면 금시 발복이 못 된다고 누가 단언할 수 있으랴! 삼사십 원 따서 동리의 빚이나 대충 가리고 옷 한 벌 지어 입고는 진저리나는 이 산골을 떠나려는 것이 그의 배포였다. 서울로 올라가 아내는 안잠[122]을 재우고 자기는 노동을 하고, 둘이서 다부지게 벌면 안락한 생활을 할 수가 있을 텐데, 이런 산 구석에서 굶어죽을 맛이야 없었다. 그래서 젊은 아내에게 돈 좀 해오라니까 요리 매낀 조리 매낀 매만 피하고 곁들어 주지 않으니 그 소행이 여간 괘씸한 것이 아니다. 아내가 물에 빠진 생쥐 꼴을 하고 집으로 달려들자 미처 입도 벌리기 전에 남편은 이를 악물고 주먹뺨을 냅다 붙인다.

"너 이년, 매만 살살 피하고 어디 가 자빠졌다 왔니?"

---

122) 안잠: 여자가 남의 집에서 먹고 자며 그 집의 일을 도와주는 일.

볼치 한 대를 얻어맞고 아내는 오기가 질리어 벙벙하였다. 그래도 직성이 못 풀리어 남편이 다시 매를 손에 잡으려 하니 아내는 질겁을 하여 살려 달라고 두 손으로 빌며 개신개신 입을 열었다.

"낼 되유……낼. 돈, 낼 되유."

하며 돈이 변통됨을 삼가 아뢰는 그의 음성은 절반이 울음이었다. 남편이 반신반의하여 눈을 찌긋하다가,

"낼?"

하고 목청을 돋웠다.

"네, 낼 된다유."

"꼭 되여?"

"네, 낼 된다유."

남편은 시골 물정에 능통하니만치 난데없는 돈 이 원이 어디서 어떻게 되는 것까지는 추궁해 물으려 하지 않았다. 그는 적이 안심한 얼굴로 방문턱에 걸터앉으며 담뱃대에 불을 그었다. 그제야 아내도 비로소 마음을 놓고 감자를 삶으러 부엌으로 들어가려 하니 남편이 곁으로 걸어오며 측은한 듯이 말리었다.

"병나, 방에 들어가 어여 옷이나 말리여. 감자는 내 삶을게."

먹물같이 짙은 밤이 내리었다. 비는 더욱 소리를 치며 앙상한 그들의 방벽을 앞뒤로 울린다. 천장에서 비는 새지 않으나 집 지은 지가 오래 되어 고래가 물러앉았다시피 된 방이라 도배를 못 한 방바닥에는 물이 스며들어 귀축축하다. 거기다 거적 두 닢만 덩그렇게 깔아 놓은 것이 그들의 침소였다. 석윳불은 없어 캄캄한 바로 지옥이다. 벼룩은 사방에서 마냥 스멀거린다. 그러나 등걸잠에 익달한 그들은 천연스럽게 나란히 누워 줄기차게 퍼붓는 밤비 소리를 귀담아듣고 있었다. 가난으로 인하여 부부간의 애틋한 정을 모르고 나날이 매질로 불평과 원한 중에서 복대기

던 그들도 이 밤에는 불시로 화목하였다. 단지 남의 품에 든 돈 이 원을 꿈꾸어 보고도…….

"서울 언제 갈라유."

남편의 왼팔을 베고 누웠던 아내가 남편을 향하여 응석 비슷이 물어 보았다. 그는 남편에게 서울의 화려한 거리며 후한 인심에 대하여 여러 번 들은 바 있어 일상 안타까운 마음으로 몽상은 하여 보았으나 실지 구경은 못 하였다. 얼른 이 고생을 벗어나 살기 좋은 서울로 가고 싶은 생각이 간절하였다.

"곧 가게 되겠지, 빚만 좀 없어도 가뜬하련만."

"빚은 낭중 갚더라도 얼핀 갑세다유."

"염려 없어. 이달 안으로 꼭 가게 될 거니까."

남편은 썩 쾌히 승낙하였다. 딴은 그는 동리에서 일컬어 주는 질꾼으로 투전장의 가보쯤은 시루에서 콩나물 뽑듯 하는 능수였다. 내일 밤 이 원을 가지고 벼락같이 노름판에 달려가서 있는 돈이란 깡그리 모집어 올 생각을 하니 그는 은근히 기뻤다. 그리고 교묘한 자기의 손재간을 홀로 뽐내었다.

"이번이 서울 처음이지?"

하며 그는 서울 바람 좀 한번 쐬었다고 큰 체를 하며 팔로 아내의 머리를 흔들어 물어 보았다. 성미가 워낙 겁겁한지라[123] 지금부터 서울 갈 준비를 착착 하고 싶었다. 그가 제일 걱정되는 것은 둠 구석에서 내 자라 먹은 아내를 데리고 가면 서울 사람에게 놀림도 받을 게고 거리끼는 일이 많을 듯싶었다. 그래서 서울 가면 꼭 지켜야 할 필수조건을 아내에게 일일이 설명치 않을 수도 없었다.

---

123) 겁겁하다: 성미가 급하고 참을성이 없다.

첫째, 사투리에 대한 주의부터 시작되었다. 농민이 서울 사람에게, '꼬라리'라는 별명으로 감잡히는 그 이유는 무엇보다도 사투리에 있을지니 사투리는 쓰지 말며, '합세'를 '하십니까'로, '하게유'를 '하오'로 고치되 말끝을 들지 말지라. 또 거리에서 어릿어릿하는 것은 내가 시골뜨기요 하는 얼뜬 짓이니 갈 길은 재게 가고 볼 눈을 또릿또릿이 볼지라하는 것들이었다. 아내는 그 끔찍한 설교를 귀담아들으며 모기 소리로 '네, 네'를 하였다. 남편은 두어 시간 가량을 샐 틈 없이 꼼꼼하게 주의를 다져 놓고는 서울의 풍습이며 생활방침 등을 자기의 의견대로 그럴싸하게 이야기하여 오다가 말끝이 어느덧 화장술에까지 이르게 되었다. 시골 여자가 서울에 가서 안잠을 잘 자주면 몇 해 후에는 집까지 얻어 갖는 수가 있는데, 거기에는 얼굴이 예뻐야 한다는 소문을 일찍 들은 바 있어 하는 소리였다.

"그래서 날마다 기름도 바르고, 분도 바르고, 버선도 신고 해서 쥔 마음에 썩 들어야……."

한참 신바람이 올라 주워섬기다가 옆에서 쌔근쌔근 소리가 들리므로 고개를 돌려 보니 아내는 이미 곯아져 잠이 깊었다.

"이런 망할 거, 남 말하는데 자빠져 잔담."

남편은 혼자 중얼거리며 바른팔을 들어 이마 위로 흐트러진 아내의 머리칼을 뒤로 쓰다듬어 넘긴다. 세상에 귀한 것은 자기의 아내! 이 아내가 만약 없었던들 자기는 홀로 어떻게 살 수 있었으려는가! 명색이 남편이며 이날까지 옷 한 벌 변변히 못 해 입히고 고생만 짓시킨 그 죄가 너무나 큰 듯 가슴이 뻐근하였다. 그는 왁살스러운 팔로다 아내의 허리를 꼭 껴안아 가지고 앞으로 바특이 끌어당겼다.

밤새도록 줄기차게 내리던 빗소리가 아침에 이르러서야 겨우 그치고 점심때에는 생기로운 볕까지 들었다. 쿨렁쿨렁 논물 나는 소리는 요란히 들린다. 시내에서 고기 잡는 아이들의 고함이며, 농부들의 희희낙락한 메나리도 기운차게 들린다. 비는 춘호의 근심도 씻어 간 듯 오늘은 그에게도 즐거운 빛이 보였다.

"저녁 제누리 때 되었을 걸, 얼른 빗고 가봐."

그는 갈증이 나서 아내를 대고 재촉하였다.

"아직 멀었어유."

"먼 게 뭐냐, 늦었어."

"뭘!"

아내는 남편의 말대로 벌써부터 머리를 빗고 앉았으나 원체 달포나 아니 가리어 엉큰 머리가 시간이 꽤 걸렸다. 그는 호랑이 같은 남편과 오래간만에 정다운 정을 바꾸어 보니 근래에 볼 수 없는 희색이 얼굴에 떠돌았다. 어느 때에는 맥쩍게 생글생글 웃어도 보았다.

아내가 꼼지락거리는 것이 보기에 퍽이나 갑갑하였다. 남편은 아내 손에서 얼레빗을 쑥 뽑아 들고는 시원스레 쭉쭉 내려 빗긴다. 다 빗긴 뒤, 옆에 놓은 밥사발의 물을 손바닥에 연신 칠해 가며 머리에다 번지르하게 발라 놓았다. 그래 놓고 위서부터 머리칼을 재워 가며 맵시 있게 쪽을 딱 찔러 주더니 오늘 아침에 한사코 공을 들여 삼아 놓았던 짚신을 아내의 발에 신기고 주먹으로 자근자근 골을 내주었다.

"인제 가봐!"

하다가,

"바루 곧 와, 응?"

하고 남편은 그 이 원을 고이 받고자 손색없도록, 실패 없도록 아내를 모양내어 보냈다.

《조선일보》

✂️땡볕

우람스레 생긴 덕순이는 바른팔로 왼편 소맷자락을 끌어다 콧등의 땀방울을 훑고는 통안 네거리에 와 다리를 딱 멈추었다. 더위에 익어 얼굴이 벌거니 사방을 둘러본다. 중복허리의 뜨거운 땡볕이라 길 가는 사람은 저편 처마 밑으로만 배앵뱅 돌고 있다. 지면은 번들번들히 달아 자동차가 지날 적마다 숨이 탁 막힐 만치 무더운 먼지를 풍겨 놓는 것이다.

덕순이는 아무리 참아 보아도 자기가 길을 물어 좋을 만치 그렇게 여유 있는 얼굴이 보이지 않음을 알자, 소맷자락으로 또 한 번 땀을 훑어본다. 그리고 거북한 표정으로 벙벙히 섰다. 때마침 옆으로 지나는 어린 깍쟁이에게 공손히 손짓을 한다.

"애! 대학병원을 어디루 가니?"

"이리루 곧장 가세요!"

덕순이는 어린 깍쟁이가 턱으로 가리킨 대로 그 길을 북으로 접어들며 다시 내걷기 시작한다. 내딛는 한 발짝마다 무거운 지게는 어깨에 배기고 등줄기에서 쏟아져 내리는 진땀에 궁둥이는 쓰라릴 만치 물렀다. 속 타는 불김을 입으로 불어 가며 허덕지덕 올라오다 엄지손가락으로 코를 힝 풀어 그 옆 전봇대 허리에 쓱 문댈 때에는 그는 어지간히 가슴이 답답하였다. 당장 지게를 벗어던지고 푸른 그늘에 가 나자빠지고 싶은 생각이 굴뚝같으련만 그걸 못 하니 짜증이 안 날 수 없다. 골피를 찌푸리어

데퉁스레,

"빌어먹을 거! 왜 이리 무거!"

하고 내뱉으려 하였으나, 그러나 지게 위에서 무색하여질 아내를 생각하고 꾹 참아 버린다. 제 속으로만 끙끙거리다 겨우,

"에이 더웁다!"

하고 자탄이 나올 적에는 더는 갈 수가 없었다. 덕순이는 길가 버들 밑에다 지게를 벗어 놓고는 두 손으로 적삼 등을 흔들어 땀을 들인다.

바람기 한 점 없는 거리는 그대로 타 붙었고, 그 위의 모래만 이글이글 달아 간다. 하늘을 쳐다보았으나 좀체로 비 맛은 못 볼 듯싶어 바상바상한 입맛을 다시고 섰을 때 별안간 댕댕 소리와 함께 발등에 물을 뿌리고 물차가 지나가니 그는 비로소 산 듯이 정신기가 반짝 난다. 적삼 호주머니에 손을 넣어 곰방대를 꺼내 물고 담배 한 대 붙이려 하였으나 홀쭉한 쌈지에는 어제부터 담배 한 알 없었던 것을 다시 깨닫고 역정스레 도로 집어넣는다.

"꽁무니가 배기지 않어?"

덕순이는 이렇게 아내를 돌아본다.

"괜찮아요!"

하고 거진 죽어 가는 상으로 글썽글썽 눈물이 괸 아내가 딱하였다. 두 달 동안이나 햇빛 못 본 얼굴은 누렇게 시들었고, 병약한 몸으로 지게 위에 앉아 까댁이는 양이 금시라도 꺼질 듯싶은 그 아내였다. 덕순이는 아내를 이윽히 노려본다.

"아 울긴 왜 우는 거야?"

하고 눈을 부라렸으나,

"병원에 가면 쩬대겠지요."

"쩨긴 아무 거나 덮어놓고 쩨나? 연구한다니까."

하고 되도록 아내를 안심시킨다. 그러나 덕순이 생각에는 쩨든 말든 그
건 차차 해놓고 우선 먹어야 산다고,

"왜 기영이 할아버지의 말씀 못 들었어?"

"병원서 월급을 주구 고쳐 준다는 게 정말인가요?"

"그럼 노인이 설마 거짓말을 헐라구. 그래 시방두 대학병원의 이등 박
산가 뭐가 열네 살 된 조선 아이가 어른보다도 더 부대한 걸 보구 하두
이상한 병이라고 붙잡아 들여서 한 달에 십 원씩 월급을 주고, 그뿐인가
먹이구 입히구 이래 가며 지금 연구하고 있대지 않어?"

"그럼 나도 허구헌 날 늘 병원에만 있게 되겠구려."

"인제 가봐야 알지, 어떻게 될는지."

이렇게 시원스레 받기는 받았으나 덕순이 자신 역시 기영 할아버지의
말을 꼭 믿어서 좋을지가 의문이었다. 시골서 올라온 지 얼마 안 되는 그
로서는 서울 일이라 혹 알 수 없을 듯싶어 무료 진찰권을 내온 데 더 되
지 않았다. 그렇다 하더라도 병이 괴상하면 할수록 혹은 고치기가 어려
우면 어려울수록 월급이 많다는 것인데 영문 모를 아내의 이 병은 얼마
짜리나 되겠는가고 속으로 무척 궁금하였다. 아이가 십 원이라니 이건
한 십오 원쯤 주겠는가, 그렇다면 병 고치니 좋고, 먹으니 좋고, 두루두
루 팔자를 고치리라고 속안으로 육조배판을 늘이고 섰을 때,

"여보십쇼! 이 채미 하나 잡숴 보십쇼."

하고 조만치서 참외를 벌여놓고 앉아있는 아이가 시선을 끌어간다. 길
쭘길쭘하고 성성한 놈들이 과연 뜨거운 복중에 하나 벗겨 들고 으썩 깨
물어 봄직한 참외였다. 덕순이는 참외를 이놈 저놈 밀거니 물색하여 보
다 쌈지에 든 잔돈 사 전을 얼른 생각은 하였으나 다음 순간에 그건 안
될 말이라고 꺽진 마음으로 시선을 걷어 온다. 사 전에 일 전만 더 보태
면 희연 한 봉이 되리라고 어제부터 잔뜩 꼽아 쥐고 오던 그 사 전, 이걸

참외 값으로 녹여서는 사람이 아니다.

"지게를 꼭 붙들어!"

덕순이는 지게를 지고 다시 일어나며 그 십오 원을 생각했던 것이니 그로서는 너무도 벅찬 희망의 보행이었다. 덕순이는 간호부가 지도하여 주는 대로 산부인과 문 밖에서 제 차례가 돌아오기를 기다리고 있었다.

아내는 남편이 업어다 놓은 대로 걸상에 가 번듯이 늘어져 괴로운 숨을 견디지 못한다. 요량 없이 부어오른 아랫배를 한 손으로 치마 째 걷어안고는 매 호흡마다 간댕거리는 야윈 고개로 가쁜 숨을 돌리고 있는 것이다. 게다가 수술실에서 들것으로 담아내는 환자와 피고름이 섞인 쓰레기통을 보는 것은 그로 하여금 해쓱한 얼굴로 이를 떨도록 하기에는 너무도 충분한 풍경이었다.

"너무 그렇게 겁내지 말아, 그래두 다 죽을 사람이 병원엘 와야 살아나가는 거야……."

덕순이는 아내를 위안하기 위하여 이런 소리도 하는 것이나, 기실 아내 못지않게 저로도 조바심이 적지 않았다. 아내의 이 병이 무슨 병일까, 짜장 기이한 병이라서 월급을 타먹고 있게 될 것인가, 또는 아내의 병을 씻은 듯이 고쳐 줄 수 있겠는가, 겸삼수삼[124] 모두가 궁거웠다.[125]

이 생각 저 생각으로 덕순이는 아내의 상체를 떠받쳐 주고 있다가 우연히도 맞은편 타구 옆댕이에 가 떨어져 있는 궐련 꽁댕이에 한눈이 팔린다. 그는 사방을 잠깐 살펴보고 힁허케 가서 집어다가는 곰방대에 피워 물며 제 차례를 기다렸으나 좀체로 불러 주질 않는 것이다. 이렇게 하여 그들은 허무히도 두 시간을 보냈다. 한 점을 십사 분 가량 지났을 때

---

124) 겸삼수삼: 겸사겸사의 북한말.

125) 궁겁다: 궁금하다.

간호부가 다시 나와 덕순이 아내의 성명을 외는 것이다.

"네, 여깄습니다!"

덕순이는 허둥지둥 아내를 둘러업고 진찰실로 들어갔다. 간호부 둘이 달려들어 우선 옷을 벗기고 주무를 제 아내는 놀란 토끼와 같이 조그맣게 되어 떨고 있었다. 코를 찌르는 무더운 약내에 소름이 끼치기도 하려니와 한쪽에 번쩍번쩍 늘여 놓인 기계가 더욱이 마음을 조이게 하는 것이다. 아내가 너무 병신스레 떨므로 옆에 섰는 덕순이까지도 겸연쩍지 않을 수 없었다. 아내의 한 팔을 꼭 붙들어 주고, 집에서 꾸짖듯이 눈을 부릅떠,

"뭬가 무섭다구 이래?"

하고는 유리판에서 기계 부딪는 젤그럭 소리에 등줄기가 다 섬뜩할 제,

"은제부터 배가 이래요?"

간호부가 뚱뚱한 의사의 말을 통변한다.

"자세히는 몰라두……."

덕순이는 이렇게 머리를 긁고는 아마 이토록 부르기는 지난겨울부턴가 봐요, 처음에는 이게 애가 아닌가 했던 것이 그렇지도 않구요, 애라면 열 달에 날 텐데,

"열석 달씩이나 가는 게 어딨습니까?"

하고는 아차, 애니 뭐니 하는 건 괜히 지껄였군 하였다. 그래 의사가 무어라고 또 입을 열수 있기 전에 얼른 뒤미처,

"아무두 이 병이 무슨 병인지 모른다구 그래요, 난생 처음 본다구요."

하고 몇 마디 더 얹었다. 덕순이는 자기네들의 팔자를 고칠 수 있고 없고가 이 순간에 달렸음을 또 한 번 깨닫고 열심히 의사의 입만 쳐다보고 있는 것이다마는 금테 안경 쓴 의사는 그리 쉽사리 입을 열려지 않았다. 몇 번을 거듭 주물러 보고, 두드려 보고, 들어 보고, 이러기를 얼

마 한 다음 시답지 않게 저쪽으로 가 대야에 손을 씻어 가며 간호부를 통하여 하는 말이,

"이 뱃속에 어린애가 있는데요, 나올려다 소문이 적어서 그대로 죽었어요. 이걸 그냥 둔다면 앞으로 일주일을 못 갈 것이니 불가불 수술을 해야 하겠으나 또 그 결과가 반드시 좋다고 단언할 수도 없는 것이매 배를 가르고 아이를 꺼내다 만일 사불여의126)하여 불행을 본다더라도 전혀 과계없다는 승낙만 있으면 내일이라도 곧 수술을 하겠어요."

하고 나어린 간호부는 조금도 거리낌 없는 어조로 줄줄 쏟아 놓다가,

"어떻게 하실 테야요?"

"글쎄요……."

덕순이는 이렇게 얼떨떨한 낮으로 다시 한 번 뒤통수를 긁지 않을 수 없었다. 간호부의 말이 무슨 소린지 다는 모른다 하더라도 속대중으로 저쯤은 알아챘던 것이니 아내의 생명이 위험하다는 그 말이 두렵기도 하려니와 겨우 아이를 뱄다는 것쯤, 연구 거리는 못 되는 병인 양 싶어 우선 낙심하고 마는 것이다. 하나 이왕 버린 노릇이매,

"그럼 먹을 것이 없는 데요……."

"그건 여기서 입원시키고 먹일 것이니까 염려 마셔요……."

"그런데요 저……."

하고 덕순이는 열적은 낮을 무얼로 가릴지 몰라 주볏주볏,

"월급 같은 건 안 주나요?"

"무슨 월급이오?"

"왜 여기서 병을 고치면 월급을 주는 수도 있다지요."

"제 병 고쳐 주는데 무슨 월급을 준단 말이오?"

___

126) 사불여의: 일이 뜻대로 되지 아니함.

하고 민망스레도 톡 쏘는 바람에 덕순이는 고만 얼굴이 벌개지고 말았다. 팔자를 고치려던 그 계획이 완전히 어그러졌음을 알자, 그의 주린 창자는 척 꺾이며 두꺼운 손으로 이마의 진땀이나 훔어보는 밖에 별도리가 없는 것이다. 하나 아내의 생명은 어차피 건져야 하겠기로 공손히 허리를 굽신하여,

"그럼 낼 데리고 올게 어떻게 해주십시오."

하고 되도록 빌붙어 보았던 것이, 그때까지 끔찍끔찍한 소리에 얼이 빠져서 멀뚱히 누웠던 아내가 별안간 기겁을 하여 일어나 살뚱맞은 목성으로,

"나는 죽으면 죽었지 배는 안 째요."

하고 얼굴이 노랗게 되는 데는 더 할 말이 없었다. 죽이더라도 제 원대로나 죽게 하는 것이 혹은 남편 된 사람의 도릴지도 모른다. 아내의 꼴에 하도 어이가 없어,

"죽는 거보담야 수술을 하는 게 좀 낫겠지요!"

비소를 금치 못하고 섰는 간호부와 의사가 눈에 보이지 않도록, 덕순이는 시선을 외면하여 뚱싯뚱싯 아내를 업고 나왔다. 지게 위에 올려놓은 다음 엎디어 다시 지고 일어나려니 이게 웬일일까, 아까 오던 때와는 갑절이나 무거웠다.

덕순이는 얼마 전에 희망이 가득히 차 올라가던 길을 힘 풀린 걸음으로 터덜터덜 내려오고 있었다. 보지는 않아도 지게 위에서 소리를 죽여 훌쩍훌쩍 울고 있는 아내가 눈앞에 환한 것이다. 학식이 많은 의사는 일자무식인 덕순이 내외보다는 더 많이 알 것이니 생명이 한 이레를 못 가리라던 그 말을 어째 볼 도리가 없다. 인제 남은 것은 우중충한 그 냉골에 갖다 다시 눕혀 놓고 죽을 때나 기다리고 있을 따름이었다.

덕순이는 눈 위로 덮는 땀방울을 주먹으로 훔쳐 가며 장차 캄캄하여

올 그 전도를 생각해본다. 서울을 장대고 왔던 것이 벌이도 제대로 안 되고 게다가 인젠 아내까지 잃는 것이다.

지에미붙을! 이놈의 팔자가, 하고 딱한 탄식이 목을 넘어오다 꽉 깨무는 바람에 한숨으로 터져 버린다.

한나절이 되자 더위는 더한층 무서워진다. 덕순이는 통째 짓무를 듯싶은 등어리를 견디지 못하여 먼젓번에 쉬어 가던 나무 그늘에 지게를 벗어 놓는다. 땀을 들여가며 아내를 가만히 내려다보니 그 동안 고생만 시키고 변변히 먹이지도 못하였던 것이 갑자기 후회가 나는 것이다. 이럴 줄 알았다면 동넷집 닭이라도 훔쳐다 먹였을 걸 싶어,

"울지 말아, 그것들이 뭘 아나 제까짓 게!"

하고 소리를 빽 지르고는,

"채미 하나 먹어 볼 테야?"

"채민 싫어요."

아내는 더위에 속이 탔음인지 한길 건너 저쪽 그늘에서 팔고 있는 얼음냉수를 손으로 가리킨다. 남편이 한 푼 더 보태어 담배를 사려던 그 돈으로 얼음냉수를 한 그릇 사다가 입에 먹여 까지 주니 아내도 황송하여 한숨에 들이켠다. 한 그릇을 다 먹고 나서 하나 더 사다 주랴 물었을 때 이번에 왜떡이 먹고 싶다 하였다. 덕순이는 이것이 마지막이라는 생각으로 나머지 돈으로 왜떡 세 개를 사다 주고는 그대로 눈물도 씻을 줄 모르고 그걸 오직오직 깨물고 있는 아내를 이윽히 바라보고 있었다. 그러나 아내가 무슨 생각을 하였는지 왜떡을 입에 문 채 훌쩍훌쩍 울며,

"저 사촌 형님께 쌀 두 되 꿔다 먹은 거 부대 잊지 말구 갚우."

하고 부탁할 제 이것이 필연 아내의 유언이라 깨닫고는,

"그래 그건 염려 말아!"

"그리구 임자 옷은 영근 어머니더러 사정 애길 하구 좀 빨아 달래우."

하고 이야기를 곧잘 하다가 다시 입을 일그리고 훌쩍훌쩍 우는 것이다. 덕순이는 그 유언이 너무 처량하여 눈에 눈물이 핑 돌아 가지고는 지게를 도로 지고 일어선다. 얼른 갖다 눕히고 죽이라도 한 그릇 더 얻어다 먹이는 것이 남편의 도릴 게다. 때는 중복, 허리의 쇠뿔도 녹이려는 뜨거운 땡볕이었다.

덕순이는 빗발같이 내려붓는 등골의 땀을 두 손으로 번갈아 훔처 가며 끙끙 내려올 제, 아내는 지게 위에서 그칠 줄 모르는 그 수많은 유언을 차근차근 남기자, 울자, 하는 것이다.

《여성11(1937.2.)》

﹡따라지

　쪽대문을 열어 놓으니 사직 공원이 환히 내려다보인다. 인제는 봄도 늦었나 보다. 저 건너 돌담 안에는 사쿠라 꽃이 벌겋게 벌어졌다. 가지 가지 나무에는 싱싱한 싹이 돋고, 새침이 옷깃을 핧고 드는 요놈이 꽃 샘이겠지. 까치들은 새끼 칠 집을 장만하느라고 가지를 입에 물고 날 아들고…….

　이런 제기랄, 우리 집은 언제나 수리를 하는 겐가. 해마다 고친다, 고 친다, 벼르기는 연실 벼르면서. 그렇다고 사직골 꼭대기에 올라붙은 깨 웃한 초가집이라서 싫은 것도 아니다. 납작한 처마 밑에 비록 묵은 이엉 이 무더기무더기 흘러내리건 말건, 대문짝 한 짝이 삐뚜로 박히건 말건, 장독 뒤의 판장이 아주 벌컥 나자빠져도 좋다.

　참말이지 그놈의 부엌 옆의 뒷간만 좀 고쳤으면 원이 없겠다. 밑둥의 벽이 확 나가서 어떤 게 부엌이고 뒷간인지 분간을 모르니. 게다 여름이 되면 부엌 바닥으로 구더기가 슬슬 기어들질 않나. 이걸 보면 고대 먹었 던 밥풀이 그만 곤두서고 만다. 에이 추해, 망할 녀석의 영삼쟁이 그것 좀 고쳐 달라고 그렇게 성화를 해도…….

　쪽대문이 도로 닫겨지며 소리를 요란히 낸다. 아침 설거지에 젖은 손 을 치마로 닦으며 주인마누라는 오만상이 찌푸려진다. 그러나 실상은 사글세를 못 받아서 약이 오른 것이다. 영감더러 받아 달라면 마누라에 게 밀고 마누라가 받자니 고분이 내질 않는다. 여태껏 미뤄 왔지만 느들 오늘은 안 될라, 마음을 아주 다부지게 먹고 건넌방 문을 홱 열어젖힌다.

"여보! 어떻게 됐소?"

"아 이거 참 미안합니다. 오늘두…….."

텁수룩한 칼라 머리를 이렇게 긁으며 역시 우물쭈물이다.

"오늘두라니 그럼 어떡할 작정이오?"

하고 눈을 한번 크게 떠보였다마는 이 위인은 암만 얼러도 노할 주변도 못 된다. 나이가 새파랗게 젊은 녀석이 왜 이리 할 일이 없는지 밤낮 방구석에 팔짱을 지르고 멍하니 앉아서는 얼이 빠졌다. 그렇지 않으면 이불을 뒤쓰고는 줄창 같이 낮잠이 아닌가. 햇빛을 못 봐서 얼굴이 누렇게 찌들었다. 경무과 제복 공장의 직공으로 다니는 즈 누이의 월급으로 둘이 먹고 지낸다. 누이가 과부길래 망정이지 서방이라도 해가면 이건 어떡하려고 이러는지 모른다. 제 신세 딱한 줄은 모르고 맨날,

"돈은 우리 누님이 쓰는데요……. 누님 나오거든 말씀하십시오."

"당신 누님은 밤낮 사날만 참아 달라는 게 한 아니오. 사날사날 허니 그래 언제나 돼야 사날이란 말이오?"

"미안스럽습니다. 그러나 이번엔 사날 후에 꼭 드리겠습니다. 이왕 참아 주시던 길이니."

"글쎄 언제가 사날이란 말이오?"

하고 주름 잡힌 이맛살에 화가 다시 치밀지 않을 수가 없다. 이놈의 사날이란 석 달인지 삼년인지 영문을 모른다. 그러나 저쪽도 쾌쾌히 들이덤벼야 말하기가 좋을 텐데, 울가망으로 한풀 꺾이어 들음에는 더 지껄일 맛도 없는 것이다.

"돈두 다 싫소. 오늘은 방을 내주."

그는 말 한마디 또렷이 남기고 방문을 탁 닫아 버렸다. 그리고 서너 발 뚜덜거리며 물러서자 다시 가서 문을 열어 잡고,

"오늘 우리 조카가 이리 온다니까 어차피 방은 있어야 하겠소."

장독 옆으로 빠진 수채를 건너서면, 바로 아랫방이다. 본시는 광이었으나 셋방 놓으려고 싱둥겅둥 방을 들인 것이다. 흙칠한 것도 위채보다는 아직 성하고 신문지로 처덕이었을망정 제법 벽도 번듯하다.

비바람이 들이치어 누렇게 들뜬 미닫이었다. 살며시 열고 노려보니 망할 노랑퉁이가 여전히 이불을 쓰고 끙, 끙, 누웠다. 노란 낯짝이 광대뼈가 툭 불거진 게 어제만도 더 못한 것 같다. 어쩌자고 저걸 들였는지 제 생각을 해도 소갈찌는 없었다. 돈도 좋거니와 팔자에 없는 송장을 칠까봐 애간장이 다 졸아든다. 하기야 처음 올 때에 저 병색을 모른 것도 아니고,

"영감님! 무슨 병환이슈?"

하고 겁을 먹으니까,

"감기가 좀 들렸더니 이러우."

이런 굴치 같은 영감쟁이가 또 있으랴. 그리고 그날부터 뒷간에다 피똥을 내깔리며 이 앓는 소리로 쩔쩔매는 것이다. 보기에 추하기도 할 뿐더러 그 신음 소리를 들을 적마다 사지가 으스러지는 것 같다. 그러나 더 얄미운 것은 이걸 데리고 온 그 딸이었다. 버스 걸 다니니까 아마 거짓말이 심한 모양이다. 부족증[127]이라고 한마디만 했으면 속이나 시원할 걸 여태도 감기가 쇄서 그렇다고 빠득빠득 우긴다. 방을 안 줄까 봐 속인 그 행실을 생각하면 곧 눈에 불이 올라서,

"영감님! 오늘은 방셀 주서야지요?"

"시방 내 몸이 아파 죽겠소."

영감님은 괜한 소리를 한단 듯이 썩 귀찮게 벽 쪽으로 돌아눕는다. 그

___

127) 부족증: 폐결핵이나 인체 내의 진액 부족으로 원기가 몹시 쇠약해지는 증상.

리고 어그머니 끙, 움츠러드는 소리를 친다.

"아니 영 방세는 안 내실 테요?"

하고 소리를 빽 지르지 않을래야 않을 수 없다.

"내 시방 죽는 몸이오. 가만있수."

"글쎄 죽는 건 죽는 거고 방세는 방세가 아니오. 영감님 죽기로서니 어째 내 방세를 못 받는단 말이오!"

"내가 죽는데 어째 또 방세는 낸단 말이오?"

영감님은 고개를 돌리어 눈을 부릅뜨고 마나님 붋지[128] 않게 호령이었다. 죽을 때가 가까워지니까 악이 받칠 대로 송두리 받친 모양이다.

"정 그렇거든 내 딸 오거든 받아 가구려."

"이건 누구에게 찌다운가 원, 별일두 다 많어이."

하고 홀로 입 속으로 중얼거리며 물러가는 것도 상책일는지 모른다. 괜스레 병든 것과 겯고틀고 이러단 결국 이쪽이 한 굽 죄인다. 그보다는 딸이나 오거든 톡톡히 따져서 내쫓는 것이 일이 쉬우리라.

그 옆으로 좀 사이를 두고 나란히 붙은 미닫이가 또 하나 있다. 열고자 문설주에 손을 대다가 잠깐 멈칫하였다. 툇마루 위에 무람없이[129] 올려 놓인 이 구두는 분명히 아키코의 구두 일게다. 문 열어 볼 용기를 잃고 그는 부엌 쪽으로 돌아가며 쓴 입맛을 다시었다.

카페가 뭔가 다니는 계집애들은 죄다 그렇게 망골[130]들인지 모른다. 영애하고 아키코는 아무리 잘 봐도 씨알이 사람 될 것 같지 않다. 아래위 턱도 몰라보는 애들이 난봉 질에 향수만 찾고 그래도 영애란 계집애는

---

128) 붋다: [부럽다]의 경상도 사투리.

129) 무람없다: 예의를 지키지 않으며 삼가고 조심하는 것이 없다.

130) 망골: 언행이 매우 난폭하거나 주책없는 사람을 낮잡아 이르는 말.

비록 심술은 내고 내델망정 뭘 물으면 대답이나 한다. 요 아키코는 방세를 내래도 입을 꼭 다물고는 안차게도[131] 대꾸 한마디 없다. 여러 번 듣기 싫게 조르면 그제는 이쪽이 낼 성을 제가 내가지고,

"누가 있구두 안 내요? 좀 편히 계서요. 어련히 낼라구, 그런 극성 첨 보겠네."

이렇게 쥐어박는 소리를 하는 것이 아닌가. 좀 편히 계시라는 이 말에는 하 어이가 없어서도 고만 찔끔 못 한다.

"망할 년! 언제 병이 들었었나?"

쓸 방을 못 쓰고 사글세를 논 것은 돈이 아쉬웠던 까닭이었다. 두 영감 마누라가 산다고 호젓해서 동무로 모은 것도 아니다. 그런데 팔자가 사나운지 모두 우거지상, 노랑퉁이, 말괄량이, 이런 몹쓸 것들뿐이다. 이 망할 것들이 방세를 내는 셈도 아니요, 그렇다고 아주 안내는 것도 아니다. 한 달 치를 비록 석 달에 별러 내는 한이 있더라도 역 내는 건 내는 거였다. 즈들끼리 짜기나 한 듯이 팔십 전 칠십 전 일 원, 요렇게 짤금짤금거리고 만다. 오늘은 크게 얼를 줄 알았더니 하고 보니까 역시 어저께나 다름이 없다. 방의 세간을 마루로 내놔 가며 세를 들인 보람이 무엇인지. 그는 마루 끝에 걸터앉아서 화풀이로 담배 한 대를 피워 문다.

그러나 아무리 생각해도 내 방 빌리고 내가 말 못 하는 것은 병신스러운 짓임에 틀림이 없다. 담뱃대를 마루에 내던지고 약을 좀 올려 가지고 다시 아래채로 내려간다. 기세 좋게 방문이 홱 열리었다.

"아키코! 이봐! 자?"

아키코는 네 활개를 벌리고 아키코답게 무사 태평히 코를 골아 울린다. 젖퉁이를 풀어헤친 채 부끄럼 없고, 두 다리는 이불 싼 위로 번쩍 들

---

131) 안차다: 겁이 없고 야무지다.

어 올렸다. 담배 연기 가득 찬 방 안에는 분내가 확 끼치고……

"이봐! 아키코! 자?"

이번에는 대문 밖에서도 잘 들릴 만큼 목청을 돋웠다. 그러나 생시에
도 대답 없는 아키코가 꿈속에서 대답할 리 없음을 알았다. 그저 겨우 입
속으로,

"망할 계집애두, 가랑머릴 쩍 벌리고 저게 원, 쩨쩨."

미닫이가 딱 닫겨지는 서슬에 문틀 위의 안약 병이 떨어진다. 그제야
아키코는 조심히 눈을 떠보고 일어나 앉았다. 망할 년, 저보고 누가 보랬
나, 하고 한옆에 놓인 손거울을 집어 든다. 어젯밤 잠을 설친 바람에 얼
굴이 부석부석하였다. 궐련에 불이 붙는다.

그는 천장을 향하여 연기를 내뿜으며 가만히 바라본다. 뾰족한 입에서
연기는 고리가 되어 한 둘레 두 둘레 새어 나온다. 고놈을 하나씩 손가락
으로 꼭 찔러서 터치고 터치고. 아까부터 영애를 기다렸으나 오정이 가
까워도 오질 않는다. 단성사엘 갔는지 창경원엘 갔는지, 그래도 저 혼자
는 안 갈걸. 이런 때이면 방 좁은 것이 새삼스레 불편하였다.

햇빛이 안 들고 늘 습한 건 말고, 조금만 더 넓었으면 좋겠다. 영애나
아키코나 둘 중의 누가 밤의 손님이 있으면 하나는 나가 잘 수밖에 없다.
둘이 자도 어깨가 맞부딪는데, 그런데, 셋이 자기에는 너무 창피하였다.
나가서 자면 숙박료는 오십 전씩 받기로 하였으니까 못 잘 것도 아니다
마는 그 담날 밝은 낮에 여기까지 허덕허덕 찾아오는 것이 어째 좀 어색
한 일이었다. 어제도 카페서 나오다가 골목에서 영애를 꾹 찌르고,

"애! 너 오늘 어디서 자구 오너라."

하고 귓속말을 하니까,

"또? 애 너는 좋구나!"

"좋긴 뭐가 좋아? 애두!"

아키코는 좀 수줍은 생각이 들어 쭈뼛쭈뼛 그 손에 돈 팔십 전을 쥐어 주었다. 여느 때 같으면 오십 전이지만 그만치 미안하였다마는 영애는 지루퉁한 낯으로 돈을 받아 넣으며 또 하는 소리가,

"얘! 이젠 종로 근처로 우리 큰 방을 얻어 오자."

"그래 가만있어……. 잘 가거라, 그리고 내일 일찍 와!"

남 인사하는 데는 대답 없고,

"나만 밤낮 나와 자는구나!"

이것은 필시 아키코에게 엇먹는 조롱이겠지. 망할 애두 저더러 누가 뚱뚱하고 못생기게 나랬나, 그렇게 뼈지게 하지만 영애가 설마 아키코에게 뼈지거나 엇먹지는 않았으리라. 아키코는 베개로 허리를 펴며 팔뚝 시계를 다시 본다. 오정하고 십오 분 또 삼 분. 영애가 올 때가 되었는데, 망할 거 누가 채 갔나. 기지개를 한번 늘이고 드러누우며 미닫이께로 고개를 가져간다. 문 아랫도리에 손가락 하나 드나들 만한 구멍이 뚫리었다. 주인마누라가 그제야 좀 화가 식었는지 안방으로 휘젓고 들어가는 치마꼬리가 보인다.

그리고 마루 뒤 주위에는 언제 꺾어다 꽂았는지 정종 병에 엉성히 뻗은 꽃가지. 붉게 핀 것은 복숭아꽃일 게고, 노랗게 척척 늘어진 저건 개나리다. 건넌방 문은 여전히 꼭 닫혔고, 뒷간에 가는 기색도 없다. 저 속에는 지금 제가 별명 진 톨스토이가 책상 앞에 웅크리고 앉아서 눈을 감고 앉았으리라. 올라가서 이야기 좀 하고 싶어도 구렁이 같은 주인마누라가 지키고 앉아서 감히 나오지를 못한다.

이것은 아키코가 안채의 기맥을 정탐하는 썩 필요한 구멍이었다. 뿐만 아니라 저녁나절에는 재미스러운 연극을 보는 한 요지경도 된다. 어느 때에는 영애와 같이 나란히 누워서 베개를 베고 하나 한 구멍씩 맡아 가지고 구경을 한다. 왜냐면 다섯 점 반쯤 되면 완전히 히스테리인 톨스토

이의 누님이 공장에서 나오는 까닭이었다.

그 누님은 성질이 어찌 괄괄한지 대문간에서부터 들어오는 기색이 난다. 입을 다물고 눈살을 접은 그 얼굴을 보면 일상 마땅치 않은, 그리고 세상의 낙을 모르는 사람 같다. 어깨는 축 늘어지고 풀 없어 보이면서 게다 걸음만 빠르다. 들어오면 우선 건넌방 툇마루에다 빈 벤또를 쟁그렁, 하고 내다붙인다. 이것은 아우에게 시위도 되거니와 이래야 또 직성도 풀린다. 그리고 그는 눈을 휘둥그렇게 뜨고 사면의 불평을 찾기 시작한다마는 아우는 마당도 쓸어놓고, 부뚜막의 그릇도 치우고, 물독의 뚜껑도 잘 덮어 놓았다. 신발장이라도 잘못 놓여야 트집을 걸 텐데 아주 말쑥하니까 물바가지를 땅으로 동댕이친다. 이렇게 불평을 찾다가 불평이 없어도 또한 불평이었다.

"마당을 쓸면 잘 쓸든지, 그릇에다 흙칠을 온통 해놨으니 이게 다 뭐냐?"

끝이 꼬부라진 그 책망, 아우는 속에서 끽소리 없다.

"밥을 얻어먹으면 밥값을 해야지, 늘 부처님같이 방구석에 꽉 앉았기만 하면 고만이냐?"

이것이 하루 몇 번씩 귀 아프게 듣는 인사이었다. 눈을 홉뜨고 서서, 문 닫힌 건넌방을 향하여 퍼붓는 포악이었다. 그런 때이면 야윈 목에 굵은 핏대가 불끈 솟고, 구부정한 허리로 게거품까지 흐른다. 그러나 이건 보통 때의 말이다. 어쩌다 공장에서 뒤를 늦게 본다고 감독에게 쥐어 박히거나 혹은 재봉 침에 엄지손톱을 박아서 반쯤 죽어 오는 적도 있다. 그러면 가뜩이나 급한 그 행동이 더 불이야 불이야 한다. 손에 잡히는 대로 그릇을 내던져 깨치며,

"왜 내가 이 고생을 해가며 널 먹이니, 응 이놈아?"

헐 없이 미친 사람이 된다. 아우는 그래도 귀가 먹은 듯이 잠자코 앉았다. 누님은 혼자 서서 제 몸을 들볶다가 나중에는 울음이 탁 터진다. 공

장 살이에 받는 설움을 모두 아우의 탓으로 돌린다. 그러면 하릴없이 아우는 마당에 내려와서 누님의 어깨를 두 손으로 붙잡고,

"누님, 다 내가 잘못했수, 그만두."

하고 달래지 않을 수 없다.

"네가 이놈아! 내 살을 뜯어먹는 거야."

"그래 알았수, 내가 다 잘못했으니 그만둡시다."

"듣기 싫어, 물러나."

하고 벌떡 떠다밀면 땅에 펄썩 주저앉는 아우다. 열적은 듯, 죄송한 듯, 얼굴이 벌개서 털고 일어나는 그 아우를 보면 우습고도 일변 가여웠다. 그러나 더 우스운 것은 마루에서 저녁을 먹을 때의 광경이다. 누님이 밥을 퍼가지고 올라와서는 암말 없이 아우 앞으로 한 그릇을 쭉 밀어 놓는다. 그리고 자기는 자기대로 외면하여 푹푹 퍼먹고 일어선다. 물론 반찬도 각각 먹는 것이다. 아우는 군말 없이 두 다리를 세우고 눈을 내리깔고는 그 밥을 떠먹는다. 방에 앉아서, 주인마누라는 업신여기는 눈으로 은근히 흘겨 준다.

영애는 톨스토이가 너무 병신스러운 데 골을 낸다. 암만 얻어먹더라도 씩씩하게 대들질 못하고 저런, 저런. 그러나 아키코는 바보가 아니라, 사람이 너무 착해서 그렇다고 우긴다. 하긴 그렇다고 누님이 자기 밥을 얻어먹는 아우가 미워서 그런 것도 아니다.

나뭇잎이 등금등금 날리던 작년 가을이었다. 매일같이 하 들볶으니까 온다간다 말 없이 하루는 아우가 없어졌다. 이틀이 되어도 없고 사흘이 되어도 없고, 일주일이 썩 지나도 영 들어오지를 않는다. 누님은 아우를 찾으러 다니기에 눈이 뒤집혔다. 그렇게 착실히 다니던 공장에도 며칠씩 빠지고, 혹은 밥도 굶었다. 나중에는 아우가 한을 품고 죽었나 보다고 집에 들어오면 마루에 주저앉아서 통곡이었다. 심지어 아키코의 손목을

다 붙잡고,

"여보! 내 아우 좀 찾아 주, 미치겠수."

"그렇지만 제가 어딜 간 줄 알아야지요."

"아니 그런 데 놀러 가거든 좀 붙들어 주, 부모 없이 불쌍히 자란 그놈이."

말끝도 다 못 마치고 이렇게 울던 누님이 아니었던가. 아흐레 만에야 아우를 남대문 밖 동무 집에서 찾아왔다. 누님은 기뻐서 또 울었다. 그리고 그 다음날부터 다시 들볶기 시작하였다. 이 속은 참으로 알 수 없고, 여북해야 아키코는 대문 소리만 좀 다르면,

"애 영애야! 변덕쟁이 온다. 어서 이리 와."

하고 잇속 없이 신이 오른다. 아키코는 남모르게 톨스토이를 맘에 두었다. 꿈을 꾸어도 늘 울가망[132]으로 톨스토이가 나타나곤 한다. 꼭 발렌티노같이 두 팔을 떡 벌리고 하는 소리가, 오! 저는 당신을 사랑합니다. 이 가슴에 안겨 주소서. 그러나 생시에는 이놈의 톨스토이가 아키코의 애타는 속도 모르고 본 둥 만 둥이 아닌가. 손님에게 꼭 답장할 필요가 있어서,

"선생님! 저 연애편지 하나만 써주셔요."

아키코가 톨스토이를 찾아가면,

"저 그런 거 못 씁니다."

"소설 쓰는 이가 그래 연애편지를 못 써요?"

하고 어안이 벙벙해서 한참 쳐다본다. 책상 앞에서 늘 쓰고 있는 것이 소설이란 말은 여러 번이나 들었다. 그래 존경해서 선생님이라고 부르고 뒤에서는 톨스토이로 바치는데 그래 연애편지 하나 못 쓴다니 이게 말이 되느냐. 하도 기가 막혀서,

---

132) 울가망: 근심스럽거나 답답하여 기분이 나지 않음. 또는 그런 상태.

"선생님! 연애 해보셨어요?"

하면, 무안당한 계집애처럼 그만 얼굴이 벌개진다.

"전 그런 거 모릅니다."

아키코는 톨스토이가 저한테 흥미를 안 갖는 걸 알고 좀 샐쭉하였다. 카페서 구는 여급이라고 넘보는 맥인지 조선말로 부르면 흉해서 아키코로 행세는 하지만 영영 아키콘 줄 아나보다. 어쩌면 톨스토이가 흉측스럽게 아랫방 버스 걸과 눈이 맞았는지도 모른다. 왜냐하면 버스 걸이 나갈 때 그때쯤 해서 톨스토이가 세수를 하러 나오고 하는 것을 보았다. 그리고 옥생각[133]인지 몰라도 버스 걸도 요즘엔 버쩍 모양을 내기에 몸이 달았다. 며칠 전에 버스 걸이 거울과 가위를 손에 들고 아키코의 방엘 찾아왔다.

"언니, 나 이 머리 좀 잘라 주."

"건 왜 자르려구 그래? 그냥 두지."

"날마다 머리 빗기가 귀찮아서 그래."

하고 좀 거북한 표정을 하더니,

"난 언니 머리가 좋아, 뭉툭한 게!"

웃음으로 겨우 버무린다. 하 조르므로 아키코도 그 좋은 머리를 아니 자를 수 없다. 가위에 힘을 주어 그 중턱을 툭 끊었다. 버스 걸은 손으로 만져 보더니 재겹게 기쁜 모양이다. 확 돌아앉아서 납죽한 주둥이로 해해 웃으며,

"언니 머리같이 더 좀 디려 잘라 주어요."

"더 자르믄 못써. 이만하면 좋지 않어?"

대고 졸랐으나 아키코는 머리를 버려 놀까 봐 더 응칠 않았다. 여기

_____

133) 옥생각: 옹졸한 생각.

에 성이 바르르 나서 버스 걸은 제 방으로 가서는 제 손으로 더 몽총히 잘라 버렸다. 그 뜯어 논 머리에다 분을 하얗게 바르고는 아주 좋다고 나다니는 계집애다. 양말 뒤축에 빵꾸가 좀 나도 제 방 들어갈 제 뒤로 기어든다.

아침에 나갈 제 보면 버스 걸은 커단 책보를 옆에 끼고 아주 버젓하다. 처음에 아키코가 고등과에 다니는 학생인가, 한 것도 무리는 아니었다. 왜냐면 그 책보가 고등과에 다니는 책보같이 그렇게 탐스럽고 허울이 좋았다. 그러나 차차 알고 보니 보지도 않는 헌 잡지를 그렇게 포개고, 그 사이에 벤또를 꼭 물려서 싼 책보이었다. 벤또 하나만 싸면 공장의 계집애나 버스 걸로 알까 봐서 그 무거운 잡지책을 힘드는 줄도 모르고 들고 왔다 갔다 하는 것이 아니냐. 그래 놓고는 저녁에 돌아올 때면 웬 도둑놈 같은 무서운 중학생 놈이 쫓아오고 한다고 늘 성화다.

"그놈 다리를 꺾어 놓지."

이렇게 딸의 비위를 맞추어 병든 아버지는 이불 속에서 큰소리다. 그리고 아침마다 딸 맘에 썩 들도록 그 책보를 싸는 것도 역시 그의 일이었다. 정성스레 귀를 내어 문 밖으로 두 손을 내받치며,

"애! 일찌가니 돌아오너라, 감기 들라."

이런 걸 보면 영애는 또 마음에 마뜩치 않았다. 딸에게 구리칙칙이 구는 아버지는 보기가 개만도 못하다 했다. 그래 아키코와 쓸데없이 주고받고 다툰 일까지 있다.

"그럼 딸의 거 얻어먹구 그렇지도 않어?"

"그러니 더 든적스럽지 뭐냐?"

"든적스럽긴 얻어먹는 게 든적스러, 몸에 병은 있구 그럼 어떡하니? 애두! 너무 빠장빠장 웃기는구나!"

아키코는 샐쭉이 토라지다 고개를 다시 돌리어 웅크려 뜯는 소리로,

"너 느 아버지가 팔아먹었다지, 그래 네 맘에 좋으냐?"

"애두! 절더러 누가 그런 소리 하라나?"

하고 영애는 더 덤비지 못하고 그제는 눈으로 치마를 걷어 올린다. 이렇게까지 영애는 그 병쟁이가 몹시도 싫었다. 누렇게 말라붙은 그 얼굴을 보고 김마까라는 병명을 지을 만치 그렇게 밉살스럽다. 왜냐면 어느 날 김마까가 영애를 방해하였다. 그날은 어쩐 일인지 김마까가 초저녁부터 딸과 싸우는 모양이었다. 새로 두 점쯤 해서 영애가 들어오니까 둘이 소곤소곤하고 싸우는 맥이다. 가뜩이나 엄살을 부리는 데다 더 흉측을 떨며,

"어이쿠! 어이쿠! 하나님 맙시사!"

그렇지 않으면,

"하나님 날 잡아가지 왜 이리 남겨 두슈!"

아래, 위 칸을 흙벽으로 막았으면 좋을 걸 얇은 빈지를 들이고 종이로 발랐다. 위 칸에서 부시럭 소리만 나도 아래 칸까지 고대로 흘러든다. 그 벽에다 머리를 쾅쾅 부딪치며,

"어이구 이놈의 팔자두!"

제 깐에는 딸 앞에서 죽는다고 결기를 이는 꼴이다. 그러면 딸은 표독스러운 음성으로,

"누가 아버지보고 돌아가시랬어요? 괜히 남의 비위를 긁어 놓구 그러시네!"

"늙은이보구 담밸 끊으라는 게 죽으라는 게지 뭐야."

"그게 죽으라는 거야요? 남 들으면 정말로 알겠네."

딸이 좀 더 볼멘소리로 쏘아 박으니, 또다시,

"어이구! 이놈의 팔자두!"

벽에 머리를 부딪치며 어린애같이 깩깩 울고 앉았다. 질긴 귀로도 못 들을 징그러운 그 울음소리······.

가물에 빗방울같이 모처럼 끌고 왔던 영애의 손님이 이마를 접는다. 그리고 아무 말 없이 취한 걸음으로 비틀비틀 쪽마루로 내걷는다. 되는 대로 구두 짝이 끌린다.

"왜 가서요?"

"요담 또 오지."

"여보세요! 이 밤중에 어딜 간다구 그러서요?"

하고 대문간서 그 양복을 잡아챈다마는 허황한 손이 올라와 툭툭 털어 버리고,

"요담 또 오지."

그리고 천변을 끼고 비틀거리는 술 취한 걸음이다. 영애는 눈에 독이 잔뜩 올라서 한 전등이 둘 셋씩 보인다. 빈방 안에 홀로 누워서 입 속으로 김마까를 악담을 하며 눈물이 핑 돈다.

벌써 한 점 사십오 분. 영애는 디툭디툭 들어오며 살집 좋은 얼굴이 싱글벙글이다. 손에는 통통한 과자봉지. 미닫이를 여니 윗목 구석에 쓸어 박은 헌 양말짝, 때 전 속옷, 보기에 어수선산란하다.

"벌써 오니? 좀 더 있지."

"애두! 목욕허구 온단다."

"목욕은 혼자 가니?"

하고 좀 삐지려 한다.

"그래 너 주려구 과자 사왔어요."

"그럼 그렇지 우리 영애가!"

요강에서 손을 뽑으며 긴히 달겨든다. 아키코는 오줌을 눌 적마다 요강에 받아서는 이 손을 담그고 한참 있고 저 손을 담그고. 그러나 석 달이나 넘어 그랬건만 손결이 별로 고와진 것 같지 않다. 그 손을 수건에

닦고 나서,

"모두 나마카시(생과자)만 사왔구나."

우선 하나를 덥석 물어 뗀다.

"그 손으로 그냥 먹니? 얘! 난 싫단다!"

"메 드러워? 저도 오줌을 누면서 그래."

"그래두 먹는 것허구 같으냐?"

하지만 영애는 아키코보다 마음이 훨씬 눅었다. 더 화내지 않고 그런 양으로 앉아서 같이 집어먹는다. 그의 마음에는 아키코의 생활이 몹시 부러웠다. 여러 손님의 사랑에 고이며 예쁜 얼굴을 자랑하는 아키코. 영애 자신도 꼭 껴안아 주고 싶은, 아담스러운 그런 얼굴이다.

"그인 은제 갔니?"

"새벽녘에 내뺐단다. 아주 숫배기야."

"넌 참 좋겠다. 나두 연애 좀 해봤으면!"

"허려무나, 누가 허지 말라니?"

"아니 너 같은 연애 싫어, 정신으로만 허는 연애 말이지."

하고 어딘가 좀 뒤둥그러진 소리.

"오! 보구만 속 태우는 연애 말이지?"

하긴 했으나 아키코는 어쩐지 영애에게 너무 심하게 한 듯싶었다. 가뜩이나 제 몸 못난 것을 은근히 슬퍼하는 애를…….

"얘! 별소리 말아요. 연애두 몇 번 해보면 다 시들해지는 걸 모르니? 난 일상 맘 편히 혼자 지내는 네가 부럽더라!"

하고 슬그머니 한번 문질러 주면,

"메가 부러워? 애두! 괜히 저러지."

영애는 이렇게 부인은 하면서도 벙싯하고 짜장 우월감을 느껴 보려 한다. 영애도 한 때에는 주체궂은 살을 말리고자 아편도 먹어 봤다. 남의 말대로 듬뿍 먹었다가 꼬박이 이틀 동안을 일어나지도 못하고 고생하던 생각을 하면 시방도 등어리가 선뜻하다. 그러나 영애에게도 어쩌다 엽서가 오는 것은 참 신통한 일이라 안 할 수 없다.

"또 뭐 뒤져 갔니?"

하고 영애는 의심이 나서 제 경대 서랍을 뒤져 본다. 과연 며칠 전 어떤 전문학교 학생에게서 받은, 끔찍이 귀한 연애편지가 또 없어졌다. 사내들은 어째서 남의 계집애 세간을 뒤져가기 좋아하는지, 그 심사는 참으로 알 수 없고.

"또 집어 갔구나, 이럼 난 모른단다!"

영애는 고만 울상이 된다.

"뭐?"

"편지 말이야!"

"무슨 편지를?"

"왜 요전에 받은 그 연애편지 말이야."

"저런! 그 망할 자식이 그건 뭣 하러 집어 가, 난 통히 보덜 못했는데, 수줍은 척하더니 아주 숭악한 자식이로군!"

아키코는 가는 눈썹을 더욱이 잰다. 그리고 무색한 듯 영애의 눈치만 한참 바라보더니,

"내 톨스토이보고 하나 써 달라마. 그럼 이 담 연애편지 쓸 때 그거 보구 쓰면 고만 아냐."

하고 곱게 달랜다. 그러나 과연 톨스토이가 하나 써줄는지 그것도 의문이다. 영애가 벌써 전부터 여기를 떠나자고 졸라도 좀좀 하고 망설이고 있는 아키코! 그런 성의를 모르고 톨스토이는 아키코를 보아도 늘 한 양으로 대단치 않게 지나간다. 그렇다고 한때는 버스 걸에게 맘을 두었나, 하고 의심을 해봤으나, 실상은 그런 것도 아닐 것이다.

낮에 사직동 공원으로 올라가면 아키코는 가끔 톨스토이를 만난다. 굵은 소나무 줄기에 등을 비껴 대고 먼 하늘만 정신없이 바라보고 섰는 톨스토이다. 아키코가 그 앞을 지나가도 못 본 척하고 들떠보도 않는다. 약이 올라서 속으로 망할 자식, 하고 욕도 하여 본다.

　그러나 나중 알고 보면 못 본 척이 아니라, 사실 눈뜨고 못 보는 것이다. 그렇게 등신같이 한눈을 팔고 섰는 톨스토이다. 이걸 보면 아키코는 여자 고보를 중도에 퇴학하던 저의 과거를 연상하고 가엾은 생각이 든다. 누님에게 얻어먹고 저러고 있는 것이 오죽 고생이랴. 그리고 학교 때 수신 선생이 이야기하던 착하고 바보 같다던 그 톨스토이가 과연 저런 건지, 하고 객쩍은 조바심도 든다. 아키코는 기침을 캑 하고 그 앞으로 다가선다. 눈을 깜박깜박하며,

　"선생님! 뭘 그렇게 생각하서요?"

하고 불쌍한 낯을 하면,

　"아니오."

하고 어색한 듯이 어물어물하고 만다.

　"그렇게 섰지 마시고 좀 운동을 해보서요."

　하도 딱하여 아키코는 이렇게 권고도 하여 본다.

　"오늘은 방을 좀 치워야 하겠소. 여기 내 조카도 지금 오고 했으니까."

　주인마누라는 약이 바짝 올라서 매섭게 쏘아본다. 방에서만 꾸물꾸물 방패막이를 하고 있는 톨스토이가 여간 밉지 않다.

　"아, 여보! 방의 세간을 좀 치워 줘요. 그래야 오는 사람이 들어가질 않소?"

　"사날만 더 참아 줍쇼. 이번엔 꼭 내겠습니다."

　"아니 뭐 사글세를 안 낸대서 그런 게 아니오. 내가 오늘부터 잘 데가 없고 이 방을 꼭 써야하겠기에 그래서 방을 내달라는 것이지."

양복바지를 거반 엉덩이에 걸친, 버드렁니가 이렇게 허리를 쓱 편다. 주인마누라가 툭하면 불러온다던 저 조카라는 놈이 필연 이걸 게다. 혼자 독학으로 부청에까지 출세를 한 굉장한 사람이라고 늘 입에 침이 말랐다. 그러나 귀 처진 눈은 말고, 헤벌어진 입과 양복 입은 체격하고 별로 굉장한 것 같지 않다. 게다 얼짜가 분수없이 뻐팅기려고,

"참아 주시던 길이니 며칠만 더 참아 주십시오."

이렇게 애걸하면,

"아 여보! 당신도 그래 사람이오?"

하고 제법 삿대질까지 할 줄 안다.

"저런 자식두! 못두 생겼다. 저게 아마 경성부 고즈카이(용인)인 거지?"

"글쎄, 그래도 제법 넥타일 다 잡숫구."

하고 손가락이 들어가 문의 구멍을 좀 더 후벼판다마는 아키코는 구렁이(주인마누라)의 속을 빠안히 다 안다. 인젠 방세도 싫고 셋방 사람을 다 내쫓으려 한다. 김마까나 아키코는 겁이 나서 차마 못 건드리고 제일 만만한 톨스토이로부터 우선 몰아내려는 연극이었다.

"저 구렁이 좀 봐라, 옆에 서서 눈짓을 해가며 자꾸 시키지."

"글쎄 자식도 얼간이가 아냐? 즈 아즈멈 시키는 대로 놀구 섰게."

"어쭈, 얼짜가 뻐팅긴다. 지가 우와기[134]를 벗어 노면 어쩔 테야 그래? 자식두!"

"톨스토이가 잠자쿠 앉았으니까 약이 올라서 저래, 맛부리는 게 밉살머리궂지? 자식 그저 한 대 앵겨 줬으면."

"내가 한 대 먹이면 저거 고택골 간다. 그러니깐 아키코한테 감히 못 오지 않어."

---

134) 우와기: 상의, 윗저고리라는 의미의 일본어.

주먹을 이렇게 들어 뵈다가 고만 영애의 턱을 치질렀다. 영애는 고개를 저리 돌리어 또 빼쭉하고,

"애 이럼 난 싫단다!"

"누가 뭐 부러 그랬니, 또 빼쭉하게?"

하고 아키코도 좀 빼쭉하다가 슬슬 눙치며,

"그래 잘못했다. 고만두자, 씩 씩 씩!"

영애의 턱을 손등으로 문질러 주고,

"재! 저것 봐라, 놈은 팔을 걷고 구렁이는 마루를 구르고 야단이다."

"애 재밌다, 구렁이가 약이 바짝 올랐지?"

"저 자식 보게, 제 맘대로 남의 방엘 막 들어가지 않아?"

아키코가 영애에게 눈을 크게 뜨니까,

"뭐 일을 칠 것 같지? 병신이 지랄한다더니 정말인가베!"

"저 자식이 남의 세간을 제 맘대로 내놓질 않나? 경을 칠 자식!"

"그건 나무래 뭘 해. 그저 톨스토이가 바보야! 그래도 부처같이 잠자코 있지 않아. 세상엔 별 바보두 다 많어이!"

아키코는 그건 들은 체도 안 하고 대뜸 일어선다. 미닫이가 열리자 우람스러운 걸음. 한숨에 툇마루로 올라서며 볼멘소리다.

"아니 여보슈! 남의 세간을 그래 맘대로 내놓는 법이 있소?"

"당신이 웬 챙견이오?"

얼짜는 톨스토이의 책상을 들고 나오다, 방문턱에 우뚝 멈춘다. 눈을 휘둥그렇게 뜨고 주저주저하는 양이 대담한 아키코에 적이 놀란 모양……

"오늘부터 내가 여기서 자야 할 테니까……. 그래서……. 방을 치는 데……."

얼짜는 주변성 없는 말로 이렇게 굴다가,

"당신 맘대로 방을 치는 거요?"

"그럼 내 방 내 맘대로 치지 뉘게 물어 본단 말이유?"

하고 제법 을딱딱이긴 했으나 뒷갈망은 구렁이에게 눈짓을 슬슬 한다.

"그렇지, 내 방 내가 치는 데 누가 뭐 하러 있나?"

"당신 맘대룬 안 되우, 그 책상 도루 저리 갖다 놓우. 사글세를 내란다든지 하는 게 옳지, 등을 밀어 내쫓는 경우가 어디 있단 말이오?"

"아니 아키코는 제 거나 낼 생각 하지 웬 걱정이야? 저리 비켜 서!"

구렁이는 문을 막고 섰는 아키코의 팔을 잡아당긴다. 여편네는 찍소리 없이 눌려 왔지만 오늘은 얼짜를 잔뜩 믿는 모양이다. 이걸 보고 옆에 섰던 영애가 또 아니꼬워서,

"제 거라니? 누구보고 저야. 이 늙은이가 눈깔 뺐나?"

하고 그 팔을 뒤로 확 잡아챈다. 늙은 구렁이와 영애는 몸 중량의 비례가 안 된다. 제풀에 비틀비틀 돌더니 벽에 가 쿵 하고 쓰러진다. 그러나 눈을 감고 턱이 떨리는 아이고 소리는 엄살이다. 얼짜가 문턱에 책상을 떨구더니 용감히 확 넘어 나온다. 아키코는 저 자식이 달마찌의 흉내를 내는구나, 할 동안도 없이 영애의 뺨이 짤꺽…….

"이년아! 늙은이를 쳐?"

"아 이 자식 보래! 누구 뺨을 때려?"

아키코는 악을 지르며 그 혁대를 뒤로 잡아 낚아챈다. 마루 위에 놓였던 다듬잇돌에 걸리어 얼짜는 엉덩방아를 쿵 하고. 잡은 참 날아드는 숯 보늬[135]는 독 오른 영애의 분풀이다. 그러자 또 아랫방 문이 확 열리고, 지팡이가 김마까를 끌고 나온다.

"이 자식이 웬 자식인데 남의 계집애 뺨을 때려? 원 이런 망하다 판이

---

135) 보늬: 밤이나 도토리 따위의 속껍질.

날 자식이, 눈에 아무것두 뵈질 않나……. 세상이 망한다 망한다 한대두 만 이런 자식은."

김마까는 뜰에서부터 사방이 들으라고 와짝 떠들며 올라온다. 구렁이 한테 늘 쪼여 지내던 원한의 복수로. 아키코와 서로 멱살잡이로 섰는 얼짜의 복장을 지팡이로 내지른다.

"이런 염병을 하다 땀통이 끊어질 자식이 있나!"

그와 동시에 김마까는 검불같이 뒤로 벌렁 나자빠졌다. 내댔던 지팡이가 도로 물러오며 바짝 마른 허구리를 쳤던 것이다. 개신개신 몸을 일으집으며 김마까는 구시월 서리 맞은 독사가 된다.

"이 자식아! 너는 니 애비두 없니?"

대뜸 지팡이는 날아들어 얼짜의 귓배기를 내리갈긴다. 딱 하고 뼈 닿는 무딘 소리. 얼짜는 고개를 푹 꺾고 귀에 두 손을 들이대자 죽은 듯이 꼼짝 못한다. 아키코도 얼짜에게 뺨 한 대를 얻어맞고 울고 있었다. 이 좋은 기회를 타서 얼짜의 등 뒤로 빨간 얼굴이 달려든다. 이건 권투 식으로 집어셀까 하다 그대로 그 어깻죽지를 뒤로 물고 늘어진다. 아, 아, 이렇게 외마디 소리로 아가리를 딱딱 벌린다. 그리고 뒤통수로 암팡스레 날아든 것은 영애의 주먹이다. 톨스토이는 모두가 미안쩍고, 따라 제풀에 지질려서 어쩔 줄을 모른다. 옆에서 눈을 흘기는 영애도 모르고,

"노세요, 고만 노세요, 어떡헙니까?"

하며 아키코의 등을 두 손으로 흔든다. 구렁이도 벌벌 떨어 가며,

"이년이 사람을 뜯어먹을 텐가, 안 놓니 이거 안 놔?"

아키코를 대고 잡아당기며 얼른다. 그러나 잡아당기면 당길수록 얼짜는 소리를 더 지른다. 이러다간 일만 더 크게 벌어질 걸 알고 구렁이는 간이 고만 달룽한다. 이 사품에 안방 미닫이는 설쭉이 부러지고 뒤주 위에 얹었던 대접이 둘이나 떨어져 깨졌다. 잔뜩 믿었던 조카는 저렇게 죽

게 되고. 이러단 방은커녕 사람을 잡겠다, 생각하고 그는 온몸이 덜덜 떨리었다. 게다 모질게 내려치는 김마까의 지팡이…….

구렁이는 부리나케 대문 밖으로 나왔다. 골목길을 내려오며 뒤에 날리는 치맛자락에 바람이 났다.

"사글세를 내렸으면 좋지, 내쫓으려고 하니까 그렇게 분란이 일구 하는 게 아니야?"

"아닙니다. 누가 내쫓으려고 그래요. 세를 내라구 그러니깐 그렇게 아키코란 년이 올라와서 온통 사람을 뜯어먹고 그러는군요!"

"말 마라. 내쫓으려구 헌 걸 아는데 그래, 요전에도 또 한 번 그런 일이 있었지?"

순사는 노파의 뒤를 따라오며 나른한 하품을 주먹으로 끈다. 툭하면 와서 찐대를 붙는 노파의 행세가 여간 귀찮지 않다. 조그맣게 말라붙은 노파의 센 머리 쪽을 바라보며,

"올해 몇 살이야?"

"그년 열아홉이죠. 그런데 그렇게……."

"아니 노파 말이야?"

"네, 제 나이요? 왜 쉰일곱이라고 전번에 여쮀지요. 그런데 이 고생을 하는군요."

하고 궁상스레 우는 소리다. 노파는 김마까보다도 톨스토이보다도 아키코가 가장 미웠다. 방세를 받을래도 중뿔나게 가로맡아서 지랄하기가 일쑤요, 또 밤낮 듣기 싫게 창가 질이요, 게다 세숫물을 버려도 일부러 심청 굿게 안마루 끝으로 홱 끼얹는 아키코. 이년을 이번에는 경을 흠씬 치도록 해야 할 텐데, 속이 간질대서 그는 총총걸음을 치다가 돌부리에 채여 고만 나가둥그러진다. 그 바람에 쓰레기통 한 귀에 내뻗은 못에 가서 치맛자락이 찌익 하고 찢어진다.

"망할 자식 같으니, 쓰레기통의 못두 못 박았나!"
하고 흙을 털고 일어나며 역정이 난다. 그 꼴을 보고 순사는 손으로 웃음을 가린다.
"그 봐! 이젠 다시 오지 마라, 이번엔 할 수 없지만 또다시 오면 그땐 노파를 잡아갈 테야?"
"네―. 다시 갈 리 있겠습니까. 그저 이번에 그 아키코란 년만 흠씬 버릇을 고쳐 주십시오. 늙은이 보구 욕을 않나요, 사람 치질 않나요! 그리고 아직 핏대도 다 안 마른 년이 서방이 몇인지 수가 없어요!"
순사는 코대답을 해가며 귓등으로 듣는다. 너무 많이 들어서 인제는 흥미를 놓친 까닭이었다. 갈팡질팡 문지방을 넘다, 또 고꾸라지려는 노파를 뒤로 부축하여 눈살을 찌푸린다. 알고 보니 짐작대로 노파 허통에 또 속은 모양이었다. 살인이 났다고 짓떠들더니 임장[136]하여 보니까 조용한 집안에 웬 낯선 양복쟁이 하나만 마루 끝에서 천연스레 담배를 피울 뿐이다. 그리고는 장독 사이에서 왔다 갔다 하며 뭘 주워 먹는 생쥐가 있을 뿐 신발짝 하나 난잡히 놓이지 않았다. 하 어처구니가 없어서,
"어서 죽었어?"
"어이구 분해! 이것들이 또 저를 고랑땡을 먹이는군요! 입때까지 저 마루에서 치고 차고 깨물고 했답니다."
노파는 이렇게 주먹으로 복장을 찧으며 원통한 사정을 하소한다. 왜냐면 이것들이 이 기맥을 벌써 눈치 채고 제각기 헤져서 아주 얌전히 박혀 있다. 아키코는 문을 닫고 제 방에서 콧노래를 부르고, 지팡이를 들고 날뛰던 김마까는 언제 그랬더냔 듯이 제 방에서 끙끙, 여전한 신음 소리. 이렇게 되면 이번에도 또 자기만 나무라키게 될 것을 알고,

---

136) **임장**: 어떤 일이나 문제가 일어난 현장에 나옴.

"어이구 분해! 어이구 분해!"

주먹으로 복장을 연방 두들기다 조카를 보고,

"얘 넌 어떻게 돼서 이렇게 혼자 앉었니?"

"뭘 어떻게 돼요, 되긴?"

하고 눈을 지릅뜨는 그 대답은 썩 퉁명스럽고 걱세다. 이런 화중으로 끌고 온 아즈멈이 몹시도 밉고 원망스러운 눈치가 아닌가. 이걸 보면 경은 무던히 치고 난 놈이다.

"어이구 분해! 너꺼정 이러니!"

"뭘 분해? 이 망할 것아!"

순사는 소리를 빽 지르고 도로 돌아서려 한다.

"나리! 저 좀 보세요. 문 부서진 것하구 대접 깨진 걸 보셔두 알지 않어요?"

"어떤 조카가 죽었어, 그래?"

"이것이 그렇게 죽도록 경을 치고도 바보가 돼서 이래요!"

"바보면 죽어두 사나?"

하고 순사는 고개를 디밀어 마루께를 살펴보니 딴은 그릇이 깨지고 문은 부서졌다. 능글맞은 노파가 일부러 그런 줄은 아나, 그렇다고 책임상 그냥 가기도 어렵다. 픽도 극성스러운 늙은이라 생각하고,

"누가 그랬어, 그래?"

"저 아키코가 혼자 그랬어요!"

"아키코! 고반(파출소)까지 같이 가."

"네! 그러세요."

하도 여러 번 겪는 일이라, 이제는 아주 익숙하다. 저고리를 갈아입으며 웃는 얼굴로 내려온다. 그러나 순사를 따라 대문을 나설 적에는 고개를 모로 돌리어 구렁이에게 몹시 눈총을 준다. 순사는 아키코를 데리고 느

른한 걸음으로 골목을 꼽든다. 쪽다리를 건너니 화창한 사직원 마당, 봄이라고 땅의 잔디는 파릇파릇 돋았다. 저 위에선 투덕거리는 빨래 소리. 한옆에선 풋볼을 차느라고 날뛰고 떠들고 법석이다. 뿌웅, 하고 음충맞게 내대는 자동차의 사이렌. 남치마에 연분홍 저고리가 버젓이 활을 들고 나온다. 그리고 키 훌쩍 큰 놈팽이는 돈지갑을 내든다.

"너 왜 또 말썽이냐?"

하고 순사는 고개를 돌리어 아키코를 씽긋이 흘겨본다. 그는 노파가 왜 그렇게 아키코를 못 먹어서 기를 쓰는지 영문을 모른다. 노파의 눈에도 아키코가 좀 귀여울 텐데, 그렇게 미울 때에는 아마 아키코가 뭘 좀 먹이질 않아 그랬는지 모른다. 그렇지 않으면 다른 사람 다 제쳐놓고 아키코만 씹을 리가 없다. 생각하다가,

"뭘 말썽이유, 내가?"

"네가 뭐 쥔마누라를 깨물고 사람을 죽이고 그런다며? 그리구 요전에도 카페서 네가 손님을 쳤다는 소문도 들리지 않니?"

하고 눈살을 접고 웃어 버린다. 얼굴 똑똑한 것이 아주 할 수 없는 계집애라고 돌릴 수밖에 없다.

"난 그런 거 몰루!"

아키코는 땅에 침을 탁 뱉고 아주 천연스레 대답한다. 그리고 사직원의 문간쯤 와서는,

"이 담 또 만납시다."

제멋대로 작별을 남기고 저는 저대로 산 쪽으로 올라온다. 활텃길로 올라오다 아키코는 궁금하여 뒤를 한번 돌아본다. 너무 기가 막혀서 병벙히 바라보고 있다가 다시 주먹으로 나른한 하품을 끄는 순사. 한편에선 날뛰고, 자빠지고, 쾌활히 공을 찬다. 아키코는 다시 올라가며 저도 남자가 됐더라면 '풋볼'을 차볼걸 하고 후회가 막급이다. 그리고 산을 한

바퀴 돌아 내려가서는 이번엔 장독대 위에 요강을 버리리라 결심을 한다. 구렁이는 장독대 위에 오줌을 버리면 그것처럼 질색이 없다.

"망할 년! 이 담에 봐라! 내 장독 위에 오줌까지 깔길 테니!"

이렇게 아키코는 몇 번, 몇 번 결심을 한다.

《조광16(1937.2.)》

산골 나그네

밤이 깊어도 술꾼은 역시 들지 않는다. 메주 뜨는 냄새와 같이 쾨쾨한 냄새로 방안은 괴괴하다. 윗간에서는 쥐들이 찍찍거린다. 홀어미는 쪽 떨어진 화로를 끼고 앉아서 쓸쓸한 대로 곰곰 생각에 젖는다. 가뜩이나 침침한 반짝 등불이 북쪽 지게문에 뚫린 구멍으로 새드는 바람에 반뜩이며 빛을 잃는다. 헌 버선 짝으로 구멍을 틀어막는다. 그리고 등잔 밑으로 반짇고리를 끌어당기며 시름없이 바늘을 집어 든다.

산골의 가을은 왜 이리 고적할까! 앞뒤 울타리에서 부수수하고 떨잎은 진다. 바로 그것이 귀밑에서 들리는 듯 나직나직 속삭인다. 더욱 몹쓸 건 물소리 골을 휘돌아 맑은 샘은 흘러내리고 야릇하게도 음률을 읊는다.

퐁! 퐁! 퐁! 쪼록 퐁!

바깥에서 신발 소리가 자작자작 들린다. 귀가 번쩍 띄어 그는 방문을 가볍게 열어젖힌다. 머리를 내밀며 덕돌이냐? 하고 반겼으나 잠잠하다. 앞뜰 건너편 수풍 위를 감돌아 싸늘한 바람이 낙엽을 흩뿌리며 얼굴에 부딪친다. 용마루가 쌩쌩 운다. 모진 바람 소리에 놀라 멀리서 밤 개가 요란히 짖는다.

"쥔어른 계서유?"

몸을 돌려 바느질거리를 다시 집어 들려 할 제, 이번에는 짜장 인기척이 난다. 황겁하게,

"누기유?"

하고 일어서며 문을 열어보았다.

"왜 그리유?"

처음 보는 아낙네가 마루 끝에 와 섰다. 달빛에 비끼어 검붉은 얼굴이 해쓱하다. 추운 모양이다. 그는 한 손으로 머리에 둘렀던 왜수건을 벗어 들고는 다른 손으로 흐트러진 머리칼을 쓸어 담아 올리며 수줍은 듯이 주뼛주뼛한다.

"저……. 하룻밤만 드새고 가게 해 주세유……."

남정네도 아닌데 이 밤중에 웬일인가. 맨발에 짚신짝으로. 그야 아무렇든.

"어서 들어와 불 쬐게유."

나그네는 주춤주춤 방 안으로 들어와서 화로 곁에 도사려 앉는다. 낡은 치맛자락 위로 삐지려는 속살을 아무리자 허리를 지그시 튼다. 그리고는 묵묵하다. 주인은 물끄러미 보고 있다가 밥을 좀 주랴느냐고 물어보아도 잠자코 있다. 그러나 먹던 대궁137)을 주워 모아 짠지 쪽하고 갖다 주니 감지덕지 받는다.

그리고 물 한 모금 마심 없이 잠깐 동안에 밥그릇의 밑바닥을 긁는다. 밥숟갈을 놓기가 무섭게 주인은 이야기를 붙이기 시작하였다. 미주알고주알 물어보니 이야기는 지수가 없다. 자기로도 너무 지쳐 물은 듯싶을 만치 대고 추근거렸다. 나그네는 싫단 기색도 좋단 기색도 별로 없이 시나브로 대꾸하였다. 남편 없고 몸 붙일 곳 없다는 것을 간단히 말하고 난 뒤,

"이리저리 얻어먹어 다녀유."

137) 대궁: 먹다가 그릇에 남긴 밥.

하고 턱을 가슴에 묻는다. 첫닭이 홰를 칠 때 그제야 마을 갔던 덕돌이가 돌아온다. 문을 열고 감사나운[138) 머리를 디밀려다 낯선 아낙네를 보고 눈이 휘둥그렇게 주춤한다. 열린 문으로 억센 바람이 몰아들며 방 안이 캄캄하다. 주인은 문 앞으로 걸어와 서며 덕돌이의 등을 뚜덕거린다. 젊은 여자 자는 방에서 떠꺼머리총각을 재우는 건 상서롭지 못한 일이었다.

"애 덕돌아, 오늘은 마을 가 자고 아침에 온."

가을할 때가 지났으니 돈냥이나 좋이 퍼질 때도 되었다. 그 돈들이 어디로 몰리는지 이 술집에서는 좀체 돈맛을 못 본다. 술을 판대야 한 초롱에 오륙십 전 떨어진다. 그 한 초롱을 잘 판대도 사날씩이나 걸리는 걸 요새 같아선 그 잘냥한 술꾼까지 씨가 말랐다. 어쩌다 전일에 퍼놓았던 외상값도 갖다 줄 줄을 모른다. 홀어미는 열벙거지가 나서 이른 아침부터 돈을 받으러 돌아다녔다. 그러나 다리품을 들인 보람도 없었다. 벨 사람이 즐겨야 할 텐데 우물쭈물하며 한다는 소리가 좀 두고 보자는 것이 고작이었다. 그렇다고 안갈 수도 없는 노릇이다. 나날이 양식은 딸리고 지점집에서 집행을 하느니 뭘 하느니 독촉이 어지간치 않음에야…….

"저도 인젠 떠나겠세유."

그가 조반 후 나들이옷을 바꾸어 입고 나서니 나그네도 따라 일어선다. 그의 손을 잔상히 붙잡으며 주인은

"고달플 테니 며칠 더 쉬어 가게유."

하였으나

"가야지유. 너무 오래 신세를…….."

---

138) 감사나운: 생김새나 성질이 억세고 사납다.

"그런 염려는 말구."

라고 누르며 지켜주는 셈 치고 방에 누웠으라 하고는 집을 나섰다. 백두고개를 넘어서 안마을로 들어가 해동갑으로 헤매었다. 헤실수로 간 곳도 있기야 하지만 맑았다. 해가 지고 어두울 녘에야 그는 홀부들해서 돌아왔다. 좁쌀 닷 되밖에는 못 받았다. 다른 사람들은 돈 낼 생각은커녕 이러면 다시 술 안 먹겠다고 도리어 얼러 보냈던 것이다. 그러나 이만도 다행이다. 아주 못 받느니 보다는. 끼니때가 지났다. 그는 좁쌀을 씻고 나그네는 솥에 불을 지펴 부랴사랴 밥을 짓고 일변 상을 보았다.

밥들을 먹고 나서 앉았으랴니간 갑자기 술꾼이 몰려든다. 이거 웬일인가. 처음에는 하나가 오더니 다음에는 세 사람 또 두 사람. 모다 젊은 축들이다. 그러나 각각들 먹일 방이 없음으로 주인은 좀 망설이다가 그 연유를 말하였으나 뭐 한 동리 사람인데 어떠냐 한데서 먹게 해 달라 하는 바람에 얼씨구나 하였다. 이제야 운이 트나 보다. 양푼에 막걸리를 딸쿠어[139] 나그네에게 주며 솥에 넣고 좀 속히 데워 달라 하였다. 자기는 치마꼬리를 휘둘러가며 잽싸게 안주를 장만한다. 짠지 동치미 고추장. 특별한 안주로 삶은 밤도 놓았다. 사촌동생이 맛보라고 며칠 전에 갖다 준 것을 아껴둔 것이었다.

방 안은 떠들썩하다. 벽을 두드리며 아리랑 찾는 놈에 건으로 너털웃음 치는 놈 혹은 수군숙덕 하는 놈……. 가지각색이다. 주인이 술상을 받쳐 들고 들어가니 짜기나 한 듯이 일제히 자리를 바로 잡는다. 그중에 얼굴 넓적한 하이칼라 머리가 야리가 나서 상을 받으며 주인 귀에다 입을 비거댄다.

"아주머니 젊은 갈보 사왔다 지유? 좀 보여 주게유."

---

139) 딸쿠다: 따르다.

영문 모를 소문도 다 도는고!

"갈보라니 웬 갈보?"

하고 어리벙벙하다 생각을 하니 턱없는 소리는 아니다. 눈치 있게 부엌으로 내려가서 아궁이 앞에 옹크리고 앉아있는 나그네의 머리를 은근히 끌어안았다. 자, 저 패들이 새댁을 갈보로 횡보고[140] 찾아 온 모양이다. 물론 새댁 편으론 망측스러운 일이겠지만 달포나 손님의 그림자가 드물던 우리 집으로 보면 재수의 빗발이다. 술국을 잡는다고 어디가 떨어지는 게 아니요, 욕이 아니니 나를 보아 오늘만 좀 팔아주기 바란다. 이런 의미를 곰상궂게 간곡히 말하였다. 나그네의 낯은 별반 변함이 없다. 늘 한 양으로 예사로이 승낙하였다. 술이 온몸에 돌고 나서야 뒷술이 잔풀이[141]가 난다. 한잔에 오 전 그저 마시긴 아깝다. 얼간한 상투박이가 계집의 손목을 탁 잡아 앞으로 끌어당기며,

"권주가 좀 해. 이건 뀌어온 보릿자룬가."

"권주가? 뭐야유?"

"권주가? 아 갈보가 권주가도 모르나. 으하하하."

하고는 무안에 취하여 폭 숙인 계집 뺨에다 꺼칠꺼칠한 턱을 문질러본다. 소리를 암만 시켜도 아래 입술을 깨물고는 고개만 기울일 뿐 소리는 못하나 보다. 그러나 노래 못하는 꽃도 좋다. 계집은 영 내리는 대로 이 무릎 저 무릎으로 옮아앉으며 턱밑에다 술잔을 받쳐 올린다.

술들이 담뿍 취하였다. 두 사람은 고라져서 코를 곤다. 계집이 칼라머리 무릎 위에 앉아 담배를 피워 올릴 때 코웃음을 홍 치더니 그 무지스러운 손이 계집의 아래 뱃가죽을 사양 없이 움켜잡았다. 별안간,

---

140) 횡보다: 똑바로 보지 못하고 잘못 보다.

141) 잔풀이: 낱잔으로 셈하는 일.

"아야."

하고 퍼들껑 하더니 계집의 몸뚱이가 공중으로 도로 뛰어오르다 떨어진다.

"이 자식아 너만 돈 내고 먹었니?"

한 사람 사이 두고 앉았던 상투가 콧살을 찌푸린다. 그리고 맨발 벗은 계집의 두 발을 양 손에 붙잡고 가랑이를 쩍 벌려 무릎위로 지르르 끌어올린다. 계집은 앙탕을 한다. 눈시울에 눈물이 엉기더니 불현듯이 쪼록 쏟아진다. 방 안에서 왱마가리 소리가 끓어오른다.

"저 잡놈 보게 으하하……."

술은 연신 데워서 들여가면서도 주인은 불안하여 마음을 졸였다. 거우 마음을 놓은 것은 훨씬 밝아서이다. 참새들은 소란히 지저귄다. 지직 바닥이 부스럼 자국보다 진배없다.[142] 술 짠지쪽 가래침 담뱃재— 뭣해 너저분하다. 우선 한 길치에 자리를 잡고 계배를 대보았다. 마수걸이가 팔십오 전 외상이 이 원 각수다. 현금 팔십오 전두 손에 들고 앉아 세고 또 세어보고……. 뜰에서는 나그네의 혀로 끌어올리는 인사.

"안녕히 가십시게유."

"입이나 좀 맞추고 뽀! 뽀! 뽀!"

"나두."

찌르쿵! 찌르쿵! 찔거러쿵!

"방아머리가 무겁지유……? 고만 까불까."

"들 익었세유. 더 쩌야지유."

"그런데 얘는 어쩐 일이야……."

덕돌이를 읍엘 보냈는데 날이 저물어도 여태 오지 않는다. 흩어진 좁

---

142) 진배없다: 그보다 못하거나 다를 것이 없다.

쌀을 확에 쓸어 넣으며 홀어미는 퍽이나 애를 태운다. 요새 날씨가 차지니까 늑대 호랑이가 차차 마을로 찾아 내려온다. 밤길에 고개 같은 데서 만나면 끽소리도 못하고 욕을 당한다.

나그네가 방아를 괴어놓고 내려와서 키로 확의 좁쌀을 담아 올린다. 주인은 그 머리를 씨담고 자기의 행주치마를 벗어서 그 위에 씌워준다. 계집의 나이 열아홉이면 활짝 필 때이건만 버캐143) 된 머리칼이며 야윈 얼굴이며 벌써부터 외양이 시들어간다. 아마 고생을 짓한 탓이리라.

날씬한 허리를 재발이 놀려가며 일이 끊일 새 없이 다기지게 덤벼드는 그를 볼 때 주인은 지극히 사랑스러웠다. 그러고 일변 측은도 하였다. 뭣하면 딸과 같이 자기 곁에서 길래 살아주었으면 상팔자일 듯싶었다. 그럴 수만 있다면 그 소 한 마리와 바꾼대도 이것만은 안 내놓으리라고 생각도 하였다.

아들만 데리고 홀어미의 생활은 무던히 호젓하였다. 그런 데다 동리에서는 속 모르는 소리까지 한다. 떠꺼머리총각을 그냥 늙힐테냐고. 그러나 형세가 부침으로 감히 엄두도 못 내다가 겨우 올 봄에서부터 서둘게 되었다. 의외로 일은 손쉽게 되었다. 이리저리 언론이 돌더니 남산에 사는 어느 집 둘째 딸과 혼약하였다. 일부러 홀어미는 사십 리 길이나 걸어서 색시의 손등을 문질러보고는,

"참 애기 잘도 생겼네!"

좋아서 사돈에게 칭찬을 뇌고 뇌곤 하였다. 그런데 없는 살림에 빚을 내어가며 혼수를 다 꿰매놓은 뒤였다. 혼인날을 불과 이틀 격해놓고 일이 고만 빗나갔다. 처음에야 그런 말이 없더니 난데없는 선채금144) 삼십

---

143) 버캐: 액체 속에 들었던 소금기가 엉겨 생긴 찌끼.

원을 가져오란다. 남의 돈 삼 원과 집의 돈 오 원으로 거추꾼에게 품삯 노비 주고 혼수 하고 단지 이원……. 잔치에 쓸 것밖에 안 남고 보니 삼십 원이란 입내도 못 낼 소리다. 그 밤 그는 이리 뒤척 저리 뒤척 넋 잃은 팔을 던져가며 통밤을 새웠던 것이다.

"어머님! 진지 잡수세유."

새댁에게 이런 소리를 듣는다면 끔찍이 귀여우리라. 이것이 단 하나의 그의 소원이었다.

"다리 아프지유? 너무 일만 시켜서……."

주인은 저녁 좁쌀을 쓸어 넣다가 방아다리에 깝신대는 나그네를 걸삼스럽게 쳐다본다. 방아가 무거워서 껍적이며 잘 오르지 않는다. 가냘픈 몸이라 상혈이 되어 두 볼이 새빨갛게 색색거린다. 치마도 치마려니와 명주 저고리는 어찌 삭았는지 어깨께가 손바닥만 하게 척 나갔다. 그러나 덕돌이가 왜포 다섯 자를 바꿔 오거든 첫대 사발화 통된 속곳부터 해 입히고 차차 할 수밖엔 없다.

"같이 찝시다유."

주인도 남저지 방아다리에 올라섰다. 그리고 찌껑 위에 놓인 나그네의 손을 눈치 안채게 슬며시 쥐어보았다. 더도 덜도 말고 그저 요만한 며느리만 얻어도 좋으련만! 나그네와 눈이 고만 마주치자 그는 열적어서 시선을 돌렸다.

"퍽도 쓸쓸하지유?"

하며 손으로 울 밖을 가리킨다. 첫 밤 같은 석양판이다. 색동저고리를 떨쳐입고 산들은 거방진 방아소리를 은은히 전한다. 찔그러쿵! 찌러쿵!

---

144) 선채: 전통 혼례에서, 혼례를 치르기 전에 신랑 집에서 신부 집으로 보내는 채단.

그는 나그네를 금덩이같이 위하였다. 없는 대로 자기의 옷가지도 서로 서로 별러 입었다. 그러고 잘 때에는 딸과 진배없이 이불속에서 품에 꼭 품고 재우곤 하였다. 하지만 자기의 은근한 속셈은 차마 입에 드러내어 말은 못 건넸다. 잘 들어주면이어니와 뭣하게 안다면 피차의 낯이 뜨뜻한 일이었다. 그러자 맘먹지 않았던 우연한 일로 인하여 마침내 기회를 얻게 되었다.

나그네가 온 지 나흘 되던 날이었다. 거문관이 산기슭에 있는 영길 네가 벼 방아를 좀 와서 찧어달라고 한다. 나그네는 줄밤을 새움으로 낮에나 푸근히 자라고 두고 그는 홀로 집을 나섰다. 머리에 겨를 보얗게 쓰고 맥이 풀려서 집에 돌아온 것은 이럭저럭 으스레하였다. 늘큰한 다리를 끌고 뜰 앞으로 향하다가 그는 주춤하였다. 나그네 홀로 자는 방에 덕돌이가 들어갈리 만무한데 정녕코 그놈일 게다. 마루 끝에 자그마한 나그네의 집석이가 놓인 그 옆으로 길목 채 벗은 왕달 집석이가 우악살스럽게 놓였다. 그러고 방에서는 수군수군 낮은 말소리가 흘러나온다. 그는 무심코 닫은 방문께로 귀를 기울였다.

"그럼 와 그리는 게유? 우리 집이 굶을까 봐 그리시유?"

"……."

"어머이도 사람은 좋아유…… 올해 잘만 하면 내년에는 소 한 마리 사 놓을게구 농사만 해두 한 해에 쌀 넉 섬 조 엿 섬 그만하면 고만이지 유……. 내가 싫은 게유?"

"……."

"사내가 죽었으니 아무튼 얻을 게지유?"

옷 타지는 소리. 부스럭거린다.

"아이! 아이! 아이! 참! 이거 노세유."

쥐 죽은 듯이 감감하다. 허공에 아룽거리는 낙엽을 이윽히 바라보며 그는 빙그레한다. 신발소리를 죽이고 뜰 밖으로 다시 돌쳐섰다. 저녁상을 물린 후 그는 시치미를 딱 떼고 나그네의 기색을 살펴보다가 입을 열었다.

"젊은 아낙네가 홀몸으로 돌아다닌대두 고생일게유. 또 어차피 사내는……."

여기서부터 사리에 맞도록 이 말 저 말을 주섬주섬 꺼내오다가 나의 며느리가 되어줌이 어떻겠느냐고 꽉 토파를 지였다. 치마를 홉싸고 앉아 갸웃이 듣고 있던 나그네는 치마끈을 깨물며 이마를 떨어뜨린다. 그러고는 두 볼이 발개진다. 젊은 계집이 나 시집가겠소. 하고 누가 나서랴. 이만하면 합의한 거나 틀림없을 것이다.

혼수는 전에 해둔 것이 있으니 한시름 잊었다. 그대로 이앙이나 고쳐서 입히면 고만이다. 돈 이 원은 은비녀 은가락지 사다가 각별히 색시에게 선물내리고……. 일은 밀수록 낭패가 많다. 금시로 날을 받아서 대례를 치렀다. 한편에서는 국수를 누른다. 잔치 보러 온 아낙네들은 국수 그릇을 얼른 받아서 후룩후룩 들이마시며 색시 잘났다고 추었다. 주인은 즐거움에 너머 겨워서 추배를 흥근히 들었다. 여간 경사가 아니다. 뭇사람을 비집고 안팎으로 드나들며 분부하기에 손이 돌지 않는다.

"애 메누라! 국수 한 그릇 더 가져온—."

어찌 말이 좀 어색하구먼— 다시 한 번,

"메누라 애야! 얼른 가져와—."

삼십을 바라보자 동곳[145]을 찔러보니 제불에 멋이 질려 비뚜름하다. 덕돌이는 첫날을 치르고 부쩍부쩍 기운이 난다. 남이 두 단을 털제면 그의 볏단은 석단 째 풀쳐 나간다. 연방 손바닥에 침을 뱉아 붙이며 어깨를

_____

145) 동곳: 상투를 튼 뒤에 그것이 다시 풀어지지 아니하도록 꽂는 물건.

으쓱거린다.

끅! 끅! 끅! 찍어라 굴려라 끅! 끅!

동무의 품앗이 일이다. 검으무투룩한 젊은 농군 댓이 볏단을 번차례로 집어 든다. 열에 뜬 사람같이 식식거리며 세차게 벼 알을 절구통 배에서 주룩주룩 흘러내린다.

"얘! 장가들고 한턱 안 내니?"

"일색이드라 딴딴히 먹자 닭이냐? 술이냐? 국수냐?"

"웬 국수는? 너는 국수만 아느냐?"

저희끼리 찧고 까분다. 그들은 일을 놓으며 옷깃으로 땀을 씻는다. 골바람이 벼 깔치를 부옇게 풍긴다. 옆 산에서 푸드덕 하고 꿩이 날며 머리 위를 지나간다. 갈퀴질을 하던 얼굴 넓적이가 갈퀴를 놓고 씽긋하더니 달려든다.

장난꾼이다. 여러 사람의 힘을 빌려 덕돌이 입에다 헌 짚신짝을 물린다. 버들껑거린다. 다시 양귀를 두 손에 잔뜩 훔켜잡고 끌고 와서는 털어놓은 벼 무더기 위에 머리를 틀어박으며 동서남북으로 큰절을 시킨다.

"야아! 야아! 아!"

"아니다. 아니야. 장갈 갔으면 산신령에게 이러하다 말이 있어야지 괜스레 산신령이 노하면 눈깔망나니(호랑이) 내려 보낸다."

뭇 웃음이 터져 오른다. 새신랑이 옷이 이게 뭐냐 볼기짝에 구멍이 다 뚫리고⋯⋯. 빈정대는 사람도 있다. 그러나 덕돌이는 상투의 먼데기를 털고 나서 곰방대를 피워 물고는 싱그레 웃어 치운다. 좋은 옷은 집에 두었다. 인조견 조끼 저고리 새하얀 옥당목 겹바지. 그러나 아끼는 것이다. 일할 때엔 헌 옷을 입고 집에 돌아와 쉴 참에 입는다. 잘 때에도 모조리 벗어서 더럽지 않게 착착 개어 머리맡에 위해놓고 자곤 한다. 의복이 남루하면 인상이 추하다. 모처럼 얻은 귀여운 아내니 행여나 마음이 돌아앉을까 미리미리 사려두지 않을 수도 없는 노릇이다. 그야말로 이십구 년 만에 누런 이 조각에다 어제서야 소금을 발라본 것도 이 까닭이었다. 덕돌이가 볏단을 다시 집어 올릴 제, 그 이웃에 사는 돌쇠가 옆으로 와서 품을 앗는다.

"애 덕돌아! 너 내일 우리 조마댕이 좀 해줄래?"

"뭐 어째? 하고 소리를 빽 지르고는 그는 눈귀가 실룩하였다.

"누구보고 해라야? 응? 이 자식 까놀라!"

어제까지는 턱없이 지냈단 대도 오늘의 상투를 못 보는가…….

바로 그날이었다. 윗간에서 혼자 새우잠을 자고 있던 홀어미는 놀라 눈이 번쩍 띄었다. 만뢰 잠잠한 밤중이다.

"어머이! 그거 달아났세유. 내 옷두 없고……."

"응?"

하고 반마디 소리를 치며 얼떨결 그는 캄캄한 방 안을 더듬어 아랫간으로 넘어섰다. 황망히 등잔에 불을 당기며,

"그래 어디로 갔단 말이냐?"

영산이 나서 묻는다. 아들은 벌거벗은 채 이불로 앞을 가리고 앉아서 징징거린다. 옆자리에는 빈 베개뿐 사람은 간 곳이 없다. 들어본즉 온종일 일한 게 피곤하여 아들은 자리에 들자 고만 세상을 잊었다. 하기야 그때 아내도 옷을 벗고 한자리에 누워서 맞붙어 잤던 것이다. 그는 보통 때와 조금도 다름없이 새침하니 드러누워서 천장만 쳐다보았다. 그런데 자다가 별안간 오줌이 마렵기에 요강을 좀 집어 달래려고 보니 뜻밖에 품안이 허룩하다. 불러보아도 대답이 없다. 그제서는 어림짐작으로 우선 머리맡에 위에 놓았던 옷을 더듬어보았다. 딴은 없다. 필연 잠든 틈을 타서 살며시 옷을 입고 자기의 옷이며 버선까지

들고 내뺐음이 분명하리라.

"도적년!"

모자는 광솔 불을 켜들고 나섰다. 부엌과 잿간을 뒤졌다. 그리고 뜰 앞 수풀 속도 낱낱이 찾아봤으나 흔적도 없다.

"그래도 방 안을 다시 한 번 찾아보자."

홀어미는 구태여 며느리를 도적년으로까지는 생각하고 싶지 않았다. 거반 울상이 되어 허병저병 방 안으로 들어왔다. 마음을 가라앉혀 들쳐 보니 아니면 다르랴 며느리 베개 밑에서 은비녀가 나온다. 달아날 계집 같으면 이 비싼 은비녀를 그냥 두고 갈 리 없다. 두말없이 무슨 병폐가 생겼다.

홀어미는 아들을 데리고 덜미를 집히는 듯 문밖으로 찾아 나섰다. 마을에서 산길로 빠져나는 어귀에 우거진 숲 사이로 비스듬히 언덕길이 놓였다. 바로 그 밑에 석벽을 끼고 깊고 푸른 웅덩이가 묻히고 넓은 그 물이 겹겹산을 에돌아 약 십 리를 흘러내리면 신연강 중턱을 뚫는다. 시새에 반쯤 파묻혀 번들대는 큰 바위는 내를 싸고 양쪽으로 질편하다. 꼬부랑길은 그 틈바구니로 뻗었다. 좀체 걷지 못할 재갈길이다 내를 몇 번 건너고 험상궂은 산들을 비켜서 한 오 마장 넘어야 겨우 길다운 길을 만난다. 그리고 거기서 좀 더 간 곳에 냇가에 외지게 일그러진 오막살이 한 칸을 볼 수 있다.

물방앗간이다. 그러나 이제는 밥을 찾아 흘러가는 뜬 몸들의 하룻밤 숙소로 변하였다. 벽이 확 나가고 네 기둥뿐인 그 속에 힘을 잃은 물방아는 을씨년궂게 모로 누었다. 거지도 고 옆에 홑이불 위에 거적을 덧쓰고 누었다. 거푸진 신음이다. 으! 으! 으흥! 서까래 사이로 달빛은 쌀쌀히 흘러든다. 가끔 마른 잎을 뿌리며……

"여보 자우? 일어나게유 얼핀!"

계집의 음성이 나자 그는 꾸물거리며 일어앉는다. 그리고 너털대는 홑적삼의 깃을 여며 잡고는 덜덜 떤다.

"인제 고만 떠날 테이야? 쿨룩……."

말라빠진 얼굴로 계집을 바라보며 그는 이렇게 물었다. 십 분 가량 지났다. 거지는 호사하였다. 달빛에 번쩍거리는 겹옷을 입고서 지팡이를 끌며 물방앗간을 등졌다. 골골하는 그를 부축하야 계집은 뒤에 따른다. 술집 며느리다.

"옷이 너무 커— 좀 적었으면……."

"잔말 말고 어여 갑시다. 펄쩍……."

계집은 불이 나게 그를 재촉한다. 그리고 연해 돌아다보길 잊지 않았다. 그들은 강 길로 향한다. 개울을 건너 불거져 내린 산모롱이를 막 꼽들려 할 제다. 멀리 뒤에서 사람 욱이는 소리가 끊일 듯 날듯 간신히 들려온다. 바람에 먹히어 말소리는 모르겠으나 재 없이 덕돌이의 목성임은 넉히 짐작할 수 있다.

"아 얼른 좀 오게유."

똥끝이 마르는 듯이 계집은 사내의 손목을 겁겁히 잡아끈다. 병든 몸이라 끌리는 대로 뒤툭거리며 거지도 으슥한 산 저편으로 같이 사라진다. 수은 빛 같은 물방울을 품으며 물결은 산 벽에 부닥뜨린다. 어디선지 지정指定치못할 늑대 소리는 이 산 저 산서 와글와글 굴러 내린다.

《제일선 3월호(1933.)》

두포전

1. 난데없는 업둥이(마나님 시점)

옛날 저 강원도에 있었던 일입니다.

강원도라 하면 산 많고 물이 깨끗한 산골입니다. 말하자면 험하고 끔찍끔찍한 산들이 줄레줄레 어깨를 맞대고 그 사이로 맑은 샘은 곳곳이 흘러 있어 매우 아름다운 경치를 가진 산골입니다. 장수 골이라는 조그마한 동리에 늙은 두 양주가 살고 있었습니다. 그들은 마음이 정직하여 남의 물건을 탐내는 법이 없었습니다. 그리고 개새끼 한 번 때려보지 않았을 만큼 그렇게 마음이 착하였습니다. 그러나 웬 일인지 늘 가난합니다. 그건 그렇다 하고 그들 사이에 자식이라도 하나 있었으면 오죽이나 좋겠습니까. 참말이지 그들에게는 가난한 것보다도 자식을 못 가진 이것이 다만 하나의 큰 슬픔이었습니다.

그러자 하루는 마나님이 신기한 꿈을 꾸었습니다. 자기가 누어있는 옆자리에서 곧 커다란 청룡 한 마리가 온몸에 용을 쓰며 올라가는 꿈이었습니다. 눈을 무섭게 부라리고는 천정을 뚫고 올라가는 그 모양이 참으로 징글징글 하여 보입니다. 거진거진 다 빠져나가다 때마침 그 밑에 놓였던 벌겋게 핀 화롯불로 말미암아 애를 씁니다. 인젠 꽁지만 빠져나가면 고만 일 텐데 불이 뜨거워 그걸 못합니다. 나중에는 이응, 하고 야릇한 소리를 내지르며 다시 한 번 꽁지에 모지름을 쓸 때 정신이 고만 아찔하여 그대로 깼습니다. 별 꿈도 다 많습니다. 청룡은 무엇이며 또 이글이글 끓는 그 화로는 무슨 의밀가요. 그건 그렇다 치고 다 빠져나간 몸에 하필 꽁지만 걸리어 애를 키우는 건 무엇일는지…….

마나님은 하도 괴상히 생각하고 그 이야기를 영감님에게 하였습니다. 이걸 듣고는 영감님마저 눈을 둥그렇게 떴습니다. 그리고 얼마 있더니 손으로 무릎을 탁 치며,

"허 불싸! 좋긴 좋구면서도……."

하고 입맛을 다십니다. 그 눈치가 매우 실망한 모양입니다.

"그게 바로 태몽이 아닌가?"

"태몽이라니 그게 무슨 소리유?"

하고 마나님이 되짚어 물으니까

"아들 낳 꿈이란 말이지……."

"아들을 낳다니? 밸 모레 죽을 것들이 무슨 아들인구!"

"허 그러게 말이야, 누가 좀 더 일찍이 꾸지 말랐든가!"

하고 영감님은 슬픈 낯으로 한숨을 휘 돌립니다. 이럴 즈음에 싸리문께서 꽹과리 치는 소리가 들려옵니다. 마나님은 좁쌀 한 쪽박을 퍼 들고 나오며 또한 희한한 생각이 듭니다. 여태껏 이렇게 간구한 오막살이를 바라고 동냥하러 온 중이 없었습니다. 그런데 오늘은 이게 웬일입니까. 다 쓰러진 싸리문 앞에 서서 중이 꽹과리를 두드릴 수 있으니 별일도 다 많습니다. 마나님은 좁쌀을 그 바랑에 쏟아주며,

"입쌀이 있었으면 갖다 드리겠는데 우리도 장 이 좁쌀만 먹어요."

하고 적이 미안쩍어 합니다. 모처럼 멀리 찾아온 손님을 좁쌀로 대접하여서는 안 될 말입니다. 동냥을 주고도 그 자리에 그냥 우두커니 서서 마음이 썩 편치 않습니다. 그래서 논밭 길로 휘돌아 내려가는 중의 뒷모양을 이윽히 바라보고 서 있습니다. 하기는 중도 별 중을 다 봅니다. 좁쌀

이건 쌀이건 남이 동냥을 주면 고맙다는 인사가 있어야 할 게 아닙니까. 두발이 허옇게 센 끼끗[146]한 노승으로써 남의 물건을 묵묵히 받아가다니 그건 좀 섭섭한 일이라 안할 수 없습니다.

그러나 더욱 이상한 것은 그 담 날 똑 고맘때 중 하나가 또 왔습니다. 이번에는 마나님이 좁쌀 한 쪽박을 퍼들고 나가보니 바로 어제 왔던 그 노승이 아니겠습니까. 그리고 어제와 한 가지로 묵묵히 동냥을 받아가지고는 그대로 돌아서고 마는 것입니다.

어쩌면 사람이 이렇게도 무뚝뚝할 수가 있습니까. 고마운 것은 집어치고 부드럽게 인사 한마디만 있어도 좋겠습니다. 허나 마나님은 눈살 하나 찌푸리는 법 없이 도리어 예까지 멀리 찾아온 것만도 기쁜 일이라 생각하였습니다.

그러다 셋째 번 날에는 짜장 놀라지 않을 수 없습니다. 똑 고맘때 바로 그 중이 또 찾아오지 않았겠습니까. 마나님은 동냥을 아무 군말 없이 퍼다 주며 얼떨떨한 눈으로 그 얼굴을 뻔히 처다보았습니다. 그제야 그 무겁던 중의 입이 비로소 열립니다.

"마나님! 내 관상을 좀 할 줄 아는데 좀 봐드릴까요?"
하고 무심코 마나님을 멀뚱히 바라봅니다. 마나님은 너무도 반가워서 주름 잡힌 얼굴을 싱긋벙긋하며,

"네! 어디 은제 죽겠나 좀 봐주슈."

"아닙니다. 돌아가실 날짜를 말씀해 드리는 것이 아니라 앞으로 장차 찾아올 운복을 말씀해 드리겠습니다."

"인제는 거반 다 살고 난 늙은이가 또 무슨 복이 남았겠어요?"

여기에는 아무 대답도 하려하지 않고 노승은 그 옆 괴때기 위에 가 덜

---

146) 끼끗하다: 생기가 있고 깨끗하다.

썩 주저앉습니다. 그리고 허리에 찬 엽낭을 뒤적대더니 강한 돋보기와 조그만 책 한권을 꺼내듭니다. 돋보기 밑으로 그 책을 바짝 들이대고 하는 말이,

"마나님! 당신은 참으로 착하신 어른입니다. 그런데 불행히도 전생에 지은 죄가 있어 지금이 고생을 하는 것입니다."

하고 중은 한 손으로 허연 수염을 쓰다듬어 내리더니,

"그러나 인제는 그 전죄를 다 고생으로 때셨습니다. 인제 앞으로는 복이 돌아옵니다. 우선 애기를 가지시게 될 것입니다."

"아니 이대도록 호호 늙은이가 무슨 애를 가진단 말씀이유?"

하고 망측스럽단 듯이 눈을 깜짝깜짝하다가 그래도 마음에 솔깃한 것이 있어,

"그래 우리 같은 늙은이에게도 삼신께서 애를 점지 해주슈?"

"그런 것이 아니라 현재 마나님에게 아이가 있습니다. 그런데 다만 마나님 눈에 보이지만 않을 뿐입니다."

"네, 애가 지금 있어요?"

하고 마나님은 눈을 횡댕그러히 굴리지 않을 수 없었습니다. 노승의 하는 말이 그게 온 무슨 소린지 도시 영문을 모릅니다.

"그럼 어째서 내 눈에는 보이지를 않습니까?"

"네 차차 보십니다. 인제 내 보여드리지요."

노승은 이렇게 말을 하더니 등 뒤에 졌던 바랑을 끄릅니다. 그걸 무릎 앞에 놓고 뒤적거리다 고대 좁쌀을 쏟아 넣던 그 속에서 자그마한 보따리 하나를 꺼냅니다. 그리고 다시 그 보따리를 끄를 때 주인마나님은 얼마나 놀랐겠습니까. 집집으로 돌며 동냥을 얻어 넣고서 다니던 그 보따립니다. 그 속에서 천만 뜻밖에도 말간 눈을 가진 애기가 나옵니다. 인제 낳은 지 삼칠일이나 되는지 말는지 그렇게 나긋나긋한 귀동잡니다.

"마나님! 이 애기가 바로 당신의 아들입니다."

"네?"

하고 마나님은 얻어맞은 사람같이 얼떨떨하였습니다. 그러나 우선 애기를 보니 반갑습니다. 두 손을 내밀어 자기 품으로 덥석 잡아채가며

"정말 나 주슈?"

하고 눈에 눈물이 글썽글썽했습니다.

"아니요. 드리는 것이 아니라 바로 당신의 아들입니다. 그러나 혹시 요 담에 와 다시 찾아갈 날이 있을지도 모릅니다."

노승은 이렇게 몇 마디 남기고는 휘적휘적 산모롱이로 사라집니다. 물론 이쪽에서 이것저것 캐물어도 아무 대답도 해주는 법이 없었습니다.

2. 행복 된 가정(마나님 시점)

마나님은 애기를 품에 안고서 허둥지둥 뛰어 들어갑니다.

"여보! 영감!"

하고는 숨이 차 한참을 진정하다가 그 자초지정을 저저이 설명합니다. 그리고 분명히 들었는데 노승의 말이,

"이 애가 정말 내 아들이랍디다."

"뭐? 우리 아들이야?"

하고 영감님 역시 좋은지 눈을 커다랗게 뜨고는 싸리문 밖으로 뛰어나 옵니다. 아무리 생각하여도 심상치는 않는 중입니다. 직접 만나보고 치사의 말을 깍듯이 하여야 될겝니다. 그러나 동리를 샅샅이 뒤져보아 도 노승의 그림자는 가뭇[147]도 없습니다. 다시 집으로 터덜터덜 돌아

와서는,

" 아 아 자꾸만 만지지 말아."

하고는 다시 한 번 애기를 품에 안아 보았습니다. 과연 귀엽고도 깨끗한 애깁니다. 어쩌면 이렇게 살결이 희고 눈매가 맑습니까. 혹시 이것이 꿈이나 아닐지 모릅니다. 영감님은 손으로 눈을 비비고 나서 다시 들여다 보았습니다마는 이것이 결코 꿈은 아닐 듯싶습니다. 그러면 그 노승은 무엇일까. 또는 어째서 자기네에게 이 애기를 맡기고 간 것일까. 아무리 궁리하여도 그 속은 참으로 알 수가 없습니다.

그러나 하여튼 애기를 얻은 것만 기쁠 뿐입니다. 그들은 애기를 가운데에 두고서 해가 가는 줄도 모릅니다. 이렇게 하여 얻은 것이 즉 두포입니다.

그들은 날마다 애기를 키우는 걸로 그 날 그 날의 소일을 삼았습니다. 애기에게 젖이 있었으면 얼마나 좋겠습니까. 나이가 이미 늙어서 마나님은 아무리 젖을 짜보아도 나오지를 않습니다. 하릴없이 조를 끓이어 암죽으로 먹일 때마다 가엾은 생각이 안 날수 없었습니다.

그래서 때때로 영감님이 애기를 안고서 동리로 나갑니다. 왜냐면 애기 있는 집으로 돌아다니며 그 젖을 조금씩 얻어 먹이고 하는 것입니다. 이렇게 제구가 없어 젖 구걸을 다니건만 애기는 잘도 자랍니다. 주접 한 번 끼는 법 없이 돋아나는 풀싹처럼 무럭무럭 잘도 자랍니다.

그리고 세상에는 이상한 애기도 다 있습니다. 열 살이 넘어서자 그 힘이 어른 한 사람을 넉넉히 당합니다. 뿐만 아니라 얼굴 생김이 늠름한 맹호 같아서 보는 사람으로 하여금 머리를 숙이게 하는 것입니다. 겸하여 늙은 부모에게 대한 그 효성에도 놀랍지 않을 수가 없었습니다. 동리 어

---

147) 가뭇: 보이던 것이 전혀 보이지 않거나 알던 것을 아주 잊어 찾을 길이 감감하게.

른들은 그 애를 다들 좋아하였습니다. 그리고 자기네끼리 모이면,

"저 두포가 보통 아이는 아니야!"

하고 은근히 수군거리고 하였습니다. 늙은 아버지와 어머니는 그를 극진히 사랑하였습니다. 그리고 나날이 달라가는 그 행동을 유심히 밝히어보고 있었습니다.

"필연 이 애가 보통 사람은 아닌거야."

"남들두 이상히 여기는 눈칩니다."

이렇게 늙은 두 양주는 두포의 장래를 매우 흥미 있게 바라보고 있었습니다.

3. 놀라운 재복(도둑놈 칠태 시점)

두포는 무럭무럭 잘도 자랍니다. 물론 병 한번 앓는 법 없이 끼끗하게 자라갑니다. 늙은 아버지와 어머니는 너무도 기뻐서 어쩔 줄을 모릅니다. 나날이 달라가는 두포를 보는 것이 진품 그들의 행복이었습니다. 아들을 아침에 산으로 내보내면 저녁나절에는 싸리문 밖에가 두 양주가 서서, 아들 돌아오기를 기다리는 것이 하루하루의 그들의 일이었습니다.

그뿐 아니라, 두포가 들어오자 집안이 차차 늘지를 않겠습니까. 산 밑에 놓였던 그 오막살이 초가집은 어디로 갔는지, 인제는 그림자도 보이지 않습니다. 그리고 그 자리에가 고래 등 같은 커다란 기와집이 넓직히 놓여있습니다. 동리에서만 제일 갈뿐 아니라, 이 세상에서 으뜸이리라고, 다들 우러러보고 하였습니다. 그러나 어떻게 하여 이토록 부자가 되

었는지, 그걸 아는 사람은 하나도 없었습니다. 그래, 어떤 이는 사람들이 워낙이 착하여 하느님이 도와주신 거라고 생각하였습니다. 혹은 두포의 재주가 좋아 그런 거라고 생각하는 이도 있었습니다.

"재주? 무슨 재주가 좋아, 빌어먹을 녀석의 거! 도적질이지."

이렇게 뒤로 애매한 소리를 하며 돌아다니는 사람도 있었습니다. 물론 이것은 두포를 원수같이 미워하는 요 건너 사는 칠태입니다.

칠태라는 사람은 동네에서 꼽아주는 장사로, 무섭기가 맹호 같은 청년입니다. 그런데 마음이 본디 불량하여 남의 물건을 들어다놓고, 제 것같이 먹고 지내는 도적입니다. 이렇게 엄청난 짓을 하여도 동리에서는 아무도 그를 나무라는 사람이 없습니다. 왜냐면 너무도 힘이 세므로 괜스리 잘못 덤볐다간 이쪽이 그 손에 맞아죽을지 모릅니다.

그리하여 칠태는 제 힘을 자시[148]하고, 한 번은 두포의 집 뒷담을 넘었습니다. 이집 뒤 광에 있는 쌀과 돈, 갖은 보물이 탐이 납니다.

그러나 열고 들어가 후려내오면 고만입니다. 누구하나 말릴 사람은 없으리라고, 마음 놓고 광문의 자물쇠를 비틀어봅니다. 이때 이것이 웬 일입니까,

"이놈아"

하고 벽력처럼 무서운 소리가 나자, 등어리에 철퇴가 떨어지는지 몹시도 아파옵니다. 정신이 아찔하여 앞으로 쓰러지려 할 때, 이번에는 그 육중한 몸뚱어리가 공중으로 치올려 뜨지 않겠습니까. 그러나 다시 떨어졌을 때에는 거지반 얼이 다 빠지고 말았습니다.

하지만 힘꼴이나 쓴다는 장사가 요까짓 것쯤에 맥을 못 추려서야 말이 됩니까. 기를 바짝 쓰고서 눈을 떠보니 별일도 다 많습니다. 칠태의 그

---

148) 자시: 자기 자신의 능력이나 가치를 믿음.

무거운 몸뚱어리가 두포의 두 팔에 가 어린애 같이 안겨 있지 않겠습니까. 그리고 집안에서 시작된 일이 어떻게 되어 여기가 대문 밖입니까. 이건 참으로 알 수 없는 귀신의 노름입니다. 그러자, 두포는 칠태의 몸뚱어리를 번쩍 쳐들어 무슨, 헌 껍데기와 같이 풀밭으로 내던졌습니다. 그리고 그는 두 손을 바지 자락에 쓱 문대며,

"이놈! 다시 그래봐라. 이번엔 허릴 끊어 놀테니."

하고는 집으로 들어가 버립니다. 그 태도가 마치 칠태 같은 것쯤은 골백 다섯이 와도 다— 우습다냥 싶습니다. 이걸 가만히 바라보니, 기가 막히지 않을 수 없습니다. 제 깐에는 장사라고 뽐내고 다녔더니, 인제 열댓밖에 안된 아이놈에게 이 욕을 당해야 옳습니까. 그건 그렇다 하고, 대관절 어떻게 해서 공중으로 날아 대문 밖으로 나왔겠습니까. 아무리 생각하여도 두포의 재주에는 놀라지 않을 수가 없었습니다. 광문 앞에서 필연, 두포가 칠태의 몸을 번쩍 들어 공중으로 팽개친 것이 분명합니다. 그래 놓고는 그 몸이 대문 밖 밭고랑에 가 떨어지기 전에 날쌔게 뛰어 나가서 두 손으로 받은 것이 아니겠습니까. 그렇지만 않았다면 칠태는 땅바닥에 그대로 떨어져서 전병같이 되고 말았을 것입니다. 이건 도저히 사람의 일 같지가 않았습니다.

칠태는 도깨비에 씌인 듯이 등줄기에 소름이 쭉 내끼쳤습니다. 그리고 속으로 썩 무서운 결심을 품었습니다.

"흐응! 네가 힘만으로는 안 될라! 어디 보자."

이렇게 생각하고, 칠태는 도끼를 꽁무니에 차고서 매일같이 산으로 돌아다녔습니다. 왜냐면 두포가 아침에 산으로 올라가면, 하루 온종일 두포의 그림자를 보는 사람이 없었습니다. 겨우 저녁 때 자기 집으로 들어가는 뒷모양밖에는 더 보지 못합니다.

"그러면 두포는 매일 어디서 해를 지우나?"

이것이 온 동리 사람의 의심스런 점이었습니다. 그러나 칠태는 제대로 이렇게 생각하였습니다. 제 놈이 허긴 뭘 해 아마 산속 깊이 도적의 소굴이 있어서 매일 거기가 하루하루를 지내고 오는 것이라고. 그러니까 산으로 돌아다니면 언제든가 네 놈을 만날 것이다. 만나기만 하면 대뜸 달려들어 해골을 두 쪽 내겠다고 결심했던 것입니다.

칠태는 보름 동안이나 낮 밤을 무릅쓰고 산을 뒤졌습니다. 산이란 산은 샅샅이 통 뒤져 본 폭입니다. 그러나 이게 웬 일인가. 두포의 발자국조차 찾아 볼 길이 없습니다.

4. 칠태의 복수(도둑놈 칠태 시점)

그러자 하루는 해가 서산을 넘는 석양이었습니다.

칠태는 하루 온종일 산을 헤매다가 기운 없이 내려오려니까, 저 맞은 쪽 산골짜기에서 사람의 그림자가 힐끗합니다. 그는 부지중에 몸을 뒤로 걷으며 가만히 노려보았습니다. 그리고는 너무도 기뻐서는 몸이 부들부들 떨리었습니다. 이날까지 그렇게도 눈을 까뒤집고 찾아다니던 두포, 두포, 흐응! 네가 바로 두포구나 이놈 어디 내 도끼를 한번 받아보아라. 칠태는 숲 속으로 몸을 숨기어 두포의 뒤를 밟았습니다. 그러나 두포에게로 차차 가까이 올수록 눈을 크게 뜨지 않을 수 없었습니다. 왜냐면 두포의 양 어깨 위에는, 커다란 호랑이 두 마리가 얹혀있지를 않겠습니까. 이걸 보면 필연 두포가 주먹으로 때려 잡아가지고 내려오는 것이 분명합니다.

칠태는 따라가던 다리가 멈칫하여 장승같이 서있습니다. 아무리 도끼를 가졌대도 두포에게 잘못 덤비었단 제 목숨이 어찌 될지 모릅니다. 이 럴까, 저럴까, 망설이고 섰을 때, 때마침 두포가 어느 바위에 걸터앉아서 신의 들메를 고칩니다. 꾸부리고 있는 그 뒷모양을 보고는 칠태는 다시 용기를 내었습니다. 이깐 놈 거, 뒤로 살살 기어가서 도끼로 내려만 찍으 면 고만이다. 이렇게 결심을 먹고 산 잔등이에 엎드려 소리 없이 기어 올 라갑니다. 등 뒤에서 칠태의 머리가 살며시 올라올 때에도 두포는 그걸 모릅니다. 다만 허리를 구부리고 신 들메만 열심히 고치고 있었습니다.

칠태는 허리를 펴고 꽁무니에서 도끼를 꺼냈습니다. 그리고 때는 이때 다 라며 온몸에 용을 써가지고 두포의 목덜미를 내려찍었습니다.

워낙에 정성들여 내려찍은 도끼라, 칠태는 저도 어떻게 된 영문을 모 릅니다. 확실히 두포의 몸이 도끼날에 두 쪽이 난걸 이 눈으로 보았는데, 다시 살펴보니, 두포의 몸은 간곳이 없습니다. 다만 바위에가 도끼날에 부딪는 탁 소리와 함께 불이 번쩍 나고 말았을 그뿐입니다.

그리고 불똥이 튀는 바람에 칠태의 왼눈 한 짝은 이내 멀어버리고 말 았습니다. 참으로 이상스러운 일입니다. 사람의 몸이 어떻게 바위로 변 하는 수가 있습니까. 칠태는 두포에게 속은 것이 몹시도 분하였습니다. 허나 어째 볼 수 없는 노릇이라, 아픈 눈을 손등으로 비비며 터덜터덜 산 을 내려옵니다. 그리고 가만히 생각하여보니, 두포가 보통사람이 아닌 것 을 인제 깨닫게 됩니다. 우선 두포의 늙은 부모를 보아도 알 것입니 다. 그들은 벌써 죽을 때가 지난 사람들입니다.

그렇건만 두포가 가끔 산에서 뜯어오는 약풀을 먹고는, 늘 싱싱하게 있는 것이 아닙니까. 이것 말고라도 동리 사람들 중에서도 금세 죽으려 고 깔딱깔딱하던 사람이 두포에게 그 풀을 얻어먹고 살아난 사람이 한 둘이 아닙니다.

이것만 보더라도 두포에게는 엄청난 술법이 있음을 알 것입니다. 칠태

는 여기에서 다시 생각하였습니다. 제 아무리 두포를 죽이려고 따라다
닌대도, 결국은 제 몸만 손해이다. 이번에는 달리 묘한 꾀를 쓰지 않으면
안 될 것입니다. 칠태는 동리로 내려와 전보다도 몇 갑절 더 크게 도둑질
을 하였습니다. 그리고 뒤로 돌아다니며 하는 소리가,

"그 두포란 놈이 누군가 했더니, 알고 보니 도적단의 괴수더구먼."

하고 여러 가지로 거짓말을 꾸미었습니다. 동리 사람들은 처음에 반신반
의하여 귓등으로 넘겼습니다마는 열 번 찍어 안 넘어가는 나무가 없다고,
나중에는 솔깃이 듣고 말았습니다. 그리고 동리에서는 여기저기서,

"아, 그 두포가 큰 도적이래지?"

"그럴 거야, 그치 않으면 그 고래 등 같은 큰 기와집이 어서 생기나? 그
리고 아침에 나가면, 그림자도 볼 수 없지 않어?"

"그래, 두포가 확실히 도적놈이야. 요즘 동리에서 매일같이 도적을 맞
는걸 보더라도 알쪼지 뭐."

하고는 두포에게 대한 흠구덕이 대구[149] 쏟아집니다. 그리하여 모든 사
람이 모여 회의를 하였습니다. 그리고 두포 네를 이 동리에서 쫓아내거
나, 그렇지 않으면 죽여 없애기로 결정하였습니다. 우선 두포를 향하여
동리에서 멀리 나가달라고 명령하였습니다. 그때 두포 대답이,

"아무 죄도 없는 사람을 내쫓는 법이 어디 있습니까?"

하고는 빙긋이 웃을 뿐이다. 그리고 며칠이 지나도 나가주지를 않습니
다. 동리 사람은 그러면 인젠 하릴없으니, 우선 두포부터 잡아다 죽이자
고 의론이 돌았습니다. 그래, 어느 날 아침, 일찍이 장정 한 삼십 명이 모
여 두포의 집으로 몰려갔습니다.

---

149) 대구: 잇달아 거듭하여.

5. 두포를 잡으려다가
(마을 사람 + 도둑놈 칠태 시점)

아직 해도 퍼지지 않은 이른 아침입니다.

동리 사람들은 두포네 대문간에 몰려들었습니다. 그들 중에 가장 힘센 사람은 굵은 밧줄을 메고, 또 더러는 육모방망이까지 메고 왔습니다. 두포가 순순히 잡히면 모르거니와 만일에 거역하는 나달에는 함부로 두들겨 죽일 작정입니다. 우선 그들은 대문밖에 서서,

"두포 나오너라. 점잖게 묶여야지. 그렇지 않으면 느 부모까지 해가 돌아가리라."

하고, 커다랗게 호령하였습니다. 두포는 손 등으로 눈을 비비며 나온다. 그런데 웬 영문인지 몰라 떨떠름히 그들을 바라봅니다. 그때 동리 사람 삼십 명은 한꺼번에 와짝 달려들어 두포를 사로잡았습니다. 어떤 사람은 팔을 뒤로 꺾고, 또 어떤 사람은 모가지를 밧줄로 얽어 다립니다. 이렇게 두포를 얽었을 때, 두포는 조금도 놀라는 기색이 없습니다. 그냥 묶는 대로 맡겨두고, 뻔히 바라보고 있을 따름입니다.

그들은 뜻밖에 두포를 쉽사리 잡은 것이 신이 납니다. 인제는 저 산 속으로 끌어다 죽이기만 하면 그만입니다. 제 아무리 장비 같은 재주라도 이판에서 빠져나지는 못할 것입니다. 그들은 마치 개를 끌고 다니듯이 두포를 함부로 끌고 다녔습니다.

이때 묵묵히 섰던 두포가 두 어깨에 힘을 주니, 몸을 몇 고팽이150)로 칭칭 얽었던 굵은 밧줄이 툭툭 나갑니다. 그 모양이 마치 무슨 실 나부랭이 끊는 듯이 어렵지 않게 벗어납니다. 동리 사람들은 이걸 보고서 눈들

---

150) 고팽이: 새끼나 줄 따위를 사리어 놓은 돌림을 세는 단위.

을 커다랗게 떴습니다. 어찌나 놀랐는지 이마에 땀까지 난사람도 있었습니다. 대체 이놈이 사람인가, 귀신인가. 아무리 뜯어보아야 입, 코에 눈 두 짝 갖기는 매일반이렸만 이게 대체 어떻게 된 놈인가.

이렇게들 얼이 빠져서 멀거니 서있을 때, 두포가 두 팔을 쩍 버리고 몰아냅니다. 하니까 자빠지는 놈에, 엎어지는 놈, 혹은 달아나는 놈, 그 꼴들이 가관입니다. 그들은 이렇게 두포에게 욕만 당하고 왔습니다.

다시 생각하면, 이것은 동리의 수치입니다. 인제 불과 열다섯 밖에 안된 아이 놈에게 동리 어른이 욕을 본 것입니다. 이거야 될 말이냐고, 그들은 다시 모여서 새 계획을 쓰기로 하였습니다. 이 새 계획이라는 건, 두포는 영영 잡을 수 없다 하니까 이번에는 그 집에다 불을 질러 세 식구를 태워버리자는 음모였습니다.

하루는 밤이 깊어서입니다. 그들은 제각기 지게에 나무를 한 짐씩을 지고 나섰습니다. 이 나무는 두포의 집을 에워싸고 그 위에 불을 지를 것입니다. 그러면 이 불이 두포의 집으로 차츰차츰 번져 들어가, 나중에는 두포네 세 식구를 씨도 없이 태울 것입니다.

그래 그들은 소리 없이 자꾸만 자꾸만 나무를 져다 쌉니다. 얼마를 그런 뒤, 이제는 너희들이 빠져 나오려 해도 빠져 나올 도리가 없을 것이다. 하고 생각하는데 사방에서 일제히 불을 질렀습니다.

워낙이 잘 마른 나무라 불이 닿기가 무섭게 활활 타오릅니다. 나중에는 화광이 충천하여 온 동네가 불이 된 것 같습니다. 그들은 멀찌감치 서서 두포의 집으로 불이 번져들기를 지켜보고 있었습니다.

"인젠 별수 없이 다 타 죽었네."

"그렇지, 제 아무리 뾰족한 재주라도 이 불 속에서 살아 날수는 없을 것일세."

이렇게들 서로 비웃는 소리로 주고받고 하였습니다. 그런 동안에 불길은 점점 내려 쏠리며 집을 향하여 먹어 들어갑니다. 인제 한 식경 좀 있으면 불길은 완전히 처마 끝을 핥고 들겝니다. 그들은 아기자기한 재미를 가지고 구경하고 서있습니다.

그러나 불길이 두포네 집 처마 끝을 막 핥고들 때, 이게 웬 조화입니까. 달이 밝던 하늘에 일진광풍이 일며, 콩알 같은 빗방울이 무더기로 쏟아집니다. 그런지 얼마 못가서 두포의 집으로 거반 다 타들어왔던 불길이 차차 꺼지기 시작합니다. 그들은 하도 놀라서 꿀 먹은 벙어리가 되었습니다. 마른하늘에 벼락이 있다더니, 이게 바로 그게 아닌가. 그들은 은근히 겁을 집어먹고 떨고 서있습니다.

"이건 필시 하늘이 낸 사람이지 보통사람은 아닌 걸세."

"그래그래 애먼 사람을 죽이려 드니까 마른하늘에 생벼락이 안 내릴까."

하고 한 사람이 눈살을 찌푸릴 때 그 옆에 서있던 칠태가 펄쩍 뜁니다.

"천벌은 무슨 천벌이야. 도둑놈을 잡아내는데 천벌인가?"

하고 괜스레 골을 냅니다. 그러나 칠태는 제 아무리 골을 내도 인제는 딴 도리가 없습니다. 동리 사람들은 하나 둘 시나브로 없어지고, 비는 쭉쭉 내립니다.

6. 이상한 노승(도둑놈 칠태 시점)

칠태는 두포 때문에 눈 한 짝이 먼 것이, 생각하면 할수록 분합니다. 몸이 열파가 날지라도 이 원수야 어찌 갚지 않겠는가. 마음대로 된다면 당장 달려들어 두포의 머리라도 깨물어 먹고 싶은 이판입니다. 칠태는 매일과 같이 두포의 뒤를 밟았습니다. 언제든지 좋은 기회만 있으면 해치우려는 계획입니다. 그러나 어쩐 일인지 중도에서 두포를 잃고 잃고 하였습니다. 어느 때에는 두포의 걸음을 못 따라 놓치기도 하고, 또 어느 때에는 두 눈을 똑바로 뜨고도 목전에 두포가 어디로 갔는지 정신없이 두포를 잃어버리기도 합니다. 이렇게 하여 칠태는 근 한 달 동안이나 허송세월로 보냈습니다.

그러자 하루는 묘하게도 산 속에서 두포를 만났습니다. 이날은 별로 두포를 찾을 생각도 없었습니다. 다만 나무를 할 생각으로 산 속으로 들어간 것입니다. 그러나 몸이 피곤하여 어느 나무뿌리에 쭈그리고 앉아서 졸고 있을 때입니다. 칠태가 앉아있는 곳에서 한 이십 여간 떨어져 커다란 바위가 누워있습니다. 험상스레 집채 같은 바윈데 그 복판에가 잣나무 한 주가 박혀있습니다. 그런데 잠결에 어렴풋이 보자니까, 그 바위가 움즉움즉 놀지를 않겠습니까. 에? 이게 웬일인가. 이렇게 큰 바위가 설마 놀리는 없을 텐데…….

칠태는 졸린 눈을 비비고, 다시 한 번 똑똑히 보았습니다. 아무리 몇번 고쳐보아도 분명히 바위는 놉니다. 그제야 칠태는 심상치 않은 일임을 알고 숲속으로 몸을 숨기었습니다. 그리고 눈을 똑바로 뜨고는 그 바위를 노려보고 있었습니다. 조금 있더니, 집채 같은 그 바위가 한복판이 툭 터지며 그와 동시에 용마를 탄 장수 하나가 나옵니다. 장수는 사방을 둘레둘레 훑어보더니 공중을 향하여 쏜살같이 없어졌습니다.

이때 칠태가 놀란 것은 그 장수의 겨드랑이에 달린 날갯죽지였습니다. 눈이 부시게 번쩍번쩍하는 날개를 쭉 펴자, 용마와 함께 날아간 장수. 그리고 더욱 놀란 것은 그 장수의 얼굴이 어쩌면 그렇게 두포의 얼굴과 똑같은지 모릅니다. 혹은 이것이 정말 두포가 아닐까, 또는 제가 잠결에 잘못 보지나 않았는가 하고 두루두루 의심하여 봅니다. 그러나 조금만 더 지켜만 보면 다 알 것입니다. 오늘 하루해를 여기서 다 지내더라도, 확실히 알고 가리라고 눈을 까뒤집고는 지키고 앉았습니다.

이렇게 하여 대낮부터 앉아있는 칠태는 해가 서산에 질려는 것도 모릅니다. 그러다 장수와 용마가 다시 나타났을 때 칠태는 정신없이 그 관상을 뜯어봅니다. 그러나 아무리 뜯어보아도 그것은 분명히 두포의 얼굴입니다. 장수는 그 먼젓번 나오던 바위로 용마를 탄 채 들어갑니다. 그러니까 쭉 갈라졌던 바위가 다시 어며져 먼젓번 놓였던 대로 고대로 놓입니다. 그리고 조금 있더니 그 바위 저쪽에서 정말 두포가 걸어 나옵니다 . 그리고 그 뒤에 노인 한분이 지팡이를 끌며 따라 나옵니다. 그 모습이 십 오년 전 바랑에서 두포를 꺼내던 바로 그 노승의 모습입니다.

노인은 두포를 데리고서 그 아래 시새 밭으로 내려오더니, 둘이 서서 무어라고 이야기가 벌어집니다. 노인은 지팡이로 땅을 그어 무엇을 가르쳐주기도 하고 두포의 머리를 손으로 쓰다듬으며 무어라고 중얼거리기도 합니다. 그럴 때마다 두포는 두 손을 앞으로 모으고 공손히 듣습니다.

칠태는 열심히 그들의 얘기를 엿듣고자 애를 썼습니다. 그러나 너무 사이가 멀어, 한마디도 제대로 들을 수가 없습니다. 저 노인은 무언데, 저렇게 두포를 사랑하는가, 아무리 궁리하여보아도 알 수 없는 일입니다. 그러자 두포가 노인 앞에 엎드리어 절을 하고나니, 노인은 그 자리에서 간 곳이 없습니다.

그제서야 두포는 산 아래를 향하여 내려오기 시작합니다. 칠태는 두포의 뒤를 멀찍이 따라오며 이 궁리 저 궁리 하어봅니다. 또 쫓아가 도끼로 찍어볼까 그러다 만약에 저번처럼 눈 한 짝마저 먼다면 어찌 할겐가. 그러다 사내자식이 그걸 무서워해서야 될 말이냐. 칠태는 또 도끼를 뽑아들고는 살금살금 쫓아갑니다. 어느 으슥한 곳에 따라가 싹도 없이 찍어 죽일 작정입니다. 두포와 칠태의 사이는 차차 접근하여옵니다. 결국에는 너 댓 걸음 밖에 안 될만치 칠태는 바짝 붙었습니다. 이만하면 도끼를 들어 찍어도 실패는 없을 것입니다. 두포가 굵은 소나무를 휘돌아들 때 칠태는 도끼를 번쩍 들기가 무섭게,

"이놈아! 내 도끼를 받아라."

하고 기운이 있는 대로 머리께를 내려찍었습니다. 그와 동시에 칠태는 에구머니, 소리와 함께 땅바닥에 가 나둥그러지고 말았습니다.

왜냐하면, 도끼를 내려찍고 보니 두포는 금세 간 곳이 없습니다. 그리고 도끼가 허공을 힘차게 내려와 칠태의 정강이를 퍽 찍고 말았던 것입니다. 다리에서 시뻘건 선혈이 샘같이 콸콸 쏟아집니다. 그리하여 칠태는 그 다리를 두 손으로 부둥켜안고는,

"사람 살리우―."

하고 산이 쩡쩡 울리도록 소리를 들이질렀습니다. 그러나 워낙에 깊은 산속이라 아무도 찾아와 주지를 않았습니다.

7. 이상한 지팡이(도둑놈 칠태 시점)

아무리 사람 살리라는 소리를 쳐도 그 소리를 이 산골짜기 저 산봉우리 받아 올릴 뿐, 대답하고 나오는 사람은 없습니다. 정말 칠태는 큰일 났습니다. 해는 저물어 점점 어두워가고, 도끼에 찍힌 상처에서는 쉴 새 없이 피가 흐릅니다. 저절로 눈물이 평평 쏟아지도록 아픕니다. 하지만 칠태는 아픈 생각보다는 이러다가 고만 두포 이놈의 원수도 갚지 못하고 어찌되지 않을까 하여 눈물이 났습니다.

그러나 그뿐이겠는가, 벌써 사방은 컴컴하고 거친 바람이 첩첩한 수목을 쏴아 쏴아. 그리고 이따금씩 어흐응 어흐응 하고 산이 울리는 무서운 짐승 우는 소리가 들립니다. 아마 호랑이 인 듯싶습니다. 그 소리는 칠태가 있는 곳으로 점점 가까이 옵니다. 바로 호랑이입니다.

엄청나게 큰 대호가 소나무 숲 사이에서 눈을 번쩍번쩍 칠태를 노리고 다가옵니다. 꼼짝 못하고 칠태는 이 깊은 산 속에서 아무도 모르게 호랑이 밥이 되고 마는가봅니다. 걸음을 옮기자니 발 하나 움직일 수 없고 팔 하나 들 수 없는 칠태입니다. 아무리 기운이 장하다기로 이 지경으로 어떻게 호랑이 같은 사나운 맹수를 당해 낼 수 있겠습니까.그래도 칠태는 사람을 불러 구원을 청해 보는 수밖에 없습니다.

"사람 살류, 사람 살류."

"아무도 사람 없수."

그러자 어디선지

"칠태야."

하고 자기를 부르는 소리가 났습니다. 두포의 음성입니다. 그러나 이상한 일도 많습니다. 부르는 소리만 나고 두포도 아무도 모양을 볼 수는 없습니다. 두리번두리번, 사방을 돌아보는 칠태의 눈에 이것은 또 무슨 변입니까. 금방 호랑이가 있던 자리에 호랑이는 간 데가 없고 뜻하지 않은 백발노승이 긴 지팡이에 몸을 실리고 섰습니다. 칠태는 그 노승에게 무수히 절을 하며 이런 말로 빌었습니다.

"산에서 나무를 하러왔다가 못 된 도적을 만나 이 모양이 되었습니다. 제발 저를 이 마을 아래까지만 갈수 있게 해주십시오."

그러나 노승은 잠잠히 듣고만 섰습니다. 그러더니 문득 입을 열어

"무애한 사람에게 해를 입히려 하면 도리어 자신이 해를 입게 되는 줄을 깨달을 수 있을까?"

하고 노승은 엄한 얼굴로 칠태를 내려다봅니다. 하지만 칠태는 무슨 뜻으로 하는 말인지도 깨닫지 못하고서 그저,

"그럴 줄 알다 말구요, 알다 뿐이겠습니까."

"그렇다면 이후로는 마음을 고치어 행실을 착하게 가질 수 있을까?"

"네, 고치고 말구요. 백번이래도 고치겠습니다."

하고 칠태는 엎드리어 맹세를 하는 것이로되 그 속은 그저 어떻게 이 자리를 모면할 생각밖에는 없습니다. 노승은 또 한 번,

"다시 나쁜 일을 범하는 때는 네 몸에 큰 해가 미칠 줄을 명심할 수 있을까?"

하고 칠태에게 단단히 맹세를 받은 후,

"이것을 붙잡고 나를 따라 오너라."

하고, 노승은 지팡이를 들어 칠태에게 내밀었습니다. 참 이상한 지팡이도 다 있습니다. 칠태가 그 지팡이 끝을 쥐자 금세로 지금까지 아픈 다리가 씻은 듯 낫고 몸이 가벼웁게 공중을 날 듯싶습니다.

아마 노승도 이 지팡이 까닭인가 봅니다. 허리가 굽은 노인의 걸음이라고는 할 수 없습니다. 빠르기가 젊은 사람 이상입니다. 그렇게 바위를 뛰어넘고 내를 건너뛰고, 칠태는 노승에게 이끌려 그 험한 산길을 언제 다리를 다쳤더냐 싶게, 내려갑니다. 어느덧 칠태가 사는 마을 어귀에 이르러 노승은 걸음을 멈추었습니다. 그러더니 또 한 번,

"애먼 사람에게 해를 입히려다가는 먼저 네 몸에 해가 돌아갈 것을 명심해라."

하는 말을 남기자마자 노승은 온데간데없이 칠태의 눈앞에서 연기처럼 사라졌습니다. 세상에 이상한 노인도 다 보겠습니다. 칠태는 사람의 일 같지가 않아, 정말 여기가 자기가 사는 마을 어귀인가 아닌가, 눈을 비비며 사방을 돌아봅니다. 틀림없는 마을 어귀, 돌다리 앞입니다.

그런데 이것이 웬일일까. 돌아서 걸음을 옮기려 하자 갑자기 발 하나를 들 수가 없이 아픕니다. 조금 전까지도 멀쩡하던 다리가 금세로 아까 산에서처럼 피가 철철 흐르고 그럽니다. 고만 칠태는 땅바닥에 주저앉고 말았습니다. 그리고,

"사람 살류, 사람 살류."

하고 큰소리로 마을을 향해 외쳤습니다. 마을 사람들은 무슨 일이나 났나 하고 이집 저집에서 모여 나와 칠태를 가운데로 둘러싸고는,

"어떻게 된 일이야, 어떻게 된 일이야."

하고 모두들 눈이 동그래서 궁금해 합니다. 그러자 칠태는,

"두포, 그 도적놈이."

하고 산에서 자기가 노루 사냥을 하는데 두포란 놈이 숨어 있다가 불시에 돌로 때리어 이렇게 다리를 못 쓰게 해놓고 자기가 잡은 노루를 도적질해 갔노라고 꾸며대고는, 정말 그런 것처럼 칠태는 이를 북북 갈았습니다. 동네 사람들은 모두 칠태를 가엾이 여기어 쳇쳇 혀끝을 차며 두포를 나쁜 놈이라고 하였습니다. 그리고 칠태를 자기 집으로 업어다 주었습니다.

8. 엉뚱한 음해(도둑놈 칠태 시점)

마을에는 괴상한 일이 생겼습니다. 밤이면 마을 이집 저집에 까닭 모를 불이 났습니다. 그것도 하루 이틀이 아니고 날마다 밤이 되면 정해놓은 일처럼 "불이야. 불이야." 소리가 나고, 한두 집은 으레 재가 되어버리고 합니다.

이러다가 마을의 성한 집이라고는 한 채도 남아나지 않을까 봅니다. 마을 사람들은 무슨 까닭으로 밤마다 불이 나는 것인지 몰라 서로 눈들이 커다래서 걱정입니다. 그리고 어찌해야 좋을지 그 도리를 아는 사람은 없습니다. 다만 누구는,

"분명 이것은 산의 화지. 산의 화야."

하고 산에 정성으로 제를 지내지 않은 탓으로 그렇다 하고, 지금으로 곧 산제를 지내도록 하자고 서두르기도 합니다. 그러면 또 한 사람은,

"산의 화가 뭔가. 도깨비장난 일 세. 도깨비장난이야."

하고, 정말 도깨비장난인 걸 자기 눈으로 보기나 한 것처럼 말하며, 시루떡을 해놓고 빌어보거나 그렇지 않으면 판수를 불러다가 경을 읽게 하여 도깨비들을 내쫓거나 하는 수밖에 도리가 없다고 주장합니다. 이렇게들 각기 자기 말이 옳다고 떠드는 판에 칠태가 썩 나섰습니다. 그리고,

"산의 화는 다 뭐고 도깨비장난은 다 뭔가?"

하고, 자기는 다 알고 있다는 얼굴을 하는 것입니다.

"그럼 산의 화가 아니면 뭔가?"

"그럼 도깨비장난이 아니면 뭔가?"

하고 사람들은 몸이 달아 칠태 앞으로 다가서며 묻습니다.

"그래 자네들은 산의 화나 도깨비 생각만 하고 두포란 놈, 생각은 못하나?"

하고 칠태는 그걸 모르고 딴 소리만 하는 것이 갑갑하다는 듯이 화를 벌컥 냅니다. 그리고 두포가 자기 집에 불을 놓은 앙갚음으로 밤마다 마을로 내려와 불을 놓는 것이라고 하고 그 증거는 보아라, 전일 두포 집으로 불을 놓으려던 사람의 집에만 불이 나지 않았느냐 합니다. 딴은 그렇게 생각하고 보면, 두포 집으로 불을 놓으러가던 사람의 집은 모조리 해를 입었습니다. 마을 사람들은,

"아, 저런 죽일 놈 보아라."

하고 아주 두포의 짓인 것이 판명 난 것처럼 주먹을 쥐며 분해합니다. 그러나 실상은 칠태의 짓입니다. 칠태가 밤이면 나와 절룩절룩 처마 밑에 불을 지르던 것입니다. 그 이상한 지팡이를 가진 노승이 다짐하던 말이 무서웁기도 하련만 원체 마음이 나쁜 칠태라 그런 말쯤 명심할 사람이 아닙니다. 머리에는 어떡하면 눈 하나를 멀게 하고 다리까지 못쓰게 한 두포 이놈의 원수를 갚아보나 하는 생각뿐입니다. 하지만 기운으로나 재주로나 도저히 두포와 맞겨눌 수는 없으니까 이렇게 뒤로 다니며 불을 놓고 하고는 죄를 두포에게 들씌웁니다. 그러면 마을 사람들은 두포를 가만두지 않을 테니까 칠태는 가만있어도 원수를 갚게 되리라는 생각입니다. 그 속을 모르는 마을 사람들은 두포를 다 죽일 놈 벼르듯 합니다.

"저 놈을 어떡헐까."

하고 모이면 공론이 이것입니다. 그러나 한 사람도 어떻게 할 도리를 말하는 사람은 없습니다. 두포의 그 엄청난 기운과 재주 앞에 섣불리 하였다가는 도리어 큰 코를 다치지나 않을까, 은근히 겁들이 났습니다. 그래서 이런 때에도,

"어떻게 했으면 좋은가."

하고 칠태의 지혜를 빌어보는 수밖에 없습니다. 칠태는 그것을 기다렸던 것 같이 사람들을 한 곳으로 모이게 하고 수군수군 무슨 짜위를 하였습니다. 그리고 사람들은 얼굴에 자신 있는 웃음을 지으며 각각 자기 집으로 돌아가 괭이, 부삽, 넉가래 같은 연장을 들고 나왔습니다. 날이 저물자 그 사람들은 마을 옆으로 흐르는 큰 냇가로 모이더니 말없이 그 내 중간을 막기 시작합니다. 떼를 뜯어다가 덮고, 돌을 들어다가 누르고, 흙을 퍼다가 펴고, 그러는 대로 냇물이 점점 모이기 시작합니다. 날이 밝을

임시에는 그 큰 내의 물이 호수와 같이 넘쳤습니다.

이제 일은 다 되었습니다. 산 밑, 두포 집편을 향한 딱 중간을 탁 끊어 놓았다. 물은 폭포와 같이 무서운 기세로 두포 집을 향해 몰려갑니다. 마을 사람들은 언덕 위에 올라서서 그 장한 모습을 매우 통쾌한 얼굴로 보고들 섰습니다. 인제 바로 눈 깜짝할 동안이면 물은 두포 집을 단숨에 무찔러 버릴 것입니다. 제 아무리 재주가 뛰어난 두포기로 이번엔 꼼짝 못하리라. 그런데 이게 웬일일까. 물 끝이 두포집 근처에 이르자 마치 거기 큰 웅덩이가 뚫리듯이 물이 잦아집니다. 마침내 물은 냇바닥이 들어나도록 잦아지고 말았습니다.

하도 어이가 없어서 마을 사람들은 서로 얼굴을 쳐다보다가는 한 사람 두 사람 슬슬 돌아가고 언덕 위에는 칠태 홀로 벌린 입을 다물지 못하고 섰습니다. 그러나 이것으로 고만둘 칠태가 아닙니다. 밤이 되면 칠태는 더욱 심하게 마을로 다니며 도적질을 하고 불을 놓고 합니다. 점점 거칠어져 이웃 마을이나 또 먼 마을에까지 다니며 그런 짓을 계속합니다. 그럴수록 두포를 원망하는 사람이 많아지고 그를 없애버리려는 마음이 커갔습니다.

마침내 관가에서도 그 일을 매우 염려하여 누구든지 두포를 잡는 사람이면 상을 준다는 광고를 동네 동네에 내돌렸습니다.

9. 칠태의 최후(도둑놈 칠태 시점)

마을 사람들은 둘만 모여도 두포 이야기로 수군수군합니다.

두포를 잡는 사람에게는 후한 상금을 준다는 광고가 붙은 마을 어귀

게시판 앞에는 몇 날이 지나도록 사람이 떠날 새가 없이 모여서서 그 광고를 읽고 또 남이 읽는 소리를 듣고 합니다.

그러기는 하나 한 사람도 두포를 잡아보겠다는 생각조차 못합니다. 무슨 힘으로 두포의 그 놀라운 술법과 재주를 당할 엄두를 내겠습니까.

"두포는 하늘이 낸 사람인걸. 우리네 같은 사람이 감히 잡을 수 있나."

"그렇지 그래. 그 술법 부리는 것 좀 봐. 그게 어디 사람의 짓이야. 신의 조화지."

하고 모두들 머리를 내저었습니다. 그러나 칠태는 여전히 큰소리입니다.

"술법은 제 깐 놈이 무슨 술법을 부린다고 그러는 거여. 다 우연히 그렇게 된 걸가지고."

그리고 칠태는 벌컥 불쾌한 음성으로 좌우를 돌아보며,

"그래 당신들은 온 마을 온 군이 두포 놈으로 해서 재 밭이 되어버려도 가만히들 보고만 있을 테여?"

하고 연해 마을 사람들로 하여금 두포를 잡으려는 욕심을 돋을 일이 생기었습니다. 그때 마침 나라 조정에서 무슨 벼슬인지 벼슬하는 사람들이 손수 수레를 타고 팔도를 돌며 어떤 사람 하나를 찾았습니다. 그 수레가 이 마을에서 멀지 않은 읍에도 나타나서 이런 소문을 냈습니다. 누구든지 이러이러하게 생긴 사람을 인도해오는 사람에게는 많은 재물로 대접할뿐더러 높은 벼슬까지 내린다는 것입니다.

그런데 이상한 것은 그 찾는 사람의 모습이 바로 두포의 생긴 모습과 한판같이 흡사한 것입니다. 나이가 같은 열다섯이고, 얼굴 모습이 그렇고, 더욱이 이마에 검정 사마귀가 있는 것까지 같습니다. 어쩌면 이렇게 두포를 눈앞에 놓고 말하는 듯이 같을 수가 있을까. 의심할 것 없는 두포입니다.

대체 두포의 내력이 어떠한 사람이기에 나라 조정에서 일개 소년을 많은 상금을 걸어서까지 찾을까. 그것은 여차하고, 자아 두포를 잡기만 하면 관가에서 주는 상금은 말고도 나라의 벼슬까지 얻게 될 것이니 그게 얼마입니까. 가난하고 지체 없던 사람이라도 곧 팔자를 고치게 될 것입니다. 여기에 눈이 어두워 더러 큰 소리를 하는 사람도 있습니다.

"두포란 놈이 정 아무리 술법이 용하다기로 열다섯 먹은 아이놈 아니냐, 아이놈 하나를 당하지 못한데선."

하고 팔을 걷어붙이기는 마을에서 팔팔하다는 젊은 패들입니다. 그리고 나이 많은 사람들은,

"술법을 부리는 놈을 잡으려면 역시 술법을 부려 잡아야 하는 거여."

하고 그 술법을 자기는 알고 있다는 듯싶은 얼굴을 하기도 합니다. 그러나 정작 자신 있게 나서는 사람은 하나도 없습니다. 무엇보다도 섣불리 하였다가 도리어 큰 화를 입지나 않을까 하는 것이 두려웠습니다. 어떻게 그런 변 없이 감쪽같이 올가미를 씌울 묘책이 없을까 하고 그 궁리에 모두들 눈들이 컴컴해질 지경이었습니다.

그 중에도 칠태는 더욱이 궁리가 많습니다. 그로 보면 이번이 두 번 얻지 못할 기회 입니다. 이번에 두포를 잡으면 눈 한 짝 다리 하나를 병신 만든 원수를 갚게 되기는 물론, 제물과 공명을 아울러 얻게 될 것이 생각만 해도 회가 동합니다.(어떻게 하면 두포 이놈을 내 손으로 묶을 수 있을까.)

그러나 칠태는 자기 재주로는 도저히 두포의 그 술법, 그 기운을 당해 낼 게제가 못 됩니다.그게 어디 사람의 일일세 말이지. 어떻게 인력으로 마른하늘에 갑자기 비를 만들고 그 숱한 물을 금세 땅 밑으로 스미게 합니까. 이건 사람의 힘이 아니다. 반드시 두포로 하여금 사람 이상의 그 힘을 갖게 한 무슨 비밀이 있을 것입니다. 여기까지 생각을 하다가 문득 칠태는,

" 옳다. 그렇다."

하고 무릎을 탁치며 일어섰습니다. 그 날부터 칠태는 두포의 뒤를 밟아 그의 행적을 살핍니다 . 두포는 매일 하는 일이 날이 밝으면 집을 나가 산으로 갑니다. 칠태는 몸을 풀잎으로 옷을 해 가리고 슬슬 그 뒤를 따랐습니다. 두포가 가진 그 알 수 없는 비밀을 밝히려는 것입니다.

그런데 이상하다. 아무리 눈을 밝혀 뒤를 밟아도 어떻게 중도에서 두포를 잃고 잃고 합니다. 그리고 번번이 잃게 되는 곳이 노송나무가 선 바위가 있는 근처입니다. 마치 그 바위 근처에 이르러서는 두포의 모양이 무슨 연기처럼 스르르 사라지는 것 같습니다. 사실 그렇습니다. 두포는 바위 근처에 이르러서는 자기 몸을 아무의 눈에도 보이지 않게 변하는 것입니다. 그 다음부터는 칠태는 근처 풀섶에 몸을 숨기고 앉아 그 바위를 지킵니다. 그러자 전일 칠태가 보던 똑같은 현상이 일어났습니다. 두포가 그 바위 앞에 이르러 무어라고 진언 한마디를 외이자, 집채 같은 바위가 움질움질 놀더니 한가운데가 쩍 열립니다.

그리고 두포가 들어가고 바위가 전대로 닫아졌다가는 얼마 후 다시 열릴 때에는 새하얀 용마를 탄 장수가 나타나 눈부시게 흰 날개를 치며 공중으로 사라집니다. 놀랍습니다. 그 용마를 탄 장수가 바로 두포입니다.

아무래도 조화는 이 바위에 있나봅니다. 그렇지 않아도 전부터 병 가진 사람이 빌면 병이 떨어지고, 아이 없는 사람이 아이를 빌면 태기가 있게 되고 하는 신통한 바위입니다. 그러면 그렇지, 같은 이목구비를 가진 사람으로 어떻게 그런 조화를 부리겠습니까. 이제야 칠태는 두포의 그 비밀을 깨달은 듯이 고개를 끄덕끄덕, 아주 희색이 만면해서 산 아래로 내려갔습니다.

아마 칠태는 무슨 끔찍한 흉계가 있나봅니다. 칠태는 그 길로 산 아래 자기 집으로 가더니 부엌으로 광으로 기웃거리며 쇠망치, 정, 또는 납덩이, 냄비, 숯덩이 이런 것을 끄집어내옵니다. 그걸 망태에 담아 걸머지더니 역시 희색이 만면해서 집을 나섭니다. 그리고 두포가 자기 집에 돌아와 있는 기색을 살피고는 곧 산으로 치달았습니다.

마침내 바위가 있는 곳에 이르자 망태를 내려놓고 칠태는 망치와 정을 꺼내듭니다. 그리고 잠시 사방을 돌라보며 무엇을 조심하는 듯 주저하더니 이내 바위 한복판에 정을 대고 망치를 들어 두들기기 시작합니다. 그러면서도 무척 겁이 나나봅니다. 연해 칠태는 두리번두리번 사방을 돌아보며 합니다. 아무도 없다. 다만 정을 때리는 망치 소리만 산골짜기에 울릴 따름입니다.

그래도 마을에서는 장사라는 이름을 듣는 칠태입니다. 더구나 힘을 모아 내리치는 망치는 한 치 두 치 정 뿌리를 바위에 박습니다. 점점 정은 깊이 들어갑니다. 세 치 네 치 한자에서 또 두자 길이로, 그리고 한 옆에는 시뻘겋게 숯불을 달아놓고는 납덩이를 끓입니다.

마침내 서너 자 길이의 구멍이 바위에 뚫리자 칠태는 매우 만족한 웃음을 한번 허허허 웃습니다. 그리고,

"네놈이, 인제두."

하고 벌써 두포를 잡기나 한 듯싶은 기쁜 얼굴로 이글이글 끓는 납을 그 구멍에 주르르 붓는 것입니다. 그러나 칠태의 얼굴은 금세 새파랗게 질리고 말았습니다. 그 끓는 납을 뚫린 바위 구멍에 붓자마자, 갑자기 천지가 무너지는 굉장한 소리로 바위와 아울러 땅이 요동을 합니다.

그리고 그뿐입니까. 맞은편 산이 그대로 칠태를 향하고 물러오며 덮어내립니다. 그제야 칠태는 자기가 천벌을 입은 줄을 깨닫고,

"아아, 하느님 제 죄를 용서하십사."

하고 비는 것이나 이미 쏟아져 내리는 돌 밑에 묻히고 말았습니다.

10. 두포의 내력(마을 사람 + 노승 시점)

마을 사람들은 아무리 두포를 잡을 궁리를 해도 도리가 없습니다. 모두 답답한 얼굴을 하고 만나면 서로,

"자네 어떻게 해볼 도리 좀 없겠나."

하고들 묻습니다마는, 한 사람도 신통한 대답이 없습니다. 그러다가 한 자가 무릎을 탁 치며,

"옳다. 이렇게 하면 좋겠네."

하고 여러 사람을 한 곳으로 모이게 하였습니다. 그리고,

"뭐 별수 없네. 두포 놈의 늙은 부모를 잡아다가 두도록 하세. 그러면 두포 그놈이 제 애비 에미에게는 효성이 지극한 놈이니까 우리가 애써 잡으려고 하지 않아도 제 스스로 무릎을 꿇고 기어들 걸세."

그 말이 과연 옳습니다. 가뜩이나 부모에게 효성스런 두포가 자기로 말미암아 연만하신 아버지 어머니가 옥에 갇혀 고생을 하는 것을 알고는 가만히 있지 않을 것이 물론입니다. 마을 사람들은 그 생각이 옳다고 모두들 찬성입니다. 그리고 당장에 일을 치러 버릴 생각으로 앞을 다투어 두포 집을 향해 몰려갑니다. 그러나 두포 집 근처에 이르러서는 호기 있게 앞서가던 사람들이 문득 걸음을 멈춥니다. 먼저 두포가 훼방을 하지나 않을까 걱정이 되는 까닭입니다마는 그들은 그 일로 오래 주저하지 않았습니다.

누구 생일잔치에 청하거나 하는 듯이 노인 내외를 슬며시 불러내도 워낙이 착한 노인들이라 응치 않을 리 없을 것입니다. 마을 사람들은 더욱 신이 나서 두포 집으로 우쭐거리며 갑니다. 마침내 두포 집 문전에까지 이르렀습니다.

그런데 그 집 바깥마당에 어떤 소년 하나가 제기를 차고 있습니다. 그

모습이 너무도 두포와 같아 마을 사람들은 무춤하였습니다. 그러나 얼굴 모습은 두포와 같아도 표정이나 하는 행동은 두포가 아닙니다. 제기를 차다 말고 자기 둘레로 모여드는 마을 사람들의 얼굴을 이사람 저사람 처다보는 눈은 예사 열다섯이나 그만 나이의 소년의 겁을 먹은 상입니다. 전에 보던 그 용맹스럽고 호탕한 기상은 조금도 없고 귀엽게 자라난 얌전하고 조심성 있는 글 방 도련님으로밖에 보이질 않습니다. 어떻게 이 소년을 그처럼 놀라운 기운과 술법을 부리던 두포라고 하겠습니까. 마을 사람은 하도 이상스러워서 한참 아래 위를 훑어보다가 이렇게 물었습니다.

"넌 뉘 집에 사는 아인데 여기서 노니?"

"저는 이집에 사는 아이예요."

"그럼 이름은 뭐냐?"

"이름은 두포라고 합니다."

"뭐, 두포?"

하고 마을 사람들은 놀라 한걸음 뒤로 물러났습니다. 두포라는 그 이름보다는 어쩌면 두포가 이처럼 변했을까싶어 더 한층 놀랍니다. 딴 사람이 아니고 이 소년이 바로 두포일진대 그의 늙은 부모를 갖다 가둘 건 뭐 있고, 두려워할 건 뭐 있겠는가. 그대로 손목을 이끌어 간데도 순순히 따라올 성싶습니다.

도대체 이 착하고 약해보이는 소년이 무슨 죄 같은 것을 범했을까도 싶습니다. 그리고 어른 된 체면에 이 어린 소년에게 손을 대는 것부터 어색한 생각이 나서 마을 사람들은 서루 벙벙히 얼굴만 바라보고 섰습니다. 그러다가 그중에 두포를 잡아 상을 탈 욕심으로 한 자가 앞으로 나서며 이렇게 딱 얼렀습니다.

"네 놈이 바로 두포라지."

"네 지가 바로 두포올시다."

"그럼 네 이놈 네 죄를 모를까."

"지가 무슨 죄를 졌다고 그러십니까."

"네 죄를 몰라. 모르면 가르쳐 줄 테니 이걸 받아라."

하고 그 사람은 굵은 밧줄을 꺼내들며 막 얽으려 덤비었습니다. 이러할 때, 건너편 큰 길에서 앞에 많은 나졸을 거느린 수레가 이곳을 향하고 옵니다. 나라조정에서 내려와 읍에 머물고 있던 일행임이 분명합니다. 아마 두포를 잡으러 오는 것이겠지. 마을 사람들은 두포를 남기고는 양편으로 쩍 갈라섰습니다. 수레가 그 집 어귀에 이르자 멈추고는 그 안에서 호화로운 예복을 차린 벼슬하는 사람이 내려와 두포가 있는 앞으로 옵니다. 그러더니 신하가 임금에게 하는 법식으로 공손히 절을 합니다. 그리고 어리둥절 하는 두포를 부추겨 뒤에 또 한 채 있는 빈 수레에 오르기를 권합니다.

죄인으로 다스리기는커녕 임금이나 그런 사람으로 모십니다. 마을 사람들은 너무도 뜻밖에 일에 놀라 벌린 입을 다물지 못합니다. 그러나 더욱 놀라기는 그 집 양주입니다. 어떤 영문인지 모르면서 그저 지금까지 친아들로 여기고 살던 두포를 잃은 줄만 알고 얼굴에 울음을 지으며 벼슬하는 사람의 옷깃에 매달리어 두포를 자기네들 곁에 그대로 두어주기를 애원합니다. 그러나 언제 왔는지 긴 지팡이를 짚은 노승, 십오 년 전에 그들 노인 양주를 찾아와 두포를 맡기고 가던 그 노승이 나타나 그들을 반가이 맞았습니다.

"의지 없는 갓난아기를 오늘날 이만큼 장성하시게 한건 오로지 그대들의 공로요."

하고 노승은 치사의 말을 하고는,

"그대에게 십오 년 전에 맡기고 간 아기는 바로 이 나라의 태자이셨던 거요. 이제야 역신을 물리치고 국토가 바로 잡혀서 다시 등극하게 되었으니 기뻐는 할지언정 아예 섭섭해 하지는 마시오."

하고 그대로 두포와 떨어지기를 섭섭해 하는 노인 양주를 위로 하였습니다. 그렇습니다. 지금으로부터 십오 년 전 당시 나라 임금께서 믿고 사랑하시던 신하 한 사람이 뱃심을 품고 난을 일으켜 나라 대궐까지 쳐들어왔습니다. 그런 위태로운 중에서 그 때 정승벼슬로 있던 지금 노승이 어린 태자를 품에 품고 겨우 난을 벗어나 태자를 기를만한 사람을 물색했던 것입니다.

그러다가 강원도 산골에 극히 가난하고 착하게 사는 노인 양주를 매우 믿음직하게 여기어 아이를 맡기었습니다. 그리고 자기는 머지않은 산속에 머물러있어 난이 가라앉기를 기다리는 한편 태자로 하여금 일후 영주가 되시기에 합당한 모든 것을 가르치던 것입니다. 그러다가 오늘날 역신을 물리치고 나라가 바로 잡히며 비로소 태자는 임금으로 등극하시게 되기는 하였으나, 그러나 노승은 매우 섭섭한 얼굴을 합니다. 그것은 한 달포동안만 더 도를 닦았다면 태자로 하여금 하늘 아래에 제일 으뜸가는 군주가 되시게 하는 것을 고만 칠태로 말미암아 십년의 공이 수포로 돌아가고 말았으니 왜 아니 그렇겠습니까.

만약에 칠태가 그 바위에 납을 끓여 붓지만 않았다면 두포는 어깨에 날개가 돋친 장수로 온갖 도술을 부릴 수 있겠으니 그런 임금이 다스리는 나라의 장래가 어떠할 것은 길게 말할 필요도 없습니다. 그러나 좋습니다. 태자는 그런 놀라운 기운과 술법을 잃어버린 대신으로 끝없이 착한 마음과 덕기를 갖출 수 있어 이만해도 성군이 되기에 넉넉합니다.

다만 죄송스럽기는 마을 사람들입니다. 그런 것을 모르고 칠태의 꼬임에 빠져 외람되게도 태자를 해코지 하였으니 그 죄가 얼마입니까. 백번 죽어도 모자라겠다고 모두들 엎드리어 울면서 빌었습니다. 그러나 너그러우신 태자는 노엽게 알기는커녕 모든 것을 용서하시고 또 그 마을에는 십년동안 나라에 바치는 세금을 면제해주시고 수레는 마을을 떠났습니다. 그 후 두 양주는 태자가 물리고 간 그 집과 재산을 지니며 오래 부귀와 수를 누리었습니다.

  지금도 강원도에는 그 바위가 그대로 남아있어, 일러 장수 바위라고 합니다.

《소년(1939.1.)》

1908년 강원도 춘천 출생.

1929년 휘문고등보통학교 졸업.

1930년 연희전문학교 문과에 입학하였으나 자퇴. 안회남의 권고로 소설
을 쓰기 시작함.

1932년 고향 실레마을에 연 야학당을 금병의숙으로 넓히고 간이학교로
인가받음. 6월 15일 처녀작 단편〈심청〉탈고.(1936년 발표됨.)

1933년 폐결핵 진단.〈산골 나그네〉제1선지 3월호에 발표,〈총각과 맹
꽁이〉신여성 9월호에 발표.

1935년 조선일보 신춘문예〈소낙비〉1등 당선, 조선중앙일보 신춘문예
〈노다지〉가 가작 입선하면서 이후 소설 30편, 수필 12편, 편지·
일기 6편, 번역소설 2편을 발표. 구인회(九人會) 후기 동인으로
참여.

1937년 병이 깊어져 경기도 광주 매형 집에 옮겨와 요양, 치료함. 3월 29
일 폐결핵으로 숨을 거둠.

1938년 단편집〈동백꽃〉(三文社) 발간됨.

1939년 사후 발표된 소설〈두포전〉소년1~5월호,〈형〉광업조선 11호,
〈애기〉문장 12월호가 있음.